FAST AM ENDE DER WELT

Bernd Schroeder

FAST AM ENDE DER WELT

Roman

Volk Verlag München

FSC
www.fsc.org
MIX
Papier aus verantwortungsvollen Quellen
FSC® C014889

Die Deutsche Bibliothek verzeichnet diese Publikation in der Deutschen Nationalbibliografie; detaillierte bibliografische Daten sind im Internet über https://portal.dnb.de/ abrufbar.

Neumarkter Straße 23; 81673 München
Tel. 089 / 420 79 69 80; Fax: 089 / 420 79 69 86
Druck: Pustet, Regensburg
Bei der Produktion dieses Titels wurde auf umwelt-, wasser- und gesundheitsgefährdende Chemikalien bei den Druckplatten, auf mineralölhaltige bzw. schadstoffreiche Druckfarben sowie auf umwelt-, wasser- und gesundheitsgefährdende Chemikalien bei den Klebe- und Bindestoffen verzichtet.
Titelmotiv: mauritius images / Bernd Ritschel

ISBN 978-3-86222-389-3
www.volkverlag.de

Schon sahen sie sich in Hemdsärmeln am Rande eines Beetes beim Rosen-Okulieren, Umgraben, Hacken, Prüfen der Gartenerde und Austopfen von Tulpen. Beim Gesang der Lerche würden sie aufwachen, um dem Pflug zu folgen, mit einem Korb Äpfel lesen gehn, sie würden beim Buttern, beim Korndreschen, bei der Schafschur und der Versorgung der Bienen zusehen und würden sich am Muhen der Kühe und am Duft des gemähten Heus erlaben. Keine Schreibarbeit mehr! Keine Vorgesetzten! Nicht einmal ein Termin zum Mietezahlen! Denn sie würden ein eigenes Heim haben! Und es wären die Hühner ihres Geflügelhofs, die Gemüse ihres Gartens, die sie äßen, und bei den Mahlzeiten würden sie die Holzschuhe anbehalten! „Wir werden ganz so leben, wie es uns paßt! Wir werden uns den Bart wachsen lassen!"

Gustave Flaubert, „Bouvard und Pécuchet", 1881

1

„Nehmen Sie diese einzigartigen Kippdübel, gnädige Frau, da können Sie nichts falsch machen.“ Ja, er würde der gnädigen Frau, wenn er so frei sein dürfe, da es sich lediglich um die Anbringung eines Schlüsselbrettchens geringen Gewichts an eine Rigipswand handle, zu diesen praktischen Kippdübeln raten.

Die solchermaßen beratene gnädige Frau nimmt die empfohlenen Dübel, bedankt sich mit einem Lächeln, das gerne erwidert wird. „Keine Ursache, gnädige Frau, Sie wissen doch: Josef Peukert, stets zu Diensten“. Ja, das wisse und schätze sie. Noch ein Lächeln hin, noch ein Lächeln zurück. Bis zum nächsten Mal.

„Der Nächste bitte! Ah, der Toni, was brauchen wir denn heute?“

„Sag, Josef, habts ihr die Garderobenhaken mit den Porzellanknöpfen noch?“

„Aber freilich, Toni! Wie viele, drei, zehn, fuchzig?“

„Vier. Die Christa ist jetzt ganz versessen auf die Garderobenhaken. Überall, an jeder Tür gibts die jetzt. Und für was? Für Hundeleinen.“

„Hundeleinen?“

„Wenn ichs dir sag, du wirst es nicht glauben, Josef, die Frau hat mindestens fuchzehn Hundeleinen. Überall Hundeleinen. Nur für die Handvoll Hund. Naja, hoffen wir, dass das jetzt die letzten sind.“

„Es sind noch jede Menge Haken da.“

„Hör auf! Und einen T-zwanzig gib mir noch.“

„Aber selbstverständlich, mein Lieber.“

Josef Peukert arbeitet seit fünfzig Jahren in der Firma EISEN-KNAPP. Mit vierzehn hat er hier seine Lehre begonnen, noch beim alten Wilhelm Knapp, dem leider früh verstorbenen Vater der heutigen Chefin Rosalind, verwitwete Seiffert. Er ist hier geblieben, gehört zum Inventar und ist offensichtlich die Seele des Geschäfts. Verkäufer von Eisenwaren, Werkzeugen, Maschinen, Gartenmöbeln und -geräten. Immer im adretten weißen Kittel. Der hebt ihn ab von den jüngeren Kollegen in grauen Kitteln. Nicht selten halten Kunden ihn für den Besitzer des Geschäfts, eine Einschätzung, die er ganz gerne so stehen lässt, der er aber bei Nachfragen korrekt widerspricht. Er hat kurze, graue, für sein Alter noch füllige Haare und einen Teint, den er wohl irgendeinem slawischen oder, wie er selbst sagt, zigeunerischen Vorfahren seines Vaters verdankt. Unter dem Kittel trägt er zum blauweißgestreiften Hemd eine Krawatte, die täglich wechselt und sich erst nach circa vierzehn Tagen wiederholt. Mit dem Hemd verhält es sich ebenso.

Herr Peukert, so sprechen ihn vor allem die jüngeren Kollegen an, kennt alles, weiß alles, hat für jeden und alles einen Rat. Er ist stets freundlich und formvollendet höflich, wenngleich auch distanziert zu normalen Kunden, freundschaftlich verbunden den Handwerkern, die seine Stammkundschaft ausmachen. Mit ihnen ist er sich einig in der Verachtung der Baumärkte mit ihren in seinen und deren Augen minderwertigen Waren. Wobei er gestehen muss, dass er noch nie einen Baumarkt von innen gesehen hat.

Zu Zeiten des Firmengründers, in den Zwanzigerjahren, hieß das Geschäft noch SCHRAUBEN-KNAPP. „Da, wo die Schraube wohnt“, war der Slogan, den sich der alte Herr Knapp ausgedacht hatte. In den Fünfzigern wurde aus SCHRAUBEN-KNAPP EISEN-KNAPP.

Peukert weiß von der Funktion der Dinge, die er verkauft, kann Laien detailliert beschreiben, wie damit gearbeitet werden muss, worauf zu achten ist, welche Werkzeuge und Maschinen von Vorteil sind, was für welches Material geeignet ist, und er kennt jede Neuerung im Bereich der Eisenwaren. Selbst in den vor zehn Jahren neu geschaffenen Bereich der Gartenbauartikel hat er sich, wenn auch ungern, eingearbeitet. Er ist groß und schlank. Hinter der Theke holt er wie blind eine Schraube, eine Mutter, einen Haken, einen Winkel aus einem der unzähligen Schublädchen an der Wand. Hier ist sein Reich, sein Hoheitsgebiet sozusagen, ein Relikt aus der Zeit, da EISEN-KNAPP noch nicht Heimwerkermaschinen, Rasenmäher und Gartenmöbel verkaufte, sondern eine reine Eisenwarenhandlung war, so auch 1957, als Josef Peukert, vierzehnjährig, seine Lehre antrat.

Die Stammkunden schätzen ihn sehr, suchen bevorzugt seinen Rat, sodass bei manchem jüngeren Kollegen gerne einmal Neid aufkommt und der eine oder andere nicht unglücklich darüber ist, dass Peukert in einem halben Jahr in Ruhestand gehen wird. Wenn er denn geht, wenn er sich, woran mancher zweifelt, von EISEN-KNAPP trennen kann, wenn er nicht Angst davor hat, nicht mehr wichtig zu sein, wenn ihn die Chefin, die ihn sehr schätzt, nicht zum Bleiben überreden kann.

Er ist, das weiß man, wenn überhaupt, dann nur mit der Firma verheiratet.

Er wuchs mit der Mutter auf, in der Wohnung hinter dem Viktualienmarkt, die er seit Mutters Tod im Jahr 2001 allein bewohnt. Zwei Zimmer, Bad, Küche, Altbau im Zentrum, zweiter Stock, links. Bis 2003 war es eine große Wohnung, fünf Zimmer, ein Balkon. Ein Zimmer war stets untervermietet. An Kellner, an Studenten, nie an weibliche Personen, das wollte die Mutter wegen ihres Sohnes nicht. Im Zuge einer Renovierung wurde die Wohnung geteilt. Josef muss jetzt durch das ehemalige Lieferanten- und Dienstbotentreppenhaus in den zweiten Stock kommen. Den Lift gibt es nur im Treppenhaus des Haupteingangs. Hätte er den dort befindlichen Teil der Wohnung genommen, wäre ihm das zu teuer geworden. Er war zufrieden und dankte es der Wohnbaugesellschaft sehr, dass sie ihm die Miete nicht erhöhte. Wichtig war ihm, dass er nicht wie manch anderer an den Stadtrand ziehen musste.

Ein Segen, sagt sich Josef immer wieder, dass die Mutter, die selbst in dieser Wohnung aufgewachsen ist, die Teilung nicht mehr erleben musste. Sie liebte die große Wohnung. Seinen Vater, dem er nach Aussagen der Mutter sehr ähnlich sieht, hat er nie kennengelernt, der ist in Russland geblieben, hieß es, vermisst, irgendwann für tot erklärt.

Rosalind Seiffert, ebenso resolute wie umgängliche Chefin, mollige Mittvierzigerin, seit zehn Jahren Witwe, kinderlos, weiß um Josef Peukerts Qualitäten, und es gefällt ihr überhaupt nicht, dass er bald in Rente gehen wird. Sie braucht ihn, ist er doch der Chef im Laden und nicht zu ersetzen. Ach, und nicht nur das. Er ist auch Objekt ihrer Sehnsucht nach einem gestandenen älteren Mann an ihrer Seite. Und das seit Jahren. Einmal, es ist eine Weile her, glaubte sie sich schon am Ziel ihres Traumes. Nach einer fröhlichen, alkoholintensiven Weihnachtsfeier im Betrieb gelang es ihr, Josef heimlich nach oben in ihre Wohnung zu locken. Er nannte sie Rosalind und sie ihn Sepperl und er war trotz der Trunkenheit durchaus in der Lage, ihrem Verlangen vollumfänglich nachzukommen, weswegen sie sich eine gelegentliche Wiederholung oder Fortführung, vielleicht sogar eine Gewohnheit in der Sache, gewünscht hätte.

Doch am nächsten Tag entschuldigte er sich für sein Verhalten, bot an, zu kündigen, was sie entschieden, von Tränen begleitet, ablehnte. Er nannte sie wieder Frau Seiffert und schuf eine Distanz, die es in der Form vorher, da er sie meist jovial als Chefin anzusprechen pflegte, nicht gegeben hatte. Nun also Frau Seiffert. „Selbstverständlich, Frau Seiffert, zu Ihren Diensten, Frau Seiffert." Das gewohnte Tässchen Kaffee in ihrem Büro nahm er nicht mehr an und zu den kleinen Scherzen, zu denen sie so schallend, fast gurrend, lachen konnte, ließ er sich nicht mehr hinreißen. Er schämte sich sichtlich, schaute an ihr vorbei, ging ihr aus dem Weg.

Da niemand vom Personal von diesem Abenteuer wusste, es keiner mitbekommen hatte, änderte sich nichts daran, Josef Peukert als einen Mann zu begreifen, der an Frauen nicht interessiert ist. Peukert, sagen die Kollegen, hat eigentlich Angst vor Frauen. Der, so lästern die Jungen unter der Hand, ist doch noch Jungfrau. Rosalind Seiffert müsste das auch annehmen, wüsste sie es nicht besser.

Nun versucht sie, im Sinne des Geschäftes und ihrer noch nicht ganz aufgegebenen Hoffnung, Josef zu überreden, über den Termin seiner Pensionierung hinaus in der Firma zu bleiben. „Ich brauche Sie doch, Josef." – Ja, sie ist bei dieser Anrede geblieben.

„Sepperl, mach das doch nochmal", würde sie gerne sagen, in ihrem Bettgehege.

„Josef, Sie können mich doch nicht einfach verlassen", sagt sie und versucht vergeblich, ihm in die Augen zu schauen, um eventuell im körperlichen und firmenbedingten Interesse etwas von der Leidenschaft zu entfachen oder wiederzuerwecken, die doch immerhin einmal für ein paar Stunden vorhanden war. Oder wenigstens etwas von der Zuverlässigkeit des Angestellten zu erhalten. Selbst unter gelegentlicher Zuhilfenahme eines über das Übliche hinausgehenden Dekolletés war nichts zu machen.

Nun also die Frage der Pensionierung, die sie entschieden als zu früh ansieht. Er weicht aus, müsse darüber nachdenken, danke ihr für das Angebot, das er sehr wohl zu schätzen wisse, fühle sich einerseits der Firma verbunden, müsse andererseits an sich und seine Zukunft denken. Denn es gebe Dinge im Leben, denen er sich noch nie gewidmet, die er sich für sein Rentenalter reserviert habe. Aber er werde ihr selbstverständlich zu gegebener Zeit seine Entscheidung mitteilen.

Da weint sie bittere Tränen ins Fell ihres Katers Jakob, oben, in ihrer von Dekorativem überladenen Wohnung. Jakob hieß auch ihr Mann, der früh Verstorbene. So hat sie doch immer noch das Gefühl, mit ihm zu sprechen, wenn sie sich an den Kater wendet.

Gelegentlich kamen Gerüchte auf und gingen wieder unter, weil sie keine Nahrung bekamen. Ob Peukert vielleicht mit Männern – oder eher gar nicht, aus welchen Gründen auch immer, man wusste nichts. Aber etwas Geheimnisvolles, darüber ist man sich einig, ist um den Mann.

Keiner weiß, wie er wohnt, wie er lebt, mit wem er verkehrt, wie er seine Feierabende und Wochenenden verbringt. Er hat sich in sein Leben außerhalb der Firma EISEN-KNAPP nie hineinschauen lassen. Nie hat er Kollegen in seine Wohnung eingeladen, nie hat er Einladungen angenommen, auch nicht zu gemeinsamen Besuchen von Gaststätten oder Biergärten. Ein einziges Mal, es war in den Neunzigerjahren, konnte man ihn überreden, mit aufs Oktoberfest zu gehen. Nach einer Stunde verschwand er im Gewühl des Festzeltes. Er ist der nette Josef Peukert, der am Morgen ins Geschäft kommt, freundlich ist zu jedermann, sich um alles kümmert, ein Vorbild ist an Akkuratesse und Disziplin, streng auch mit dem untergeordneten Personal, der Mann, der abends auf seinem Fahrrad wieder verschwindet. Bei Wind und Wetter.

In seiner Wohnung, also dem Teil, der von der großen Wohnung übrig ist, stehen aufs Wesentliche reduziert die Möbel der Sechzigerjahre, noch von der Mutter angeschafft. Weißer Lack, Regal, Anrichte, Esstisch, vier Stühle, Ledergarnitur. Und als neueste Anschaffung ein Flachbildfernseher, auf dem Josef Nachrichten, Sport und Rateshows sieht. Vor allem Rateshows. In der praktisch, aber sparsam eingerichteten Küche gibt es ein Kochbuch von Alfons Schuhbeck. Josef kocht gelegentlich und notgedrungen für sich, nur für sich.

Er sammelt nichts, hat nichts zusammengetragen, Bücher, wenn er sie gelesen hat, weggegeben, es ist nichts in der Wohnung, was von irgendeiner Vorliebe oder Leidenschaft zeugt. Mehr als zwei Zeitungen und ein paar Kreuzworträtselhefte liegen nicht auf dem Tisch. Er hat keinen Computer, nur ein Handy, kein Auto, nie eines besessen, nicht einmal den Führerschein hat er gemacht.

Manchmal fährt er am Wochenende mit der S-Bahn an eine der Endstationen, geht spazieren, genießt die Stille, wenn er ihr denn begegnet, selten genug, und fährt wieder zurück. Die Stille. Das ist seine Leidenschaft, die Stille, die hier, wo er wohnt, nicht mehr zu bekommen ist. Doch Josef hat seine eigene Stille. Eine Kassette mit der Stille des Waldes, die nur aus dem leisen Rauschen der Blätter besteht. Er hat sie sich vor Jahren mit einem Kassettenrekorder aufgenommen, im Karwendelgebiet. Ein Kollege hat sie ihm auf das Handy überspielt. Am Abend, vor dem Schlafengehen, setzt er sich die Kopfhörer auf und genießt seine ganz und gar private Stille. Er schläft sozusagen im Wald ein, auf Laub gebettet, in der Ferne sagt ein Käuzchen gute Nacht.

Jeden Dienstag und jeden Donnerstag legt Josef die Krawatte ab, zieht seine Freizeitjacke an und geht ins Brauhaus im Tal. Dass es dort laut ist, stört ihn nicht. Es sind ja Menschen, die den Lärm machen, Menschen, die sich unterhalten, nicht Autos oder Maschinen. Er sitzt immer am selben Platz am Kopfende eines langen Tisches, unter dem Bild eines Wildschweins, wo die Kathi bedient, die er seit zwanzig Jahren kennt. Er isst, trinkt vier Weißbiere, wenn jemand eines ausgibt, gerne auch ein fünftes, und hört den Menschen zu, die mit ihm am Tisch sitzen, Einheimische, Besucher vom Land, Fremde, Touristen aus aller Herren Länder.

Er mischt sich gerne in Gespräche ein. Gelegentlich gibt er Tipps, klärt über die Stadt auf und über bayerische Gewohnheiten und erzählt kleine witzige Anekdoten. Und Norddeutschen erklärt er die fünffache Verneinung im Bairischen: Da hat doch noch nie keiner nie nichts nicht gesagt. *(Do hod doch no nia koana nia nix ned gsagd.)* Und wenn zum Beispiel ein junges Paar sagt, dass es am nächsten Tag zum Kloster Andechs fährt, dann sagt er ihm, dass man in der Zirbelstube der Klosterschänke den besten Schweinebraten bekomme und einen wunderschönen Blick habe, wenn man sich in den Erker setze. Und man solle nach Xaver fragen, der dort der freundlichste Kellner sei. Man dankt ihm den Tipp manchmal mit einer Bierspende. Es verhält sich wie mit den Baumärkten: Josef selbst war nie in der Klosterschenke in Andechs, geschweige denn in der Zirbelstube im Erker. Weshalb er auch Xaver, den freundlichen Kellner, nicht kennt. Er hat hier am Tisch irgendwann davon gehört und kann die Information, wie in vielen Fällen, weitergeben.

Den Xaver empfiehlt er englischsprachigen Gästen des Brauhauses als „a very friendly fellow in the service". Vor ein paar Jahren hat er mal einen Englischkurs an der Volkshochschule besucht, sodass er auch in dieser Hinsicht leidlich helfen kann, wo Hilfe gebraucht wird.

Sein Repertoire ist umfangreich und bezieht sich sogar auf die neuen BMW-Modelle und deren Vor- wie Nachteile oder auf Nachtclubs und ihre Spezialitäten, die er selbst nie besucht hat. Nur aus politischen Gesprächen hält er sich grundsätzlich raus. Das gibt nur Streit. Er hat am politischen Geschehen nichts auszusetzen; es ist alles gut, wie es ist. Hier in Bayern sowieso und woanders würde er ja gar nicht leben wollen.

Wenn er dann so dasitzt, wenn ihn die Menschen am Tisch nicht mehr interessieren oder gar keine mehr da sind und der Alkohol seine gewohnte Wirkung hat und wenn die Kathi ein Bier mehr bringt als üblich, mit der Bemerkung, heute sei der Durst aber groß, dann träumt Josef von einem ganz anderen Leben.

2

Neuerdings, jeden Mittwoch und jeden Freitag, geht Attila Bauer wieder ins Brauhaus, zu den normalen Menschen, wie er sagt.

In der Au, hinter dem Mariahilfplatz, wurde Attila als Sohn des Möbelschreiners Franz-Josef Bauer und seiner Gattin Amalia am 3. Juli 1954 geboren, dem Tag des Fußball-WM-Endspiels zwischen Ungarn und Deutschland in Bern. In der Minute, als Helmut Rahn das Siegtor zum 3:2 geschossen habe, sei der kleine Attila ausgeschlüpft, pflegte der Vater zu sagen. Ja, er sagte ausgeschlüpft. Wer auf den Namen Attila kam, war nicht zu erfahren. Der Vater schob es auf die Mutter und die auf den Vater. Die Mutter starb, als Attila zehn Jahre alt war und der Vater schwieg zu dem Thema. Es hätte doch nahegelegen, dachte Attila oft, ihn nach dem Siegtorschützen Helmut zu nennen.

Mit vierzehn trat er in der Werkstatt des Vaters eine Lehre an. Die nächsten vier Jahre waren die schrecklichsten seines Lebens. Die Strenge und Unberechenbarkeit des Vaters und eine ungeliebte Stiefmutter machten ihm das Leben zur Hölle. Mit achtzehn wusste er, er muss weg, fliehen, sich befreien.

Er plündert mit seinem Freund Hartmut die Kasse eines Taubenzüchtervereins und macht sich mit dem Komplizen auf Anhalter-Tour. Italien ist das erste Ziel ihrer Sehnsucht. Rom, Neapel, Sizilien. Dann Südfrankreich, Spanien. Zwei Jahre treiben sie sich in Südeuropa herum, jobben gelegentlich und kehren abgebrannt, aber hinlänglich erwachsen, nach München zurück. Der Vater hat inzwischen die Möbelschreinerei aufgegeben und lebt mit seiner Lebensgefährtin in einem Häuschen neben einem Schrebergartengelände, wo er eine kleine Kneipe betreibt. Das

Haus und die Werkstatt in der Au hat er vermietet. Von der Miete lebt er. Attila steht mit leeren Händen da.

Nach allen möglichen, zumeist schon von Anfang an zum Scheitern verurteilten Versuchen, zu Geld zu kommen oder gar eine Existenz aufzubauen, besinnt er sich dessen, was er gelernt hat: die Schreinerei. Er beginnt, in einer angemieteten Scheune Möbel aufzuarbeiten, zu restaurieren, sie zu verkaufen. Das Geschäft läuft ganz gut. Mit Hartmut, dem Getreuen, bei dem er auch wohnt, fährt er in einem klapprigen VW-Bus über die Dörfer, kauft alte Möbel, mal mehr oder weniger antik, Bauernmöbel, Biedermeier und dergleichen.

Attila wird im Zuge des Erfolgs zum Trödel- und Antiquitätenhändler.

Als der Mietvertrag für das Haus und die Werkstatt des Vaters ausläuft, übernimmt Attila und macht einen Laden auf, die Fundgrube. Doch er will mehr und überlässt das Geschäft Hartmut, der das Leben entschieden ruhiger, jenseits von Attilas Umtriebigkeit, nur unterstützt von regelmäßigen Joints, angehen will. Allein fährt Attila nun wieder über Land, kauft wertvollere Antiquitäten, bemalte Bauernschränke, Truhen, Uhren, Lampen, Geschirr, Altäre, immer mehr auch Devotionalien. Er lässt restaurieren oder restauriert selbst, ist darin und auch als Geschäftsmann sehr geschickt und hat in Hartmut einen getreuen Helfer. Die Geschäfte florieren.

Attila begibt sich in die Tempel der höheren Gesellschaft, verlässt die Fundgrube ganz und mietet einen Laden im Lehel, einem Nobelviertel der Innenstadt. Beste Lage, wohlhabende Kundschaft, elegante Umgebung. 1984, Attila ist jetzt dreißig Jahre alt, wird Antiquitäten Attila eröffnet. Das Sortiment ist edel, was die reiche Münchner Gesellschaft anzieht. Und Attila kann so ziemlich alles besorgen, was die Gutverdienenden mit dem besonderen, oft auch absonderlichen Geschmack fürs Antike verlangen. Die Preise steigen und Attila macht zehn Jahre lang satte Gewinne. Er kauft sich für viel Geld eine Fünfzimmer-Eigentumswohnung im Lehel und gehört als Farbtupfer zur guten Gesellschaft. Mit Hartmut bleibt er verbunden, aber die Besuche beim Bier im Brauhaus werden weniger, bleiben schließlich ganz aus.

Der Geruch der höheren Gesellschaft und dem, was sich dafür hält, ist verführerisch. Attila liebt es, anerkannt zu werden, in die weihevolle Gesellschaft aufgenommen zu werden, Teil von ihr zu sein, dazuzugehören. Die Münchner Frauen kommen, schmeicheln und kaufen, die Männer kumpeln und Attila weiß sich auf einer Woge des Wohlwollens. Es fühlt sich gut an. Und da er nicht über die Eleganz und modische Sicherheit der neuen Freunde verfügt, auch nicht über die geeignete Statur, legt er sich die Marotten und den Habitus eines Künstlers zu. Er hat schulterlange, schon von grauen Strähnen durchwobene Haare, trägt seltsame Kleidung, oben Loden-Frey, unten längst überkommener Schwabinger Hippielook. Gerne auch umgekehrt. Breitkrempige Hüte sind sein Markenzeichen. Er ist, wie ein Freund einmal sagt, ein schlampiger Aristokrat. Für seine bunten Halstüchlein, die einen fetten Hals zu verbergen geeignet sind, ist er bekannt. Für die Havanna Partagás Lusitania auch. Er raucht bis zu drei Stück am Tag. Das scheint ihm jenseits von geschmacklichen Kriterien zu seiner gesellschaftlichen Position dazuzugehören. Und er kann es sich leisten. Von der vielgelobten Cohiba, das sagt er dem Zigarrenhändler Fuchs oft, hält er nichts, auch wenn fast alle Männer in der Münchner Szene diese rauchen.

Da er nicht ist wie sie, nicht aus ihren Kreisen stammt und immer Angst hat, man könnte ihm den Schreinerlehrling aus der Au anmerken, bemüht er sich um einen Lebensstil, den sich aus zeitlichen, gelegentlich auch finanziellen Gründen nicht alle Freunde aus der Gesellschaft leisten können, um den ihn aber der eine oder andere heimlich beneidet. Sie haben ihn aufgenommen in ihre Welt des Geldes, der Reputation, der Wichtigkeit, die ihnen einen angenehmen, oft aber auch nicht unanstrengenden

Müßiggang ermöglicht. Man glaubt es ja nicht, sagt einmal einer, was das Nichtstun anstrengend sein kann.

Sie nehmen ihn als Original. Der Attila ist halt der Attila!

Im Gegensatz zu einigen von ihnen muss Attila hart arbeiten. Der Status muss bedient werden. Einkäufe führen ihn tief ins Bayerische, nach Österreich, Ungarn und in die Schweiz, nach Polen und nach dem Mauerfall in die Bundesländer der ehemaligen DDR. Mit dem Transporter fährt er lange Strecken, zu Händlern, Restauratoren, Messen, gelegentlich auch Flohmärkten. Aber um den Umgang mit der Gesellschaft der Wichtigen zu pflegen, muss er Partys besuchen, Empfänge, die ihn in Wohnungen und Häuser in Bogenhausen, Grünwald oder Starnberg bringen.

Attila ahnt, dass der Erfolg endlich ist, und er häuft Geld an, wo er kann.

1985 hat er Sonja geheiratet, eine Kellnerin, die sich mit dieser Verbindung in besseren Verhältnissen wähnte. Ihr Ehrgeiz, zur höheren Gesellschaft zu gehören, kannte keine Grenzen, ihre Verschwendungssucht auch nicht. Als Attila zunehmend ungern auf allen angebotenen Hochzeiten tanzen wollte, ging Sonja eigene Wege und wurde zum Partygirl mit zahlreichen Affären. 1986 wurde der Sohn Alexander geboren. Nach einem halben Jahr verschwand Sonja mit ihm und einem Immobilienmakler nach Teneriffa und ward nicht mehr gesehen. Die Scheidung fand ohne die Beteiligten statt. Der Makler schien so viel Geld zu haben, dass Sonja auf jeglichen Unterhalt verzichten konnte. Ob der Sohn wirklich sein Sohn ist, bezweifelte Attila stets mit nachvollziehbaren Gründen.

In den folgenden Jahren richtet sich Attila in einem ruhigen, gemächlich dahinplätschernden Leben ein. Das Feld war bestellt, das Konto gut gefüllt, die Reisen wurden aufs Geringste reduziert.

Halbe Tage im Laden, dann Mittagstisch, meist mit Geschäftsleuten oder Freunden in einem der umliegenden Restaurants. Dreimal im Jahr, das ist ihm wichtig, steht er mit Hartmut auf der Auer Dult, dem Markt für Trödel und Antikes, den auch seine Klientel gerne besucht. Am Wochenende fährt er nach Starnberg, trifft sich mit Kunden zum Essen oder spielt mit Freunden Schafkopf. Er bewegt sich in den Kreisen seiner Kunden und es ergibt sich die eine oder andere Beziehung zu einer Frau, was aber in der Regel von kurzer Dauer ist. Er fühlt sich nicht in der Lage, mit einer Frau zu leben, er ist zu sorglos, zu wenig zuverlässig und eine stattliche Erscheinung ist er auch nicht: klein, rund, von sprödem Charme und von besonderem Witz, den nicht jedermann versteht, Frauen sowieso nicht. Die verlassen ihn zumeist. Sie hatten sich blenden lassen von seinem Geld, seiner Großzügigkeit und seiner Künstlerattitüde.

Frühstück mit Champagner beim Käfer, Weißwurstbrotzeit am Viktualienmarkt, Mittagessen im Andechser, danach in den Laden bis sechs Uhr, dann zum Umtrunk mit Kollegen ins Bratwurstglöckle und am Abend in Pauls Bar, wo gegen Mitternacht die angegrauten Schönheiten ins Dämmerlicht kommen, nicht abgeneigt, sich einem der wohlhabenden Stammgäste für einen überschaubaren Zeitraum oder nur eine Nacht hinzugeben. So ein Tag ist ein guter Tag. Man hat Geschäfte gemacht, Neuigkeiten ausgetauscht, gut gegessen, gut getrunken, edel geraucht und im günstigsten Falle eine der vom Maler Fridolin Sachs als „Vogelscheuchen der Nacht“ bezeichneten Frauen abgeschleppt.

Wenn er es zufälligerweise einmal mit einer kulturbeflissenen Frau zu tun hat, dann kann es vorkommen, dass Attila mal in die Oper oder in die Philharmonie gerät, sei es, weil seinerseits das Interesse an der Dame noch anhält oder weil diese eine abgelegte Liebschaft des Tenors ist, worüber sie nun mit Attila hinwegzukommen sucht, indem sie sich der Kunst des ehemaligen Geliebten aussetzt. „Singen kann er ja, aber sonst …“ Da sitzt Attila dann bei Strauss oder Pucchini, kämpft gegen den Schlaf und sehnt sich nach seinen Schafkopfbrüdern im Zwingereck, nach Pauls Bar, nach drei Wodkas, einer Havanna und einer unkomplizierteren Liebschaft, die lediglich einen betrügerischen Anwalt, der im Knast sitzt, zu vergessen sucht. Wenn es wenigstens Verdi wäre. Das wäre ja noch auszuhalten. Die schönen Arien hört er gerne, spielt im Laden je nach Kundschaft auch mal die eine entsprechende CD, die er besitzt. Davon sind einige Herrschaften durchaus verzückt, insbesondere ältere Damen, derentwegen Attila auch mit ausgesuchtem Schmuck handelt.

Attilas Wohnung, alte Pracht, hohe Räume, drei Balkone, viel Stuck, ist seit Sonjas Abschied zum Wurmfortsatz des Ladens geworden. Das Interieur wechselt, steht mal hier, mal im Laden zum Verkauf. Möbel, Vasen, Lampen, alles unübersichtlich, die Wohnung, zweihundert Quadratmeter groß, ist völlig überladen und zugestaubt. Einen gemütlichen Platz findet man nicht. Man fragt sich, ob hier noch wer wohnt oder ob es sich um ein reines Lager handelt. Attila schläft hier nur. Ein gewisses, aus seinem derzeitigen Leben resultierendes Phlegma verhindert es, dass er die riesige Wohnung, die er eigentlich überhaupt nicht braucht, räumt und vermietet. Der Aufwand macht ihm Angst, lieber belässt er es, wie es ist.

Was sollte er denn zum Beispiel mit den etwa dreißig abstrakten Gemälden, 165 mal 78, machen, die er dem Maler Sachs, wann immer der wieder Geld brauchte, über die Jahre abgekauft hat? Sie hängen an den Wänden, wahllos, oder stehen an die Möbel gelehnt herum, verstaubt, teilweise von einer Katze zerkratzt, die Attila ein paar Wochen in Pflege hatte und die das Abstrakte nicht schätzte. Attila ist auch kein Freund des Abstrakten, aber ein großherziger Freund des Meisters Fridolin Sachs. Der ist wie Attila ein bunter Vogel in der Gesellschaft der von ihm so bezeichneten Bessergestellten. Jenen, die er insgeheim verachtet, trotzt er seinen Lebensunterhalt ab, indem er ihnen das Gefühl gibt, sie müssten ein schlechtes Gewissen haben, als Banausen gelten, wenn sie nicht mindestens einen abstrakten Sachs besäßen. In Zahnarzt- und sonstigen Praxen, in Rechtsanwaltskanzleien, in Restaurants, in den Villen von Bogenhausen und Grünwald, sogar im Büro einer Großmetzgerei hängt ein abstrakter Sachs, jeweils 165 mal 78.

Ja, wohin mit den Bildern, wenn es mal an der Zeit wäre, sich zu verkleinern, etwas zu verändern? München ist mit Sachs gesättigt und anderswo hat er keinen Namen. Besser, sagt sich Attila, man ändert nichts. Es geht ja alles seinen Gang, das Geschäft läuft. Pflichten und Müßiggang halten sich die Waage. Er ist mit seinem Leben zufrieden. Und mit dem gerade zu Ende gehenden Jahrhundert auch.

Hartmut sieht die Entwicklung des Freundes gelassen. Er ist froh, dass der ihn in seiner Fundgrube gewähren lässt, ihm nicht reinredet. Er hat der Welt gegenüber eine uneingeschränkte Freundlichkeit. Selten taucht Attila in der Fundgrube auf, die er, so wie sie jetzt aussieht, eine Rumpelkammer nennt. Da sitzen die beiden dann, rauchen, der eine seine Havanna, der andere seinen Joint, und reden über die gemeinsame, vermeintlich so unbeschwerte Vergangenheit. Weißt du noch, in Neapel, die beiden Belgierinnen, mit denen wir dann nach Rom sind und in Ostia am Strand waren? Weißt du noch, in Madrid, wo sie uns in der Pension unsere ganzen Klamotten geklaut haben und wir mit nichts auf der Straße standen? Weißt du noch, wie du in Valencia solche Zahnschmerzen hattest, dass wir unser letztes Geld zu einem Zahnarzt tragen mussten, der den Zahn gezogen hat, weißt du noch, der Franzose, der uns mitgenommen hat und rausschmiss, als er merkte, dass wir Deutsche sind? Weißt du noch, weißt du noch …?

Und dann geht Attila wieder in seine neue Welt zurück und Hartmut kifft und verkauft, wenn er Glück hat, am Nachmittag einer Türkin eine alte Bratpfanne oder einen Wehrmachts-Stahlhelm an irgendeinen Motorradfahrer.

An solchen Tagen, wenn er für ein paar Stunden in seinem alten Leben war, spürt Attila, dass da ganz tief innen in ihm drin eine noch undefinierbare Vorstellung von einem anderen Leben ist, und wenn es nur ein Zurück in die Au wäre, in die Fundgrube, zu den normaleren Leuten, die dort auch immer weniger werden. Es ist nicht die Sehnsucht nach einer festen Frau an seiner Seite, nach einer Familie. Sonja, der Sohn Alexander – die interessieren ihn nicht. Angeblich sind sie jetzt in Kanada. Der Sohn vierzehn Jahre alt. Vielleicht, denkt Attila, steht der eines Tages vor der Tür. Er muss an den Schauspieler Fischauer denken, der mit einem Tourneetheater in Itzehoe gastierte, zwanzig Jahre nachdem er das erste Mal dort gespielt hatte. Es kam ein junger Mann in die Garderobe und sagte „Hallo, Vater" und Fischauer sah sofort, ja, das ist mein Sohn. „Ich will Schauspieler werden", sagte der Sohn, kannst du was für mich tun?"

Einmal gelang es einer flüchtigen Bekanntschaft, in Attilas Wohnung vorzudringen, was er eigentlich stets zu verhindern wusste, indem er sich, so es nötig war, im nahen Hotel Lehel, sozusagen als Stammgast, dem Hause sehr verbunden, ein Zimmer nahm. Melanie, eine Bekanntschaft aus Pauls Bar, zeigte Interesse an einem abstrakten Sachs. Sie war verzückt von den Bildern, denn sie sagte, das Gute am Abstrakten sei, dass man sich selber ausdenken könne, was das Bild darstellt. Und sie war begeistert von der großen Wohnung und den Möglichkeiten, die sich hier bieten würden, nachdem man tüchtig auf- und umgeräumt hätte. Nach einem flüchtigen, eher obligatorischen Geschlechtsverkehr, begann Melanie genau das zu tun – während Attila schlief. Von einem ihm völlig fremden, ungewohnten Staubsaugergeräusch wachte er auf. Er war außer sich und schmiss Melanie raus. Sie beschimpfte ihn, nahm heimlich einen silbernen Armreif mit, den sie am Abend in Pauls Bar demonstrativ trug, während sie sich an einem älteren Rechtsanwalt versuchte, der ihr seinen Cohibarauch ins Gesicht blies. Attila, ist zu vermuten, hat sich an diesen Armreif gar nicht erinnert. Er war froh, Melanie weitergereicht zu haben. Die, da war er sich sicher, würde nicht wieder irgendwann bei ihm landen, wie das gelegentlich mit den zur Verfügung stehenden Damen geschah.

Seinen fünfzigsten Geburtstag feiert Attila im Sommer 2004 opulent beim Käfer. Alle kommen sie, die Schönen und die Vogelscheuchen der Nacht, die Reichen des Tages, die Künstler und Müßiggänger, alle, die Attila unbedenklich seine Freunde nennt. Er sagt sich, dass er sie alle liebt, und erhebt sie über ihre Bedeutung hinaus, sodass er selbst erhöht in gleißendem Licht dasteht.

Die Feier geht bis in die Nacht und endet in Pauls Bar. Die hohe Rechnung wird er in den nächsten Tagen zugestellt bekommen.

Der Morgen danach erwischt Attila auf dem falschen Fuß. Mit einem ungewohnten Kater und einem blauen Auge wacht er auf. Es kommen Zweifel auf. Was war geschehen? Er war betrunken, hat sich, wenn er sich recht erinnert, mit mehreren Männern gestritten. Worüber? Er weiß es nicht mehr.

Ist es nicht immer dasselbe, hat sich nicht eine Gleichförmigkeit des Alltags eingeschlichen? Immer dieselben Menschen, dieselben Geschäfte, Gaststätten, Bars, Gespräche und Frauen. Will er wirklich in diesem Trott alt werden – sechzig, siebzig, achtzig? Fällt ihm nicht zunehmend auf, dass er von Gier, Eitelkeit, Rücksichtslosigkeit umgeben ist? Sind diese Menschen mit Geld und Macht und Wichtigkeit nicht wilde Tiere im Dschungel der Großstadt, gierig, alles aufzufressen, was sich ihnen in den Weg stellt? Gibt es bei diesen Menschen Mitgefühl, soziale Verantwortung, die über die Beteiligung an einer Benefizprominentengala hinaus geht? Sind die, die er Freunde nennt, wirklich das, was er mal für Freunde hielt? Was haben sie zum Beispiel mit Hartmut gemeinsam? Nichts.

Und er selbst? Ist er nicht schon wie sie geworden? Der Gedanke erschreckt ihn.

Es tut weh. Und die Welt ist laut. Obwohl er immer schwerhöriger wird, sich aber noch vor einem Hörgerät drückt, stellt Attila fest, ja, die Welt um ihn herum ist immer lauter geworden. Wie laut mag sie sein, wenn er noch gut hören würde?

Er fährt hinaus aufs Land, über die Dörfer, eher ziellos, er geht in einem Wald spazieren, legt sich auf einer Lichtung ins Moos, genießt die Ruhe und hat einen Traum, den er aber, kaum in die Stadt zurückgekehrt, wieder von sich schiebt. Er ist ja eigentlich wunschlos glücklich. Hat er Wünsche? Eine Frau an seiner Seite? Nein. Mehr Geld, Reichtum, eine Villa am Starnberger See? Nein. Er ist zufrieden. Nur manchmal wünscht er sich, Wünsche zu haben. Aber was wären das für Wünsche?

Im Juli 2005 beschäftigt die Boulevardpresse und ihre Leser die Affäre um die Madonna von Hacklwurf. Die aus einer Kirche im oberbayerischen Dorf Hacklwurf gestohlene Madonna mit Kind aus dem vierzehnten Jahrhundert wird beim Schauspieler Wolfgang Reiter gefunden und beschlagnahmt. Reiter, leidenschaftlicher Devotionaliensammler, hat das gute Stück ganz offiziell gegen Rechnung beim Antiquitätenhändler Attila Bauer gekauft. Der gibt an, die Madonna von zwei Männern mit südländischem Akzent erworben zu haben, kann das aber nicht schlüssig nachweisen. Der Herkunftsort, sagt er, sei ihm nicht bekannt gewesen, er habe den Männern geglaubt, die behaupteten, die Madonna sei ihnen von einem Südtiroler Adeligen aus dessen Privatbesitz verkauft worden. Den Namen nannten sie nicht. Und auch die Männer, die Attila noch eine Expertise nebst Quittung zukommen lassen wollten, sind natürlich nicht mehr auffindbar. Schriftliches gibt es nicht.

Die Boulevardpresse leckt Blut. Große Aufmachung, Fotos von Reiter, der Madonna, Attila und dessen Laden auf der ersten Seite. Allenthalben wird Attila auf die Sache angesprochen. Er erklärt, rechtfertigt sich, spürt aber, dass man ihm nicht glaubt. Solche Geschäfte macht der Attila also. Das hätte man von ihm nicht gedacht. Und lässt sich auch noch erwischen! Fotografen postieren sich vor dem Laden, Reporter belästigen Attila. Er entzieht sich, so gut er kann.

Wolfgang Reiter, Schauspieler der zweiten Reihe, kaum bekannt, wenig beschäftigt, ergreift die Gelegenheit beim Schopf, inszeniert mit Zustimmung der Behörden und unter reger Beteiligung der Presse und sogar des regionalen Fernsehens eine hinreichend beachtete Rückgabeaktion der Madonna an die Pfarrei Hacklwurf. Es ist Reiters Durchbruch, sowohl auf dem Theater als auch im Fernsehen. Eine Brauerei wirbt mit dem passionierten Weintrinker Reiter für ihr Weißbier und steigert ihren Umsatz.

Der Leidtragende in der ganzen Affäre um die vermaledeite Madonna ist Attila. Er muss Reiter das Geld zurückgeben, hat somit einen erheblichen Verlust, gerät in Schwierigkeiten mit dem Finanzamt und in Verruf. Die Münchner Gesellschaft, die nicht verzeiht, wenn sich einer bei undurchsichtigen Geschäften, wenn er sie denn macht, erwischen lässt, beginnt ihn zu meiden, lässt ihn langsam, aber sicher fallen. So einer gehört nicht zu ihnen, mit dem hat man keinen Umgang, da geriete man ja selbst noch in schiefes Licht. Man lädt ihn nicht mehr ein, meidet den Laden. In Pauls Bar schneiden ihn die, die einmal seine Freunde zu sein vorgegeben haben. Das gipfelt darin, dass ihm 2006 der Besitzer des Hauses im Lehel – eine Privatbank – den Mietvertrag für den Laden nicht verlängert.

Ein Schicksalsschlag, eine Weiche auf der Strecke des Lebens. Eine Chance? Attila nutzt sie. Er ist zweiundfünfzig Jahre alt, muss sein Leben neu überdenken. Er kehrt von den weiß-blauen Luxustempeln der bayerisch-aristokratischen Geldgesellschaft dahin zurück, wo er hergekommen ist, wo er aufgewachsen ist, in die Au, zu den einfachen Rentnern, den Handwerkern, den jungen Leuten mit ihren alternativen Läden, dahin, wo ein Obdachloser noch eine Suppe für einen Euro bekommt.

Aus Antiquitäten Attila wird wieder die Fundgrube, der Laden aus den Anfängen, den Freund Hartmut immer noch recht und schlecht betreibt. Die Rückkehr zur Rumpelkammer in der Au. Attila verkauft alle Antiquitäten, räumt auch die zweihundert Quadratmeter im Lehel, vermietet sie und zieht in die elterliche Wohnung über der Fundgrube.

Jetzt fühlt er sich befreit, hat das bisherige Leben abgelegt und versucht, sich im neuen zurechtzufinden. Er ist über sich selbst erstaunt. Es wird ihm bewusst, dass es nur eines Anstoßes bedurfte, damit er sich auf ein anderes Leben besann.

Attila verkehrt wieder in den Kreisen, aus denen er stammt. Er sitzt beim alten Vater und streitet mit ihm und den reaktionären Schrebergärtnern über Gott und die Welt, tauscht sich mit den Trödlerkollegen aus, steht wieder auf Flohmärkten und plaudert mit den Rentnern auf den Parkbänken über die alte Zeit, von der sich in der Au noch Manches erhalten hat. Er ist, wie er sagt, wieder daheim. Er geht nicht mehr in Pauls Bar, nicht in die Tempel der Reichen. Er geht ins Brauhaus im Tal, Mittwoch und Freitag. Der nahe Nockherberg ist nichts für ihn. Da verkehren die, von denen er sich getrennt hat, die Großkopferten, wie man so sagt.

Für Hartmut wird es ungemütlich.

„Schuhe, Stiefel, Militärmäntel, Helme. Was soll das? Wer kauft denn den Schmarren?"

„Neonazis."

„Geh, Hartmut! Wir sind ein Antiquitäten-Möbel-Trödelladen und keine Kleiderkammer für Militaristen. Wie kommst denn überhaupt zu dem Zeug? Wir müssen attraktiver werden. Weg mit den Schrottmöbeln, dem ganzen Scheißresopalkrempel. Aufräumen, übersichtlicher gestalten. Weniger ist mehr, verstehst mich?"

„Jaja, wenn du meinst." Hartmut stöhnt, sieht harte Zeiten auf sich zukommen.

„Beta-, VHS-Rekorder, alte Fernseher, Kassettenrekorder, das braucht doch kein Mensch mehr, diesen Koreaschrott. Weg damit. Wir stellen das Zeug auf die Straße. Vielleicht nimmts wer mit. Wir sind doch kein Schrotthandel, Sakrament noch amal!"

Hartmut, kiffenshalber mehr denn je von geduldigem Gemüt, fügt sich, weiß er doch, wie schnell diese Veränderungswut bei Attila auch wieder abflauen kann. Dass er allerdings seine Cannabisplantage im Hinterhof entfernen soll, weil Attila Probleme mit der Polizei befürchtet, das passt ihm gar nicht.

Doch es wird sich zeigen, dass Attila das bald vergisst, nicht mehr für wichtig hält, an ganz andere Dinge denkt.

3

Im August 2008 geht Josef Peukert, sehr zum Leidwesen von Rosalind Seiffert, mit fünfundsechzig Jahren in Rente. Sein letzter Arbeitstag, der 31. August, ist ein Tag wie jeder andere. Um 8 Uhr steht Josef im Laden, um 9 Uhr bringt ihm Frau Seiffert die Zettel mit Bestellungen, die er zusammenstellen wird. Um 12 Uhr 30 macht er eine halbe Stunde Pause, sitzt im Hinterhof, trinkt eine Limonade und isst sein mitgebrachtes Brot. Um 17 Uhr schließt Frau Seiffert vorzeitig das Geschäft und kommt mit einem Tablett mit Sektgläsern und einer Flasche Champagner in den Laden. Alle Mitarbeiter kommen dazu, man trinkt auf Josefs Zukunft. Um 18 Uhr verabschiedet sich Josef von allen. Er ist sehr überrascht, als Frau Seiffert ihn in die Arme nimmt und ihm sagt, er werde ihr fehlen. „Lass dich doch ab und zu mal hier sehen, Josef."

„Jaja, schon, warum nicht, schaun wir mal."

Über das Du wundern sich die arglosen Angestellten, halten es für eine sentimentale Laune der Chefin. Josef ist verlegen, will jetzt schnell fort, den Abschied hinter sich bringen. Er geht und sieht nicht, dass sie Tränen in den Augen hat.

Mit dem Fahrrad fährt er nach Hause. Er schaut sich nicht um. Fünfzig Jahre liegen hinter ihm, versinken in einem Nebel. Er weiß, dass er nicht mehr dorthin gehen wird, nicht hingehen darf. Dieser Teil seines Lebens, sagt er sich, ist vorbei, erledigt, darüber ist nicht weiter zu lamentieren. Ein neues, ungewohntes Leben beginnt und Josef ist gespannt, was es für Überraschungen für ihn bringen wird. Etwas Angst hat er auch.

Es ist Donnerstag. Er legt die Krawatte ab, zieht seine Freizeitjacke an und geht um 19 Uhr 30 ins Brauhaus, wie gewohnt.

Er sei nun, sagt er der Kathi, seit eineinhalb Stunden Rentner. Ja, so was, meint die Kathi, da habe er es gut, sie müsse noch fünf Jahre arbeiten. Und was er denn jetzt mache, den ganzen Tag. Das wisse er auch noch nicht. Mal sehen. Länger schlafen, die Stadt anschauen, aufs Land hinausfahren, auch am Werktag, den Herrgott einen guten Mann sein lassen. Und vielleicht werde er öfter als zweimal die Woche ins Brauhaus kommen. Er solle nur was draus machen, aus der Freiheit, sagt sie, nicht wie ihr Bruder, Angestellter, der drei Wochen nach der Pensionierung gestorben sei. Der sei nicht mehr aus dem Haus gegangen und habe nur noch gesoffen, sich totgesoffen, weil er nicht gewusst habe, was er sonst hätte tun sollen.

„Ja", sagt die Kathi, „mir ist auch schon Angst, wenn ich da nicht mehr herkomm."

Josef muss an den Schwinghansel Adolf denken, einen Nachbarn. Der war fünfzig Jahre im Büro, zuletzt im Bauamt. Einen Tag nach der Pensionierung ist er nach Mallorca geflogen. Einmal kam er noch zurück, hat alles verkauft und sich für immer verabschiedet, „in die ewige Sonne", wie er sagte. Aber das wäre nichts für Josef. Mallorca, du lieber Himmel. Was soll er denn da. Er wollte nie reisen. Überall zu viele Leute, Hotelbetten, und das Fliegen! Davor hätte er Angst. Einmal war er mit der Mutter per Bus in Wien. Mutter hat alles bestaunt, wollte alles sehen. Drei Tage waren sie dort. Josef war froh, als er wieder daheim war. Er liebt München und Bayern, die Stadt und das Land. Was anderes braucht er nicht.

Im Brauhaus ist heute nicht viel los. Es ist ein schöner, warmer Tag, da gehen die Münchner in die Biergärten. Das ist für Josef nichts. Er braucht die Atmosphäre des Brauhauses, sogar die Geräuschkulisse stört ihn nicht. Ihn, den Fanatiker der totalen Stille. Er sitzt allein am Kopfende des langen Tisches, isst seinen Schweinebraten und denkt nach dem dritten Weißbier daran, dass er morgen früh nicht aufstehen muss. Ob es ihm gelingt, länger zu schlafen? Und was wird er den ganzen Tag machen, morgen und übermorgen und überübermorgen? Das ist dann der Sonntag. Er wird mit der S-Bahn aufs Land fahren, wird wandern, irgendwo einkehren und weiterwandern, vielleicht durch Felder, über Wiesen zu einem Wald. Er wird sich ins Gras legen und vielleicht einschlafen und träumen. Träumen wovon? Von einem anderen Leben? Einem ganz anderen, einsamen Leben in der Stille.

Nach dem fünften Bier, das die staunende Kathi bringt, nicht ohne noch einmal anzumahnen, dass es gefährlich ist für einen Rentner, wenn er dem Alkohol verfällt, liest er an der Wand gegenüber, wo es zu den oberen Räumen geht, das Wort „Gas". Tatsächlich, das ist ihm noch nie aufgefallen in den vielen Jahren, da steht „Gas", links neben einem Pfeiler. Er beugt sich nach rechts und liest „träume". Gas-träume! Gasträume. Natürlich, da geht es zu den Gasträumen, die zumeist von Gruppen gebucht werden. Er lacht und bestellt sich einen Obstler, was er, wie die Kathi weiß, noch nie getan hat.

Nach dem siebten Bier geht er leicht schwankend nach Hause, legt sich aufs Bett und schaltet die Stille ein. Und er träumt davon, ganz allein ein Stück Land urbar zu machen, irgendwo, fast am Ende der Welt, besser gesagt, der bayerischen Welt. Von einem einfachen Häuschen träumt er, vielleicht am Waldrand, von einem das Grundstück durchziehenden Bächlein, von Blumen, die er pflanzen wird, und einem Gemüsegarten. Mit eigener Hände Kraft wird er etwas schaffen, um nach getaner Tagesmüh in seinem Garten zu sitzen, der Natur zu lauschen und am Abend richtig müde zu sein. Müde und glücklich und von Stille umgeben.

Tiere wird er haben, ein paar Hühner, eine Ziege, Gänse, Enten. Auch einen Hund. Und Katzen. Und er wird kochen aus dem, was der Garten hergeben wird. Er wird eins sein mit der Natur. Und was andere als Einsamkeit ansehen mögen, wird für ihn das Paradies sein. Er wird Marmeladen einkochen, einen Bienenstock haben und Schnaps brennen. Er wird sich den Bart wachsen lassen und das Wasser wird er aus einem Brunnen schöpfen. Schöpfen! Das Wort gefällt ihm. Das sagt man doch so. Sagt man das nicht so, schöpfen? Die Schöpfung, das Geschöpf. Schöne Wörter. Manchmal fallen ihm schöne Wörter ein oder sie begegnen ihm in der Zeitung, Wörter, die er zumindest schön findet. Er wird sie einmal aufschreiben, in ein Heft, auf dem außen draufsteht „Schöne Wörter". Und wenn er so träumt von diesem anderen Leben, das durchaus ein einfaches Leben sein soll, dann wird ihm bewusst, dass er niemanden hat, mit dem er darüber reden könnte. Als er aufwacht, beschließt er:

Er braucht jedenfalls kein Mallorca. Und es wird ihm auch bewusst, dass er doch gar keine Ahnung von all dem Geträumten hat.

4

„Du warst aber länger nicht mehr da.“

„Ja mei.“

„Nachher kommst jetzt öfters?“

„Schon.“

Die Kathi freut sich, Attila wiederzusehen. Mittwoch und Freitag, das hat er sich wieder zur Gewohnheit, nein, er würde sogar sagen wollen, zur Pflicht gemacht, geht er ins Brauhaus im Tal, wie früher. Da trinkt er seine Biere, isst, plaudert mit Gästen aus aller Herren Länder, gibt Empfehlungen, erklärt die bayerischen Gepflogenheiten. Hier fühlt er sich wohl. Die dreißig abstrakten Sachse hat er im Keller der Fundgrube verstaut. Irgendwann wird er sie verkaufen, wenn der Sachs doch noch weltberühmt sein wird. Man kann ja nie wissen. Die Miete aus der Wohnung ist eine schöne Rente. Das Konto ist gut gefüllt.

Sein Leben jetzt, das ist jedenfalls das bessere Leben, dessen ist er sich sicher. Und dennoch:

Wenn er im Brauhaus sitzt, zu späterer Stunde, wenn er allein am Tisch ist und wenn der Alkohol seine Wirkung zeigt, dann träumt er einen Traum, den er sich früher nicht zugelassen hat, der ihn jetzt aber immer häufiger heimsucht. Er träumt von einem Haus am Waldrand oder auf einer Lichtung, von einer Terrasse mit Blick über Wiesen, Felder und Wälder, von einem verwunschenen Garten voller Rosen, von einem Pavillon, einem Säulengang und einem Springbrunnen. Er wird Tiere haben, Pfaue, ja, Pfaue. Aber auch Hühner, Ziegen, Katzen und einen treuen Hund. Eine Dogge oder ein Windspiel. Er wird das Haus zu einem Kleinod machen und es wird sein eigenes Haus sein.

Er wird Gemüse anbauen, Möhren, Kohlrabi, Salat, und Obstbäume wird er pflanzen, seltene Sorten, Marmeladen wird er einkochen und Schnaps brennen. Er wird eine Werkstatt haben, wie die, in der er damals gelernt hat. Dort wird er wieder mit seinen Händen etwas schaffen. Er wird nicht einsam, sondern in der Stille glücklich sein. Vielleicht wird er aber auch Hartmut überreden können, zu ihm zu ziehen – als Freund, Unterhalter, Knecht, ja, er denkt das Wort Knecht. Denn ganz allein zu sein, das kann er sich nicht so recht vorstellen.

Er wird Palmen in einem Glashaus haben und Orchideen, und er wird sich den Bart wachsen lassen.

5

Josef wacht auf, es ist 7 Uhr. Aufstehen! Das geht nicht so leicht wie gewohnt. Waren wohl ein paar Biere zu viel gestern – und die Schnäpse, zwei, drei? Sein Schädel brummt. Mechanisch setzt er Wasser für den Kaffee auf, setzt sich an den Tisch. Über dem Sessel hängen das gestreifte Hemd und die Krawatte. Auf dem Boden liegen Unterwäsche und Hose. Jetzt ist er wach. Jetzt lächelt er, schaltet den Wasserkocher wieder aus und legt sich zurück ins Bett. Was für ein schönes Gefühl. Ausschlafen. Daran wird er sich gewöhnen müssen. Nie hat er einen Wecker gebraucht, egal, wann er ins Bett ging. 7 Uhr aufstehen, rasieren, Zähne putzen Kaffee trinken, ein Brot mit einer Scheibe Käse essen, eins für die Mittagspause in die Blechdose legen, runter aufs Fahrrad. 8 Uhr im Laden. Und jetzt? Jetzt liegt Josef der Rentner im Bett.

Aber er ist wach, kann nicht mehr einschlafen. Ausschlafen, ob man das lernen kann? Eine neue Gewohnheit, ein neues Leben. Es ist Freitag. Was wird er heute tun? Er starrt an die Decke. Es fällt ihm zum ersten Mal auf, wie laut es an so einem Werktagmorgen ist. Die Stadt bebt. Die U-Bahn lässt das Haus leicht erzittern. Auf die Wand gegenüber scheint die Sonne. Josef steht auf, geht zum Küchenfenster. Ein von hier aus zu sehender schmaler Streifen blauen Himmels sagt ihm: Es ist schönes Wetter. Als die Wohnung noch nicht geteilt war, konnte man vom Balkon aus auf den Viktualienmarkt hinuntersehen. Die Mutter saß da oft, schaute auf das rege Treiben zwischen den bunten Buden. Sie kannte alle eingesessenen Händler, ging hinunter, schwatzte mit ihnen, kaufte ein. Obwohl sie sparen musste, legte sie beim Essen

Wert auf Qualität. Der Balkon gehört jetzt zur anderen Wohnung. Josef braucht ihn nicht.

Rausgehen, hinaus in die Stadt, Josef Peukert! Sagt Josef Peukert in den Spiegel.

Und er geht hinaus, ohne sich zu rasieren. Er wird auf den Markt hinunter gehen, ins Café über dem Markt, wird dort frühstücken. Wann hat er das zuletzt getan? Es ist länger her.

Einen Milchkaffee und eine Butterbrezel. Josef flucht innerlich. Die Brezel ist keine Brezel mehr, nur noch ein ovaler Ring. Das sei jetzt seit einiger Zeit so, wenn man eine Brezel backen wolle, die wie eine echte Brezel sei, dann müsse die das Dreifache kosten, da ja auch das Aufschneiden fürs Buttern viel zeitaufwendiger sei. Er könne ja auch woanders hingehen, wo es ganze Brezeln gebe, hier gebe es nur diese und fertig, sagt die unfreundliche Kellnerin. Schon gut, schon gut, dann nehme er sie eben so.

Aber verdammt noch mal, was bilden sich denn die ein. Gerade das Innere, das Verschlungene, das so knusprig ist und das Josef wie alle Brezelkenner so sehr liebt, was ja schließlich erst die Brezel aus- und als solche erkennbar macht, ausgerechnet das lassen sie weg. Arschlöcher, denkt Josef, so drastisch denkt er selten, aber wenn es um die Brezel und überhaupt um das Hergebrachte, um das Gewohnte, um das Traditionelle geht, um die Biertemperatur von sieben Grad, um die Kruste des Schweinebratens und seine eigene Soße und eben um die Brezel schlechthin, da versteht er keinen Spaß.

Andrerseits: Soll er sich denn an seinem ersten Tag als Rentner schon ärgern. Wo soll das hinführen? Nein. Er trinkt seinen Kaffee, legt das Geld abgezählt auf den Tisch, lässt die Brezel, die in seinen Augen keine Brezel ist, demonstrativ liegen und geht hinunter zum Markt, wo er dem Johann Freisinger vom Gewürzstand erzählt, dass man da oben im Café die Brezel sozusagen kastriert hat, wozu der Freisinger sagt, dass er da eh nicht hinauf geht. Es gebe doch hier drüben am Stand ausgezeichnete Brezeln.

Und das da oben sei eh nur für Touristen, die nicht wüssten, wie eine echte Brezel beschaffen sein muss.

„Und sonst, Josef, wie gehts? Keine Arbeit heute?"

„Bin seit gestern Rentner."

„Ja, da schau her! Respekt und Gratulation – Resi, du, Resi, der Josef ist Rentner, was sagst du dazu?"

„Respekt", sagt die Resi.

„Und was machst du dann jetzt den ganzen Tag?", fragt der Freisinger. Und ob er nicht hier bei ihm zweimal die Woche für einen halben Tag arbeiten wolle. „Schwarz, versteht sich. Cash auf die Hand."

Er werde darüber nachdenken. Im Moment wolle er erst einmal sehen, was so in der Stadt los ist. Schon ewig sei er nicht mehr in der Stadt herumgekommen, sei nicht in Geschäften gewesen, habe in der Abendzeitung von Neuerungen gelesen, sie selber aber nicht wahrgenommen. Das Leben ändere sich halt gerade und das sei spannend, mache ihm aber auch Angst.

„Mein Angebot steht, Josef, wenns dir langweilig wird, und, naja, wie gesagt, cash auf die Hand."

Schon lange war Josef nicht mehr beim Kustermann, dem Tempel für Haushaltsartikel aller Art. Was EISEN-KNAPP für Schrauben und Nägel, das ist Kustermann für Kochtöpfe, Geschirr und dergleichen. Vom Viktualienmarkt bis hinüber zum Rindermarkt erstreckt sich über zwei Etagen das unendliche Reich der Küchenfanatiker. Josef hat es, wenn er Zeit dazu hatte, schon immer geliebt, das zu betrachten und zu bestaunen, was er selbst niemals gebraucht hat. Wer zwei Töpfe, eine Pfanne, einen Teller und eine Tasse besitzt und benutzt, wird hier schier erschlagen von all den haushälterischen Nützlichkeiten. Josef flieht. Er geht über den vorwiegend touristisch bevölkerten Marienplatz.

Was jetzt? Es ist halb zehn. Schon ein Bier trinken? Frühschoppen sozusagen, hinüber ins Brauhaus zu den Frühtrinkern, die, beim dritten Bier angekommen, schon die Weltlage und die aktuellen Fragen der Zeit voll im Griff haben? So früh schon ein Bier, das hat er sich nicht einmal an den Sonntagen geleistet. Da war es dann meist doch schon 11 Uhr und es gab die Weißwürste dazu, wie es sich für einen Frühschoppen gehört. Also zurück zum Viktualienmarkt, am Saftstand vom Alfonso, dem bayerischen Italiener, trinkt er einen gesunden Saft. Gelbe Rüben mit Ingwer. Das mit dem Ingwer hat Josef vom Schuhbeck, dem Starkoch, der auf Ingwer und dessen Heilkraft schwört. Also: Die Losung muss heißen, gesund leben, nicht um halb zehn schon Bier trinken. Da hat die Kathi doch völlig recht. Es ist gefährlich für den Rentner, wenn er das Saufen anfängt. Obwohl, ein Bier, das kann doch nicht schaden, das macht ihn noch nicht zum Alkoholiker. Er weiß es und hat es immer gewusst, wann es zu viel ist, wann er aufpassen muss. Dass es zu viel geworden wäre, so weit hat er es fast nie kommen lassen, auch als junger Mensch nicht.

Mit der jetzt den Platz erstrahlenden Sonne und dem Gefühl, unendlich Zeit und ungeahnte Möglichkeiten zu haben, steigert sich die Lust nach einem Weißbier in einem solchen Maße, dass schließlich um 10 Uhr alle Sinne regelrecht den Gang zum Brauhaus fordern. Dem nicht nachzugeben wäre auch falsch und sicher ungesund. Man würde sich unter Umständen sogar Vorwürfe machen, dem leiblichen Bedürfnis nicht Genüge getan zu haben.

Interessant, denkt Josef, was am Morgen gegen 10 Uhr an einem normalen Werktag für Leute im Brauhaus sitzen und Bier trinken. Dass die Kathi noch gar nicht arbeitet, beruhigt sein schlechtes Gewissen.

6

Ein schöner, sonniger Septembermorgen. Früh steht Josef auf. Das Rentnerdasein beginnt, ihm zur Gewohnheit zu werden, zur täglichen Freude mit einem freien Tag im Visier, den es zu erfüllen gilt. Wie viele Möglichkeiten es gibt! Heute fährt er mit der S-Bahn bis zu einer Endstation. Dann macht er sich, mit gutem Schuhwerk versehen, auf Wanderschaft. Durch eine Neubausiedlung, an einem Bauernhof vorbei, über Wiesen, an bestellten Feldern entlang, bis zu einem sonnenbeschienenen Stück wilder Wiese am Rand eines Waldes. Es ist fast so still wie auf seiner Handy-Stille. Er schläft ein und träumt wieder einmal, diesmal ohne den Einfluss von Alkohol, von diesem anderen Leben, in dem er Hühner aller Rassen hat, die Namen tragen, Eier legen und niemals geschlachtet werden. Und von einem Gemüsegarten träumt er und von Blumen und Bäumen, Bäumen voller Obst. Vom Schnapsbrennen träumt er und von einem Feierabendbier auf einer Bank unter einer Kastanie. Ihm zu Füßen ein treuer kleiner Hund.

7

Am Samstag, dem 20. September 2008, um 12 Uhr wird von Oberbürgermeister Christian Ude das 175. Oktoberfest, die sogenannte Wiesn, eröffnet. Drei Schläge und ozapft is! Bis zum 5. Oktober werden von 6,2 Millionen Besuchern 6,5 Millionen Liter Bier zum Preis von 8,30 Euro getrunken. Das sind pro Besucher 1,06 Liter. Etwa 350.000 Brathähnchen werden gegessen und die Polizei zählt 1.975 Einsätze.

Es ist Freitag, der 3. Oktober. Jetzt, am frühen Abend ist das Brauhaus gut besucht. Touristen, die lebkuchenherzbehangen vom Oktoberfest kommen, laut und schwankend, willens, die Welt zu umarmen, mit Mühe von den Kellnerinnen zur Ruhe bewegt. Andere, die sich gute Laune antrinken, um dann auf die Wiesn zu gehen. Dazwischen die Stammgäste, Rentner aus der Gegend, Händler vom Viktualienmarkt, müde Hausfrauen mit vollen Einkaufstaschen. Beamte nach Büroschluss beim Feierabendtrunk, ein Stammtisch der Taxifahrer, der sich langsam füllt. Es geht bayerisch zu und international, wozu es denn auch die Speisekarten in den wichtigsten Sprachen gibt.

Josef sitzt an seinem angestammten Platz. Warum, hat er sich gefragt, soll ich nicht auch am Freitag mal ins Brauhaus gehen. Ein mittelalterliches japanisches Paar, vielleicht sind es auch Koreaner, jedenfalls Asiaten, Josef kennt sich da nicht aus, bekommt von Kathi eine Schweinshaxe serviert. Guten Appetit wünscht Josef. Die beiden bedanken sich höflich und zahlen sofort. Dann starren sie auf die Haxe, holen ihre Handys heraus und fotografieren sich gegenseitig mit der Haxe. Die Fotos verschicken sie. Nach Japan, nach Korea, nach Hause, wohin auch immer, als Zeugnis ungeheuerlicher europäischer Esskultur. Dann lächeln sie Josef zu, verbeugen sich und gehen. Kathi kommt am Tisch vorbei, wundert sich überhaupt nicht.

„Jaja, der Asiate“, sagt sie. „Eine Haxn könnens halt nicht mit Steckerl essen.“ Und sie trägt den Teller mit der Haxe wieder weg.

Ein kleiner, rundlicher Mann, der ihm irgendwie bekannt vorkommt – ein ehemaliger Kunde vielleicht –, hat sich inzwischen an den Tisch gesetzt. Er grüßt, bestellt ein Bier und sucht offensichtlich Gesprächskontakt. Mangels anderer Möglichkeiten wendet er sich, nachdem er ihn einige Zeit beobachtet hat, an Josef. „Ich weiß gewiss, dass ich Ihnen kenn. Aber wo muss ich Ihnen hintun? Sagens nix. Ich – ah! Momenterl, Momenterl, gleich hab ichs. Ah! Eisenhandlung – äh – KNAPP! Stimmts?“

„Jaja.“

„Der Chef?“

„Nein, das nicht. Angestellter, einfacher Angestellter. Aber ich kenn Ihnen auch. Antik!“

„Richtig.“

„Das Gschäft da im Lehel.“

„Nix mehr. Fertig. Hab ich zugemacht.“

„Ja was!? Und jetzt?“

„Privatisieren. Ab und zu ein Gschäfterl. Das Leben genießen.“

„Das ist gut. Hab ich auch.“

„Ah ja? Das heißt – also – nix mehr mit EISEN-KNAPP?“

„Nein. Seit einem Monat bin ich Rentner.“

„Ja, da schau her! Respekt! Sieht man Ihnen nicht an. Also darauf dann Prost.“

„Prost. Sinds öfter da herin?“

„Mittwoch und Freitag. Und Sie?“

„Dienstag und Donnerstag. Heute also, wie soll ich sagen, heute, ja, ich wollt mal schaun, was am Freitag für Leut da sind, da herin. Darum bin ich also heute da.“

„Sehns, auf diese Weise trifft man sich. Wär ja normalerweis nicht passiert, sozusagen, nicht wahr. Prost Herr –"

„Peukert, Prost."

„Bauer."

„Angenehm."

Sie schweigen, trinken ihr Bier und beobachten sich.

Attila bekommt noch ein Bier, prostet Josef zu. „Prost, Nachbar. Und, waren Sie auf der Wiesn?"

„Ja, 1993 mit der Firma."

Sie lachen, trinken Bier um Bier und sagen sich schließlich, dass sie Attila und Josef heißen und auch Du sagen können. Da haben sich zwei gefunden, denkt die Kathi, der kleine Dicke und der lange Dünne. Die passen zusammen, ach und jetzt sind sie schon beim Du!

Als sich drei junge Holländer an den Tisch setzen, sind sie willkommene Beute für die zwei gestandenen Münchner, die sich eifrig darin überbieten, die Vorzüge und Besonderheiten von Bayern, München und dem Oktoberfest zu preisen. Als die Holländer leicht angetrunken zur Wiesn aufbrechen, ist man sich schon bierselig darin einig, dass Ajax Amsterdam und der FC Bayern die besten Fußballvereine der Welt sind. Und selbstverständlich, schwört Attila, wenn man mal nach Amsterdam komme, weil der FC Bayern gegen Ajax spiele, werde man sich bei der auf den Bierdeckel geschriebenen Nummer von Kees Bakers melden. Ehrensache.

„Interessierst du dich für Fußball?", fragt Attila.

„Überhaupt nicht."

„Und fahren wir nach Amsterdam?"

„Niemals. Wie heißt der?"

„Kees."

„Klingt wie Kaas."

Sie lachen. Und sie verabreden sich auf den kommenden Dienstag im Brauhaus.

8

Josef wacht auf, ist schweißgebadet. Er schaltet das Licht ein, schaut auf die Uhr. Es ist 2 Uhr nachts. Er hat geträumt, ist ganz verwirrt. Sein Herz schlägt mächtig, der Kopf tut weh, ihm ist schlecht. Er macht das Licht wieder aus, will weiterschlafen, doch das zuvor Geträumte holt ihn ein.

Er ist sieben Jahre alt. Es sind seine ersten großen Schulferien, im Sommer 1950. Die Mutter hat ihn für zwei Wochen zu den Verwandten aufs Land gebracht, zu dem Bauernhof, von dem sie stammt. Da gibt es Benno, den Bauernjungen, zwei Jahre älter. Sie spielen am Hügel hinter dem Hof, graben sich eine Höhle, verstecken sich, haben ihre Heimlichkeiten. Benno erzählt allerlei Schweinereien, Dinge, die Josef gar nicht versteht. Andere Dorfkinder trampeln auf dem Hügel über der Höhle herum. Plötzlich löst sich von oben das Erdreich und begräbt die beiden. Panisch versuchen sie zu entkommen, graben sich mit Mühe heraus. Wir hätten sterben können, sagen sie sich.

Das Erlebnis verfolgte Josef lange. Als man später mit der Schule eine Tropfsteinhöhle besuchte, weigerte er sich, mit hineinzugehen. Aber jetzt!? Er hat doch schon Jahre nicht mehr an das Geschehene gedacht, nicht mehr, wie früher gelegentlich, davon geträumt. Nun ist es wieder da, warum? Geht es jetzt mit den Altersbeschwerden los? Er hatte doch immer einen festen Schlaf die ganzen Jahre, war nie krank, fehlte bei EISEN-KNAPP nicht einen Tag. Er war nie bei einem Arzt. Wenn du zum Arzt gehst, bist du danach krank, sagte seine Mutter immer. Sie war auch nie krank. Eines Tages, sie war über neunzig, legte sie sich hin, stand nicht mehr auf und starb.

Josef geht zur Toilette, legt sich wieder hin und kann nicht einschlafen. Warum schwitzt er, warum hat er Seitenstechen und Kopfweh? Hat er zu viel getrunken gestern? Das wird es sein. Ja, mit dem Attila gestern, da wars etwas viel, vor allem die Schnäpse.

Er steht auf, setzt sich vor den Fernseher, zappt durch die Programme. Zur ruhigen Eisenbahnfahrt durch deutsche Landschaft, gefilmt aus der Perspektive des Lokomotivführers, schläft er ein und wacht im Sessel pünktlich um 7 Uhr auf. Die Beschwerden der Nacht sind weg.

9

Es ist Dienstag. Das Oktoberfest ist zu Ende, im Brauhaus ist es ruhiger. Früher Abend. Josef und Attila sitzen am selben Tisch wie vor vier Tagen. Kathi bringt Biere. Aha, denkt sie sich, die zwei sind Freunde geworden.

„Prost, Josef!"

„Prost, Attila!"

„Und, was macht das Rentnerdasein?"

„Man gewöhnt sich dran. Schaut sich die Stadt genauer an, fährt hinaus aufs Land, ans Ende der S-Bahn, ein Auto hab ich ja nicht."

„Ja, die Stadt – laut und hektisch. Oft möcht ich am liebsten weg. Aber dann denk ich wieder, ich brauch die Stadt."

Er habe immer gedacht, er sei ein echtes Stadtkind und er könnte ohne die Stadt nicht leben, sagt Attila, aber wenn er so über Land gefahren ist, zu den Händlern, ins Chiemgau, ins Innviertel oder in den Bayerischen Wald, und wenn er dann das Auto stehen hat lassen und spazieren gegangen ist, sich auf eine Wiese oder einen Jägerstand gesetzt hat, dann kam eine solche Sehnsucht nach Ruhe, nach Natur in ihm auf, dass er sich gelegentlich schon umschaute, ob nicht das eine oder andere Haus zu erwerben wäre. So fürs Wochenende oder vielleicht auch für immer, für diesen Rest des Lebens. Ganz einsam, an einem Waldrand mit einem Blick über das Land, mit einem Garten, mit Platz für Tiere, für ein ganz anderes Leben. Auf einer Bank vor dem Haus sitzen, eine Katze schnurrend auf dem Schoß, in die Ferne blicken, die Stadt weit weg, kein Lärm, nur das Rufen der Vögel oder das Rauschen der Bäume. Irgendwie sei da genetisch etwas in ihm, herrührend vielleicht von der Großmutter, die eine Bauerntochter aus dem

Niederbayerischen war. Jahrelang habe er sich das nicht vorstellen können. Über die Städter, die plötzlich mit allerlei Begeisterung aufs Land zogen, habe er gelacht. Aber jetzt sei diese Sehnsucht immer stärker geworden. Ein paar Angebote habe er sich schon angesehen, aber es sei nichts Geeignetes dabei gewesen.

Er wisse, dass er diesem Traum, ja, es sei auch ein Traum, nachgeben werde. Er werde irgendwann aufs Land ziehen, Gemüse pflanzen, Tiere haben, Schnaps brennen – ach, und was es alles in einem solchen, ganz anderen Leben gebe.

„Ich will ein Bauer sein, wie meine Vorfahren. Ich weiß nicht, ob du das verstehst?"

„Schon. Mir träumt auch oft so."

Auch er habe diese Sehnsucht nach der Natur, nach Ruhe, sagt Josef. Darum fahre er ja ab und zu hinaus aufs Land. Sich etwas zu kaufen oder zu mieten, das komme ja für ihn nicht infrage, dafür reiche seine Rente nicht aus. Und das wenige Ersparte auch nicht. Er erzählt von dem Schweigen auf seinem Handy. Mehr könne er sich nun mal nicht leisten. Schon seine Mutter selig, die ja von einem Bauernhof stammte, habe sich immer ein Stück Land gewünscht, wenigstens einen Schrebergarten. Aber es war nie dazu gekommen.

Ein Trödler aus Landsberg habe ihn angerufen, sagt Attila, es gebe da ein kleines Anwesen außerhalb eines Dorfes, das stehe zum Verkauf. Ob Josef mitkommen wolle es zu besichtigen.

„Ja, warum nicht."

„Ob das was ist, weiß ich nicht. Aber anschaun kann man sichs ja mal."

Nachdem sie noch ein paar Biere getrunken, auf die laute Stadt geschimpft und das Landleben girlandenreich gepriesen haben, verabreden sie sich für den nächsten Morgen.

Landsberg. Flaches Land. Das Navi, eine nette Frauenstimme, weist den Weg. Felder, Dörfer, Wald, Neubaugebiete, Industriepark mit Baumarkt, Gartencenter, McDonald's, Autohaus, Sanitär, Aldi, Lidl und Co. Dann Wiesen mit Kühen, eine Pferdekoppel, ein Gutshof dahinter, wieder Industrieanlagen und riesige Silos einer Zementfabrik, eine kleine Straße einen Hügel hinauf. Da steht es, das zu verkaufende Haus, schmuckloser Fünfzigerjahre-Bau, graue Fassade, warum auch immer hier in die Einöde gestellt. Ein kleiner verwilderter Garten, ein Schuppen und Berge von Eisenschrott, ein kaputter Jägerzaun. Alles sieht ziemlich heruntergekommen aus, nichts, was Interessenten anzusprechen geeignet wäre. Und zum Entsetzen der beiden ein Blick auf das Industriegebiet, auf zwei Silos und die dahinter liegende Autobahn. Attila ruft den Makler in Landsberg an, sagt ihm, dass es das nun wirklich nicht ist. Sie fahren zurück nach München.

Erst einmal schweigen sie.

Attila fährt schnell, was Josef verunsichert. Vielleicht sollte man miteinander reden, um ein langsameres Fahren zu ermöglichen. „Also, Attila, das ist doch für dich nix, oder."

Attila schweigt, fährt in eine Tankstelle, tankt, verschwindet. Josef bleibt im Auto sitzen. Attila kommt zurück, hat zwei Bountys mitgebracht, gibt Josef eins und fährt ab. „Wir werden lange suchen müssen, Josef. Es ist nicht einfach. Und wir haben doch gewisse Ansprüche und Vorstellungen."

Josef ist irritiert. „Was heißt eigentlich wir? Du suchst –"

„Naja, ich mein, wir haben denselben Traum, dann –"

„Ich habe dafür kein Geld. Also vergiss es. Es ist ausgeschlossen. Nur ein Traum."

„Josef! Ich habe das Geld, ich habe keine Erben. Was soll ich mit dem Geld, ich kanns ja nicht mit ins Grab nehmen. Wir wollen doch dasselbe, du und ich. Wir wollen raus aus der Stadt. Alleine ist das sehr einsam und im Alter nicht unkompliziert. Also, reden wir nicht über das Geld, reden wir drüber, ob wir uns unseren Traum gemeinsam verwirklichen wollen. Wenn das so ist, wenn du das auch willst, dann reden wir nie mehr über das Geld. Wir können was kaufen, restaurieren, investieren. Also, es gibt, wie sagt man, pekuniär keine Probleme."

Josef schweigt.

„Na, warum sagst du nix?"

„Das ist nicht so einfach."

„Ja, das verstehe ich."

„Ich muss darüber nachdenken."

„Um sieben im Brauhaus?"

„Um sieben im Brauhaus."

Jetzt, am Abend, da sie gesehen haben und wissen, was sie nicht wollen, wissen sie, was sie wollen und dass sie eventuell Gemeinsames wollen. Euphorisch, vom Alkohol und einem zunehmend vertrauten Umgang beflügelt, basteln sie sich das Ideal zurecht. Einsam muss es sein, einen schönen Blick muss es bieten, groß genug muss es sein, um den gemeinsamen und den Bedürfnissen des Einzelnen gerecht zu werden. Unverbaubar muss es sein, bewohnbar und eventuell restaurierbar, kurz und gut: Das Paradies sollte es sein. Haben sie nicht, verdammt noch einmal, Anspruch darauf?

„Kathi, was sagst du dazu?"

Sie antwortet in ihrem schönsten Bairisch: „Zwoa gschbinnade Graddla seids!"

„Was sagt sie?", fragt ein Norddeutscher, der mit am Tisch sitzt und mit Interesse den zunehmend euphorischen Ausführungen der beiden zugehört hat.

„Sie sagt", erläutert Attila, „wir sind zwei fantasievolle Zeitgenossen."

„Übrigens", sagt Josef, „Sie sollten unbedingt das Kloster Andechs besuchen, die Zirbelstube in der Klosterschänke. Da hat man im Erker einen wunderbaren Blick und der Kellner Xaver ist der freundlichste Kellner, den man sich vorstellen kann."

„Wenn Sie dort nicht waren“, ergänzt Attila, „dann haben sie Bayern nicht gesehen.“

Als der Mann gegangen ist, fragt Attila: „Bist du da öfter, in Andechs?“

„Ach, woher denn, ich war da noch nie.“

„Ich auch nicht.“

Sie lachen.

10

Josef ist voller Zweifel. Wie gut kennen sie sich? Spielt das Geld nicht irgendwann doch eine Rolle? Haben sie wirklich dieselben Vorstellungen, Wünsche, Träume? Kann er mit einem Mann in einem Haus leben? Sind das nicht Hirngespinste, geboren aus dieser Rentnersituation, dieser Leere nach den vielen Berufsjahren, die solche Gedanken niemals zugelassen haben?

Wenn er dann in seiner Wohnung sitzt, ein Sessel, eine Anrichte, der Fernseher, ein Regal, das Schlafzimmer, Nachtkästchen, Schrank und das Bett, in dem er bis zu ihrem Tod mit der Mutter geschlafen hat, dann denkt er, es muss sich doch was ändern, das kann es nicht für den Rest des Lebens sein. Und wenn er den Tag verbringt, indem er ziellos durch die Stadt streift, die immer lauter wird, die nicht mehr seine Stadt ist, sie vielleicht sogar nie war, dann überwältigt ihn das Gefühl: Es kann sich etwas ändern in diesem Leben, das so eintönig war, sich zwischen der Mutter und EISEN-KNAPP abgespielt hat. Und war da nicht dieses Verlangen nach Ruhe, dieses Einschlafen mit der Stille von der Kassette, diese Sehnsucht nach Natur, nach diesem Gefühl, etwas zu pflanzen, es wachsen und reifen zu sehen, zu ernten, mit den Händen die Erde zu spüren, etwas zu schaffen, nach dem Jahreslauf in der Natur, nach mehr als alles immer und zu jeder Jahreszeit auf dem Viktualienmarkt kaufen zu können.

Er wird immer bereiter, der Sehnsucht nachzugeben, und er wird immer vertrauter mit dem Gedanken, mit Attila den gemeinsamen Traum zu verwirklichen. Er hat sich nie einem Menschen wirklich anvertraut, hatte keine Freunde, war ein Einzelgänger, blühte nur ihm Brauhaus auf in Gesprächen mit Fremden und

Stammgästen, was sich außerhalb des Brauhauses nie vertiefte, in seinem Leben keinen Platz hatte. Nun ist er bereit, sich auf einen Menschen, der so ganz anders ist, einzulassen, vielleicht auch, weil der so anders ist, so positiv, so zupackend so überzeugend.

Dann fahren sie wieder über Land. Immer wieder hat Attila irgendwelche Objekte an der Hand. Und immer mehr denkt Josef mit, bringt sich ein mit seiner Meinung, mit Kritik, mit Ablehnung. Er hat sich, fast schleichend, fast unbewusst, mit einem Wir angefreundet. Wir suchen, wir wollen, wir finden gut, wir finden schlecht, nein, das entspricht nicht dem, was wir uns vorstellen.

Wir, das waren immer nur er und die Mutter und das war die Identifikation mit der Firma, an den Laden und seine Produkte gebunden, nicht an eine Person. Und jetzt gibt es da Attila, den Anpacker, den Motivator, für den es kein Das-geht-nicht zu geben scheint. Ein Gleichgesinnter, ein Partner, ein Freund, ein Mensch, zu dem ihm in so kurzer Zeit eine Nähe gewachsen ist, ein Vertrauen, das er nie für möglich gehalten hat.

Ängste und Zweifel beginnen, sich aus seinem Bewusstsein zu schleichen. Zumindest für den Moment.

11

Sie sehen heruntergekommene Höfe inmitten von Dörfern, Anwesen irgendwo zwischen Dorf und Neubaugebiet, aufgegebene Höfe in Ab- und Anflugschneisen des Flughafens. Sie begegnen zwielichtigen Maklern, verzweifelten Witwen, spekulativen Erben. Die Navifrau führt sie mit stets geduldiger, ruhiger Stimme in die entlegensten Ecken Bayerns, aber nichts von dem, was ihnen angeboten wird, kommt ihren Vorstellungen entgegen. Die einstimmige Ablehnung schweißt sie auf wunderbare Weise zusammen. Sie wissen, dass sie wissen, was sie wollen.

Das, was sie suchen, sagt ein entnervter Immobilienhändler aus dem Chiemgau, das gäbe es nicht. Wenn es das gäbe, dann wüsste er das. Nein, da könnten sie ganz Bayern abgrasen, sie würden das nicht finden. Wenn es so was gibt, dann ist das längst in fester Hand, das könne er ihnen schwören.

So vergeht der Herbst, es wird Winter. Ihre Ausflüge werden weniger, bleiben schließlich aus. Aber die Kälte des Winters, die die Aussicht auf Erfüllung ihres Traums eindämmt, kann ihrer Hoffnung nichts anhaben. Zweimal in der Woche treffen sie sich im Brauhaus, nicht ohne sich in der Aussicht auf eine erfolgreiche Suche im neuen Jahr zu übertreffen.

Manchmal sitzen sie auch bei Hartmut in der Fundgrube, trinken, rauchen, erzählen. Josef staunt über alles das, was Attila in den ganzen Jahren erlebt hat, in frühen Jahren zusammen mit Hartmut. Wie eintönig, wie höhepunktslos war doch da sein bisheriges Leben, aus dem er den beiden kaum etwas zu erzählen hat. Keine Reisegeschichten, abgesehen von der Geschichte mit Wien, die ihm die Mutter abgerungen hatte. Keine Frauengeschichten, nichts aus den vierzig Jahren bei EISEN-KNAPP, was auch nur annähernd erwähnenswert wäre. Vorwiegend hört er zu und genießt die Gesellschaft. Attilas Aufgeregtheit, Hartmuts Gelassenheit, die gemütliche Ecke in der Fundgrube, der ganz eigene, leicht moderige Geruch von allerlei Trödel, gelegentlich übertüncht von Attilas Zigarren und Hartmuts Joints, Attilas niemals versiegende euphorische Verklärung von dem, was man finden wird, und Hartmuts spürbare, unverhohlene Freude über dessen Ablenkung von der Fundgrube – alles das nimmt Josef mit in die langen kalten Tage und Nächte des Winters.

Weihnachten feiern sie in der Fundgrube angesichts eines stattlichen Christbaums, den Attila liebevoll, individuell, hergerichtet hat. Und am Silvesterabend, da sie sich tüchtig ins neue Jahr trinken, raucht Josef den ersten und einzigen Joint seines Lebens. Die Bärte, das schwören sie sich, lassen sie sich erst wachsen, wenn sie das Paradies gefunden haben.

Es kommt das Frühjahr, wieder fahren sie vergeblich suchend über Land. Schon wollen sie verzweifeln, jenem Immobilienhändler glauben, der gesagt hat, dass es das nicht gibt, was sie suchen.

Der Sommer hält Einzug und eines Tages kommt Attila aufgeregt ins Brauhaus. „Josef, morgen fahren wir raus, ich habe ein gutes Gefühl, ein verdammt gutes Gefühl."

12

„Josef, ich sags dir, wenn wir an einem Ort stehen, wo wir beide sagen, das ist das Ende der Welt, dann sind wir richtig."

Attila fand in der Zeitung eine Annonce, hat dort angerufen.

„Fast reicht auch", sagt Josef.

„Was?"

„Fast am Ende der Welt."

„Jaja."

„Einöde Siegfriedsruh bei Leberwenting, Gemeinde Mainkofen, Niederbayern. Ich hab gegoogelt, das ist, glaub ich, wirklich am Arsch der Welt."

„An den Arsch ziehe ich nicht."

„Entschuldige, war nicht so gemeint."

„Und jetzt?"

„Fahren wir halt hin."

Attila gibt „Leberwenting" ins Navi ein. „Einöde Siegfriedsruh" nimmt sie nicht an, kennt sie nicht, die nette junge Frau mit ihrer wohlklingenden Stimme, die sie schon im Dienste der Navigation durch halb Bayern geführt hat.

Sie fahren los, aus der Stadt hinaus auf die Autobahn Richtung Dingolfing.

„Mit der Navi ans Ende der Welt", sagt Josef und lacht.

„Fast!"

Attila fährt schnell. Er ist aufgedreht, singt und pfeift, als müsse er sich über jeglichen Zweifel an ihrer Aktivität hinwegsetzen. Josef lässt sich anstecken. Sie singen das vorwiegend bayerisch geprägte Liederrepertoire. Von „Anneliese, ach Anneliese, warum bist du böse auf mich" über „In den Bergen wohnt die

Freiheit“ bis „Skandal um Rosi“ zu „Brotzeit ist die schönste Zeit“ und „Ja, mia san mim Radl do“.

„Weißt du, Seppi –“

„Sag nicht Seppi.“

„Weißt du, Sepperl –“

„Gleich steig ich aus.“

„Wär nicht gut bei dem Tempo. Also, lieber Herr Josef Peukert, ich möchte Ihnen hiermit kundtun, dass ich glaube, Siegfriedsruh ist es.“

„Abwarten. Das haben wir schon öfter gedacht und dann wars immer nix.“

„Jaja, hast ja recht. Warten wirs ab.“

„Wie kommt so eine Einöde zu dem Namen Siegfriedsruh?“

„Siegfried der Lauterbare hat sich im Jahre 1234 nach Christi nach der Schlacht von Leberwenting dort ausgeruht und eine Brotzeit gemacht. Vielleicht wars auch Siegfried der Schlaumeier oder Siegfried der Hodenlose. Oder so ähnlich.“

„Wie heißt der Typ, der das verkauft?“

„Handloser. Siegfried Handloser.“

„Aha. Siegfried der Handlose.“

„Das ist gut. Herr Peukert, Sie haben wirklich Witz.“

Sie sind übermütig. Sie singen wieder und draußen sieht man die Saisonarbeiter zu Dutzenden auf den Gurkenfliegern liegen.

„Alles Polen. Eine Scheißarbeit“, sagt Attila, „das macht kein Deutscher.“

„Ausfahrt vor Ihnen“, verkündet die Navifrau.

Sie verlassen die Autobahn, durchfahren Laiching, Malgertshausen, Rammelsdorf und Mainkofen und erreichen Leberwenting, ein Dorf mit fünf Häusern, acht Garagen, zwei Bauerngärten, einem Feuerwehrhaus und einer Kapelle. Wohin jetzt? Frau Navi teilt mit, man habe sein Ziel erreicht.

Der Ort ist wie ausgestorben, keine Menschenseele zu sehen, nur eine Katze vor einer Haustür. Doch nach ein paar Minuten erscheint ein Mann, der hinter seinem Haus im Garten gearbeitet hat. Erst schaut er die beiden Fremden misstrauisch an, dann kommt er näher. Ob er helfen könne. Attila nennt die Einöde Siegfriedsruh. Der Mann lächelt. „Was wollt ihr denn da?"

„Das soll zu verkaufen sein", sagt Attila.

„So, verkauft er jetzt, der Depp?"

„Ja, Anzeige in der Zeitung."

„Ja, was!?"

Josef und Attila werden neugierig, fragen nach, wollen wissen, was das mit dem sogenannten Deppen und der Siegfriedsruh auf sich hat. Der Mann gibt gerne breit und ausführlich Auskunft. Der Kerl, den man hier nur den Deppen aus dem Wald nennt, sei eine zwielichtige Gestalt, habe schon wegen Drogen gesessen, sei vor ein paar Jahren hergekommen und habe den Verhau für ein paar tausend Euro gekauft und dort rumgewurschtelt.

„Eigentlich war das ja der Sobeckhof. Die Sobecks mussten verkaufen. Der Mann krank, keine Kinder. Sie sind nach Dingolfing gezogen. An so eine Sekte haben sie verkauft. Das war vor drei Jahren. Da war der Teufel los. Sex durcheinander, wenn ihr mich versteht. Gearbeitet hat keiner, alles ist vergammelt. Da soll es zugegangen sein, ja, du lieber Herrgott. Die waren dann, vor gut einem Jahr, irgendwann weg und dann kam er. Einöde Siegfriedsruh, haha. So hat er es genannt, Einöde. Erst war er allein, dann ist auf einmal eine Frau aufgetaucht, angeblich seine Frau, genau weiß man das nicht bei solchen Leuten. Irgendwas Ausländisches. Die ist dann aber plötzlich verschwunden. Ist ihm vielleicht davongelaufen. Angeblich hat er sie geschlagen. Jaja, wenn ich es euch sag, so einer ist das. Gut, wenn er verkauft, dann ist er weg."

Also, wenn man ihn, den Auskunftgeber, frage, dann habe sie der da oben nicht alle beisammen und gefährlich sei er auch. Ein Spinner. Von hier gehe niemand hinauf. Es heißt, er schieße auf alles, was sich bewegt. Wanderer habe er schon bedroht.

„So, dann verkauft er jetzt? Und ihr wollts das kaufen?"

„Das wissen wir noch nicht“, sagt Josef.

„Ich habe mit ihm telefoniert“, sagt Attila. „Schicken Sie ein Foto, hab ich gesagt. Kann er nicht, hat er nicht, was weiß ich. Also schaun wirs uns an.“

„Naja, schaut es euch an. Und wenn ihr zurückkommt, schaut bei mir vorbei, es täte mich schon sakrisch interessieren, was ihr dann sagt. Ich bin der Hias.“

Die beiden sagen ihm das zu, lassen sich den Weg erklären und fahren los.

Kopfschüttelnd und in sich hineinkichernd schaut ihnen der Mann hinterher. Seine Frau erscheint am Fenster, öffnet es. „Was waren jetzt das für welche?“

„Münchner. Die wollen dem Deppen oben seinen Verhau abkaufen.“

„Ja, du lieber Herrgott!“

„Soso, ein Depp soll er sein. Also am Telefon war er ganz normal.“

Attila fährt, Josef betrachtet die Landschaft. Hügel, bestellte Felder, meist mit Mais, in der Ferne ein Wald.

„Vielleicht muss einer ein Depp sein, wenn er in einer Einöde wohnt.“

Attila lacht. „Dann sind wir zwei halt dann die Deppen. Das teilt sich auf. Jeder ein halber Depp.“

An der nächsten Kreuzung haltet ihr euch links, hat der Hias gesagt, dann bei dem Marterl, das werden fuchzig Meter sein, fahrt ihr in den Wald. Im Moment ist es trocken, da kann man dort gut fahren. Im Winter geht da ohne Allrad nix. Wenn überhaupt. Dann immer gradeaus bis zu einer Lichtung, dann nach rechts in den nächsten Waldweg und immer wieder gradeaus. Das werden drei Kilometer sein. Dann hört der Wald auf und dann seht ihr es schon.

Es ist abenteuerlich, holprig, teils noch matschig. Einmal muss Josef aussteigen und einen armdicken Ast aus dem Weg räumen.

Und dann wird es hell, reißt auf, blauer Himmel und vor ihnen ein weitläufiges Tal und etwas tiefer gelegen der Einödhof. Auf den ersten Blick eine überwältigende Idylle. Am Horizont hinter sanften grünen Hügeln der Zwiebelturm einer Dorfkirche, in der Ferne drei Windräder über einer langgezogenen Hügelflanke. Rechts dichter Wald, links weite Ebene, menschliche Ansiedlung nur zu erahnen.

„Was für ein Blick!", entfährt es Attila.

Der Lärm einer Motorsäge zerstört die grenzenlose Stille. Im Hof, vor einem Schuppen, steht gebückt ein bärtiger Mann mit nacktem Oberkörper und zerteilt einen Baumstamm. Er hat Ohrenschützer auf und bemerkt die Ankommenden nicht. Attila hat das Auto oben am Wald stehen lassen. Er geht jetzt zu dem Mann und klopft ihm auf die Schulter. Josef bleibt oben stehen und genießt den Blick. Der Mann dreht sich mit laufender Motorsäge um, sodass Attila erschrocken ein Stück zurückspringt. Der Mann macht die Maschine aus, schiebt die Ohrenschützer nach unten. „Was gibts?"

„Wir haben miteinander telefoniert", sagt Attila.

„Ahja, seid ihr jetzt da. Ich bin der Siggi."

„Attila."

Josef kommt zu den beiden. „Peukert, angenehm."

„Ja, dann schauts euch alles an, schauts euch um. Gehts nur überall rein. Dieser Hof hat keine Türen. Ich mag keine Türen." Er dreht sich um, wirft seine Motorsäge wieder an und arbeitet weiter.

Die beiden sind etwas befremdet, schauen sich an. Hat der Hias nicht was von einem Deppen gesagt? Naja, man wird sehen. Sie gehen über den Hof. Scheune, Stall, Schuppen, Hof und das Haus, alles sieht heruntergekommen aus, nur teilweise in eher dilettantischen Anfängen repariert. Und in der Tat, es gibt keine Tore oder Türen. Das Scheunentor ist ausgehängt und steht an der Wand daneben. In der Scheune herrscht Chaos. Alte, verrostete Pflüge, eine riesige Dreschmaschine, Möbelreste, gestapelte Hölzer, Steine, Autoreifen, Kisten, Kartons, Säcke mit undefinierbarem Inhalt, ein alter Bollerofen, verrostetes Werkzeug, eine verstaubte Hobelbank, Rattendreck. Hier ist vor Jahren die Landwirtschaft stehen geblieben.

„Du lieber Herrgott, so ein Verhau!", entfährt es Josef, der schon leicht verzweifelt ist.

„Was sagst du?"

Josef schreit: „Ein Verhau ist das!"

„Das lässt sich alles richten!", ruft Attila.

Sie gehen weiter zum ehemaligen Schweinestall. Hier das gleiche Bild, Schrott, Müll, unüberschaubares Chaos, verbunden mit einem strengen Geruch.

„Herrgott, dieser Lärm!"

Attila geht zu Siggi und fordert ihn auf, doch das Sägen zu lassen, denn man wolle die Ruhe genießen.

Aber natürlich, ja, das könne er gut verstehen, es sei ja sehr, sehr still hier. Oft zu still. Man werde verrückt von der Stille. Er macht die Säge aus und geht ins Haus.

Die beiden bleiben mitten im Hof stehen, lauschen fast andächtig. Josef breitet die Arme aus, als wolle er die Stille zu sich holen, in sich einsaugen. „Hörst du es, wie still es ist?"

„Ich hör nix."

„Eben, weil es so still ist."

„Ja, darum hört man nix."

„Eben."

„Wunderbar, Josef, wunderbar ist das, das haben wir doch gesucht. Die Stille, da ist sie, die Stille!"

„Wenn keiner redet, ist es noch stiller."

„Entschuldige."

Und schon ist es vorbei damit, denn Siggi kommt mit einer Flasche Bier und einem Kofferradio aus dem Haus, setzt sich damit auf die Bank unter dem alten stattlichen Birnbaum. Er schaltet irgendeinen Sender ein, bei dem sich junge Menschen lauthals und kreischend an sich selbst begeistern.

Die beiden schauen sich an, schütteln die Köpfe, fassen es nicht.

„Ja, sag einmal! Der Hias unten hat recht, der Typ hat sie nicht alle“, sagt Attila.

„Das kannst du laut sagen.“

Attila geht wieder zu Siggi. „Wir wollen doch die Ruhe genießen. Also, jetzt mach halt das Ding aus.“

„Jaja, die Ruhe, die hat man hier, die Ruhe, jaja.“ Er schaltet das Radio aus, lächelt, trinkt sein Bier. Sein Lächeln könnte auf eine gewisse Einfältigkeit schließen lassen.

„Der spinnt ganz schön – aber, was meinst du, das hat doch was hier?“

Josef antwortet nicht, geht über den Hof. Neben dem Hühnerstall, von niedrigen Büschen gesäumt, befindet sich ein See. Josef bleibt lange stehen, starrt auf das von Entengrütze überzogene Wasser.

Siggi steht mit einem Mal neben ihm. „Der Pool. Da kannst du drin schwimmen.“

„Schaut aber nicht grad danach aus.“

„Oder Karpfen züchten.“

Josef lässt Siggi stehen und geht in den Hühnerstall. Der ist leer, aber voller Scheiße aus Generationen von Hühnern. Es stinkt gottserbärmlich.

Siggi steht schon wieder neben Josef. „Keine Hühner mehr. Keine Tiere. Wenn du Tiere hast, kannst du nicht mehr weg.“

Attila ist dazugekommen. „Ja, da ist was dran“, sagt er und geht zum Haus, das keine Haustür hat. Er geht hinein.

Siggi sitzt wieder unter dem Baum und trinkt Bier.

„Warum wollen Sie denn verkaufen?“, fragt Josef.

„Ist zu viel. Frau weg. Zu einsam. Wandere nach Australien aus. Verkaufen und weg.“

Josef geht ebenfalls ins Haus. Ein Flur, links davon eine Kammer, rechts ein Wohnraum mit Kachelofen und eine Treppe zu einem nicht ausgebauten Dach. Nach hinten raus gibt es eine Küche und eine Toilette. Ein Bad gibt es nicht. Auch hier herrscht überall Unordnung, kaum eine Sitzgelegenheit, denn die Bank und die Stühle sind vollgestellt. Attila prüft die Qualität des Ofens, der Mauern, der Treppe im Flur, die Gangbarkeit der Fenster. Josef geht still umher, von Attila, der allem was Gutes abgewinnen will, beobachtet. Der fotografiert fleißig. Auch von Siggi hat er ein Bild gemacht.

„Was glaubst du, Josef, wie gemütlich das hier drin wird!"

Josef antwortet nicht. Er geht hinaus zu Siggi unter dem Birnbaum. „Sagen Sie, die Haustür, gibts die noch?"

„Jaja, ist hinten im Schuppen. Dieses Haus hat keine Türen. Ich mag keine Türen. Türen sperren einen ein."

13

Sie fahren zurück. Durch den Wald. Sie müssten das alles erst einmal verarbeiten, überlegen, besprechen, haben sie Siggi gesagt, sie würden sich melden und dann gegebenenfalls wiederkommen. Der Preis, meinte Siggi fast unterwürfig, der Preis von siebzigtausend sei natürlich verhandelbar. Attila nahm das stumm zur Kenntnis. Man wird sich mit dem schon einigen, denkt er jetzt, wenn es zu einem Kauf kommt. Der ist unter Druck und so leicht findet er tatsächlich niemanden, der kauft. Zu weit weg von München.

Der Weg ist streifenweise sonnendurchflutet. Nordic Walker mit ihren Stöcken begegnen ihnen. Ein Rudel Rehe kreuzt den Pfad. Josef sitzt still auf dem Beifahrersitz, schaut nach draußen.

Das irritiert Attila. „Warum sagst du nix?"

„Was soll ich sagen? Ich muss nachdenken."

Attila hält ein Schweigen nicht lange durch. Er lacht. „Dieses Haus hat keine Türen – so ein Depp. Jawohl, der Hias hat recht, er ist ein Depp. Aber: Josef, ich sage dir, das ist es, das ist das, was wir gesucht haben."

Beim Hias fahren sie vorbei, sagen ihm kurz, dass sie es sich überlegen müssen.

„Habt ihrs gesehen, er ist ein Depp?"

„Ja, aber das tut nichts zur Sache."

Sie fahren weiter.

„Wenn er kein Depp wäre, dann würde er vielleicht gar nicht verkaufen", sagt Attila.

Josef schweigt. Sie sind wieder auf der Autobahn.

„Also, wie soll ich sagen – also, ich verstehs ja, dass dich der Zustand erschreckt."

„Es ist ein Verhau."

„Ja, keine Frage. Aber du kannst Attila Bauer ruhig glauben, dass er das in kürzester Zeit erledigt. Da heißt es: Ordnen, entrümpeln, dafür habe ich meinen Spezl, den Ferdi."

„Was für ein Ferdi?"

„Der Ferdi, der ist eine Kapazität, verstehst du. Kann alles, kann alles besorgen, wie gesagt, eine Kapazität, der Ferdi."

Josef schweigt.

„Josef, wir machen daraus ein Paradies, wirst es sehen. Denk doch an den Blick, das Panorama und die Stille, jawohl, die Stille. Wo findet man denn so was noch? Denk doch dran, was wir alles angeschaut haben, Schrott dagegen, ein Nichts. Josef, Sepp, Sepperl, mein Lieber, das ist es! Freier Blick. Kein Supermarkt, keine Fabrik, keine Silos. Hörst du mir eigentlich zu?"

„Jaja."

„Das ist es! Es ist ein Traum! Und hast du den See gesehen?"

„Es ist ein Weiher."

„Wir werden drin schwimmen!"

„Ich kann nicht schwimmen."

Attila überfährt Josef förmlich. Für alles hat er schon eine Lösung parat und er preist seine eigenen Fähigkeiten, was das Handwerkliche betrifft. Ja, er wird anpacken. Das hat er sich ja geschworen, dass er mit seiner Hände Kraft etwas Großartiges schaffen wird, das Schloss, sozusagen, seines Lebensabends gestaltet. Und das Organisieren, das sei ja sowieso seine Stärke. Er wird günstige Arbeiter aus den umliegenden Dörfern holen, wird seine Beziehungen zu Spezialisten auf bestimmten Gebieten nutzen und schließlich verstehe Josef doch auch viel vom Handwerklichen, was nützlich sein könne.

„Bei mir ist das nur Theorie, berufsbedingt."

Sie kommen in der Stadt an, Attila setzt Josef vor seinem Haus ab. Sie verabreden sich für später im Brauhaus. Josef geht in seine Wohnung, holt sich eine Flasche Bier aus dem Kühlschrank, setzt sich in den Sessel, starrt auf den Fernseher, der ausgeschaltet ist, und verharrt lange so. Die Bilder jagen durch seinen Kopf. Dieser Blick, die unbeschreiblich wunderschöne Lage, die Weite, das Tal unten, der Kirchturm, der herübergrüßt, der Wald beschützend hinter dem Haus, die Ruhe. In Gedanken sitzt er auf der Bank unter dem Birnbaum, trinkt ein Weizenbier und schaut Attila zu, der mit grüner Schürze bekleidet Rosen beschneidet. Ja, er sieht ihn mit einer grünen Schürze, er weiß nicht, warum.

Attila ist in die Au gefahren, zu Hartmut in die Fundgrube. Begeistert beschreibt er dem Freund Siegfriedsruh. Der hört geduldig zu, weiß sehr wohl, wie viel er von dem Überschwang abziehen muss, und er verspricht, sich das sogenannte Kleinod bei Gelegenheit einmal anzusehen.

Auf dem Weg zum Brauhaus ruft Attila Siegfried Handloser an, sagt ihm, dass man das Objekt wohl kaufen werde, über den Preis noch verhandeln wolle und morgen hinauskomme. Er wird Josef erst einmal nichts von dem Telefonat sagen. Man darf ihn nicht überrumpeln. Es muss die Entscheidung, die Attila schon für sich getroffen hat, auch von ihm kommen.

14

Die Kathi hat sich an die zwei „Spinntisierer“, wie sie sie nennt, längst gewöhnt. Da haben sich zwei gefunden. Fast jeden Abend kommen sie jetzt, sitzen immer am selben Tisch hinten in der Ecke, unter dem Bild mit dem Wildschwein, und, wie gesagt, sie spinntisieren. Von anderen Gästen nehmen sie kaum noch Notiz. Keine Ratschläge mehr an Touristen.

Aufs Land wollen sie ziehen. Das wollen sie schon seit einem Jahr. Raus aus der Stadt wollen sie. Von der Einsamkeit, vom Ende der Welt reden sie. Landwirtschaft wollen sie betreiben, Obst und Gemüse anbauen, Hühner halten und weiß der Teufel was nicht noch alles.

Die Kathi muss lachen. Die zwei und Landwirtschaft! So sehen die aus, du lieber Himmel. Die sind doch Städter durch und durch. Die Kathi kommt vom Bauernhof, hat gelernt, was schwere Arbeit ist. Sie weiß, wie teuer der Lohn der Ernte erkauft wird. Und sie hat die Städter erlebt, die hinausgezogen sind aufs Land. Ihr Bruder, der recht und schlecht vom elterlichen Hof lebt, hat ihr viel erzählt von denen, die dachten, dort auf dem Land, da ist das Paradies. Die meisten sind gescheitert, haben sich dann irgendwann über die Kirchenglocken aufgeregt oder über das frühe Krähen der Hähne, manche haben sogar prozessiert. Ein Paar kannte die Kathi persönlich, die haben so einen Prozess wegen der Kirchenglocken verloren und sind wieder in die Stadt zurück, in eine Wohnung am Anger hinter dem Marienplatz. Da haben dann am Sonntag in der Frühe sechs Glocken von sechs Kirchen geläutet. Dann sind sie wohl wieder weg, man hat sie jedenfalls nicht mehr gesehen. Ein Gast, der sie auch kannte, hat gesagt, die seien jetzt wohl ans Meer gezogen und würden dort gegen das Meeresrauschen prozessieren.

Nein, da ist sich die Kathi sicher, mit Josef und Attila wird das nichts auf dem Land. Die gehören doch hierher, auch ins Brauhaus, der kleine Dicke und der große Dünne. Es sind halt alte Spinner. Haben nichts mehr zu tun und kommen auf alle möglichen dummen Ideen. Rentner sind oft so. Man darf das nicht so ernst nehmen. Immer wieder, seit Monaten, zeigt Attila der Kathi auf dem Handy Fotos von Bauernhöfen, von Häusern aus allen Ecken Bayerns, von heruntergekommenen Scheunen. Und seine Euphorie kennt keine Grenzen.

„Kathi", hat Attila einmal schon ziemlich betrunken gesagt, „Kathi, wenn wir das Richtige haben, dann ziehst du zu uns hinaus und machst uns den Haushalt."

„Ja, sonst noch was!"

Heute haben sie es aber besonders eifrig, denkt die Kathi. Wohl wieder was Neues.

„Josef, wir suchen jetzt seit weiß der Teufel wie lang. Wie viele Objekte haben wir gesehen? Zehn, fuchzehn, ich weiß es nicht. Da waren ja gute Sachen dabei, auch in besserem Zustand. Aber immer war irgendein Nachteil. Zu laut, zu nahe an der Straße, zu nahe am Ort, kein schöner Ausblick. Weißt du noch: hinter Tölz der Hof? Eine Idylle, aber gegenüber ein Caravanplatz! So eine Scheiße. Oder bei Landsberg, dieser Verhau gegenüber einer Autobahn und einem Industriegebiet. Und alles das, Josef, hat Siegfriedsruh nicht. Es ist, glaub es mir, ideal. Es ist das, was wir gesucht haben."

„Ja, schon. Mir ist halt ein bissl Angst, so weit draußen, so einsam – was ist, wenn ich da allein bin und es ist was und ich kann nicht weg und – und die viele Arbeit dort, bis das mal bewohnbar ist."

„Erstens: Wir haben ein Auto."

„Ja, du."

„Dann machst du den Führerschein."

„In meinem Alter. Du spinnst wohl."

„Ah, das ist kein Problem."

„Und wenn man mal einen Doktor braucht?"

„Der kommt mit dem Hubschrauber. Ein Anruf und der kommt. Der ist da draußen schneller da wie in der Stadt."

„Naja, und was ich schon gesagt hab, die viele Arbeit. Das muss man doch alles bedenken – und die Kosten."

Attila grinst.

Sie schweigen, beobachten sich.

„Naja, dann lassen wirs. Muss ja nicht sein. Es ist ja in München herin auch schön." Attila steht auf und geht zur Toilette, lässt Josef ganz bewusst allein, um nach einiger Zeit zurückzukommen.

„Also, wie gesagt, es ist ja schön in München. Das war halt so eine Idee, so eine Spinnerei von uns. Es muss ja nicht sein. Lassen wirs."

„Nein, nein, doch, also, versteh mich doch."

„Ja, ich versteh dich ja. Aber, ich mein, du musst es auch wollen."

„Ich brauch halt meine Zeit."

„Josef, ich garantiere dir, wir kriegen das hin. Herrgott, ich bin jetzt im besten Alter, ich kann hinlangen, bin praktisch veranlagt – und du auch, kennst jeden Nagel und jede Schraube persönlich. Zusammen sind wir doch unschlagbar. Komm, Josef, schlag ein! Wir machen das. Wir behalten unsere Wohnungen in der Stadt – erst mal zur Sicherheit oder wenns einen mal herzieht. Schlag ein!"

Sie geben sich die Hand.

„Kathi! Zwei Schnäpse!", ruft Attila. „Und eins, Josef: Über das Geld reden wir nicht mehr. Ausgemacht? Ich hab jahrelang sehr gut verdient. Das Geld liegt auf der Bank. Genug, Josef, genug, kann ich dir sagen."

Josef nickt. Die Schnäpse kommen, sie prosten sich zu. Kathi wundert sich.

„Wir haben es gefunden", sagt Josef so überzeugend, dass sich Attila wundert.

Er sucht auf seinem Handy ein Foto, zeigt es Kathi, die nur ganz kurz flüchtig draufschaut. „Ja, wo ist denn das?"

„Einöde Siegfriedsruh."

„Was, Einöde?!" Beinahe angewidert sagt sie das.

„Ja, bei Leberwenting, Niederbayern."

„Kenn ich nicht." Sie geht.

„Ich sage dir, Josef, wir werden die glücklichsten und gesündesten Menschen sein. Denk doch nur an die Stille, die Ruhe, das ist die beste Medizin. Wir werden da draußen, da hinten, da – wie soll man es sagen, wir werden daraus ein Kleinod machen. Kleinod, das nennt man doch so. Da werden Menschen von weit kommen und es bewundern."

„Menschen?!"

„Weißt du was, wir werden in dem See baden."

„Der See ist ein Weiher und sonst nix."

„Und Fische werden wir drin züchten."

„Wenn Fische drin sind, gehe ich da nicht rein."

„Na gut, keine Fische. Nur Wasserschlangen."

„Hör auf, mich zu verarschen."

„Entschuldige. Prost! Auf Siegfriedsruh!"

„Prost!"

Mit zunehmendem Alkohol beginnt Attila, wortreich Girlanden zu flechten, Girlanden der grenzenlosen Begeisterung, Girlanden, die sich um Josef winden, verführerisch, Bedenken verwischend, schmeichelnd.

Nun, das sei eben bei ihnen beiden der Unterschied, meint Josef, er selbst könne sich das alles nicht so vorstellen, habe da nicht die Fantasie, habe auch Ängste, sehe nicht so, wie Attila, vor sich, was daraus werden könne. Denn wenn man ehrlich sei, müsse man doch sagen, dass es sich erst einmal um eine Schrotthalde handle.

„Aber, mein Lieber! Kennst den Attila immer noch nicht? Also, erstens: Entrümpelung. Mein Freund Ferdi, der macht das spielend und zuverlässig. Der ist auf so was spezialisiert. Seine Leute holen alles ab und fertig. Zweitens: Bestandsaufnahme. Was ist vorrangig? Das Haus. Verputzen, innen und außen, neue Doppelfenster. Die Böden sind okay. Sanitär und Elektrik restaurieren, das eine oder andere neu. Das Dach ausbauen, neue Treppe, Dachfenster. Jeder bekommt sein Zimmer. Einer oben, einer unten. Ein neues Bad wird eingebaut. Dann Restaurierung von Schuppen und Scheune und –"

„Wo soll denn da ein Bad hin?"

„In den Saustall."

„Ja, du lieber Herrgott!"

„Viertens –"

„Drittens."

„Ahja. Drittens: das Gelände, der Hof, der Garten. Auch da Bestandsaufnahme. Was ist da, was gefällt uns? Was ist was? Was kann weg, was muss neu gepflanzt werden?"

„Ein Gemüsebeet muss man haben."

„Und Stauden. Rittersporn, Akelei, Fingerhut, Orchideen und so. Zu jeder Jahreszeit muss was blühen."

„Im Winter auch?"

„Christrosen. Ich glaube, die blühen im Winter. Drum heißen die so."

Sie trinken Bier um Bier, auch etliche weitere Schnäpse, was Kathi sehr bedenklich findet.

Attila denkt immer größer, versteigt sich in Dimensionen, denen Josef inzwischen willig folgt, ohne sie zu verstehen. Jedenfalls, darin ist man sich einig, für den Garten, den Attila inzwischen die Parkanlage nennt, fehlt ihnen das Wissen. Sie werden sich Literatur besorgen. Gartenführer. Attila kennt einen Landschaftsarchitekten. Den wird man gegebenenfalls zu Rate ziehen.

Oh, es wird sich alles fügen. Die Mitternacht sieht zwei zufriedene, glücklich sich schätzende, ziemlich betrunkene Männer das Brauhaus verlassen. Morgen wird man rausfahren, verhandeln, Nägel mit Köpfen machen.

„Von Nägeln verstehe ich was", sagt Josef. „Wenn ich von was was verstehe, dann von Nägeln. Fünfzig Jahre Nägel verkauft, habe ich, jawohl, fünfzig Jahre. Nägel ohne Köpfe und Nägel mit Köpfen."

„Respekt!", sagt Attila und sie trennen sich, im Rausch jeder seinen Heimweg suchend.

„Bis morgen!"

„Bis morgen!"

„Noch was, Attila!", ruft Josef. Attila bleibt kurz stehen. „Als Erstes müssen wir die Türen einhängen, die Türen, verstehst du."

„Jaja, die Türen", sagt Attila und wankt davon.

15

Wieder schläft Josef unruhig, wälzt sich hin und her. Tausend Gedanken sausen durch seinen Kopf, jagen einander, martern ihn. Attila erscheint ihm im Traum, den Birnbaum, der plötzlich eine Kastanie ist, im Hof von Siegfriedsruh mit der Motorsäge abschneidend. Nein, lass das, bist du wahnsinnig! ruft Josef und schreckt hoch.

Er macht das Licht an. Es ist 3 Uhr früh. Er will wieder schlafen, aber die Motorsäge verfolgt ihn. Er steht auf, geht in die Küche, trinkt Wasser, setzt sich in den Sessel und ist plötzlich sehr nüchtern.

Hat das alles wirklich einen Sinn? Ist das auch seine Sehnsucht? Ist das wirklich das, was er sich erträumt hat in den guten, schönen Träumen? Wird er mit dieser Einsamkeit leben können? Kein Viktualienmarkt mehr, kein Brauhaus, keine Touristen, keine Kathi, nur Wald und Wiesen und ein heruntergekommener Hof. Wird der überhaupt einmal bewohnbar werden?

Mit einem übermäßigen Paket an Zweifeln schläft er ein, um all die Zweifel am nächsten Morgen wieder vorzufinden. Der Attila! Hat der wirklich so viel Geld, um das alles zu finanzieren? Sind sie nicht zu verschieden? Und wie gut kennen sie sich?

Andererseits. Ein Stück Land mit eigenen Händen bearbeiten, säen, pflanzen, ernten. Einen Garten haben. Das war immer Mutters Traum. Sie, die auf dem Land aufgewachsen ist, wollte wenigstens einen Schrebergarten haben. Es kam nie dazu, es fehlte das Geld.

Man wird Tiere haben, Hühner, eine Katze, einen kleinen Hund. Und die Ruhe, die unendliche Ruhe! Der Blick übers Tal.

Vielleicht sind sie wirklich in der Lage, das bewohnbar zu machen, einfach, aber gemütlich. Vielleicht sollte er Attila vertrauen, positiv denken.

Bis zu welchem Punkt gibt oder gäbe es denn ein Zurück? Jedenfalls wird er, wie immer sich das alles gestaltet, seine Wohnung behalten.

Es klingelt: Attila.

16

Ein Liebhaber der Ruhe auf Siegfriedsruh ist Siegfried Handloser offensichtlich nicht. Eine uralte, verrostete Kreissäge, angetrieben über Riemen von einem Benzinmotor, empfängt höllisch laut die Ankommenden. Mit einem übertriebenen Hallo begrüßt Handloser die beiden. Die Maschine schaltet er nicht ab. Ein schönes Wetter hätten sie mitgebracht und dass sie sich entschieden hätten, das freue ihn sehr.

Josef staunt, begreift aber sofort, dass Attila vorgegriffen hat. Der wiegelt nun ab. Man müsse sich erst einmal noch genauer umsehen, dann werde man miteinander sprechen. Und dazu brauche man Ruhe. Handloser schaltet den Motor aus, der puckernd erstirbt.

Wieder setzt er sich mit einer Flasche Bier unter den Birnbaum, während die beiden noch einmal das ganze Anwesen begutachten. Sie kommen im Speicher an und sehen, dass es dort keinerlei Isolierung gibt. Man sieht die Dachziegel, die noch dazu an einigen Stellen undicht, teils zerbrochen sind. „Das Dach muss man neu eindecken“, sagt Attila, „und isolieren – aber kein Problem.“

„Für dich ist ja nix ein Problem, was?“, sagt Josef.

„So ist es. Also: Da gibts eine Schlafkammer. Einer von uns nimmt die, der andere die unten. Kannst du dir aussuchen, mir ist es egal. Und da gibts dann eine kleine Kammer für Gäste.“

„Gäste?“

„Ja, Gäste, wir werden doch Gäste haben. Wenn der Hartmut mal kommt. Oh, das wird gemütlich, gemütlich – und schau mal, dieser Blick!“

Sie stehen vor einem der sich an den Stirnseiten des Hauses befindenden, gästehandtuchgroßen Fenster, unisoliert, verdreckt, mit einem Sprung.

„Ratten gibts hier auch", sagt Josef und schiebt mit dem Fuß einen Haufen Rattenscheiße weg.

„Da muss eine Katze her!"

Sie gehen wieder die steile, knarzende Treppe hinunter. Vom Flur führt eine Tür, die sogar eingehängt ist, im Haus ohne Türen, zum Stall. Zwei, drei Schweine standen hier wohl mal. Es riecht streng.

„Josef, wir machen das – oder?"

Josef nickt.

Das überzeugt Attila noch nicht. Er schüttelt ihn an den Schultern. „Josef, das ist es, das ist das, was wir gesucht haben. Das Paradies! Sag ja!"

„Jaja, ich –"

„Gut so. Perfekt! Und lass mich mit dem verhandeln. Das kann ich gut."

„Mir nur recht."

Sie gehen zu Handloser hinaus, der inzwischen für jeden von ihnen eine Flasche Bier geholt hat. Sie setzen sich ebenfalls unter den Birnbaum. Erst einmal abwartendes Schweigen. Josefs Blick schweift immer noch leicht verzagt über das „Paradies". Träumt er das alles? Ist das die Realität? Worauf lässt er sich da ein?

„Sag einmal, Siggi", fragt Attila, „trinkst du immer warmes Bier?"

„Der Kühlschrank ist kaputt."

„Naja, der Durst treibts rein."

„Und wie schauts aus?", eröffnet Handloser die Verhandlung. „Habts euch entschieden?"

Attila ist in seinem Element. „Es ist eine Frage des Preises. Du wirst selber wissen, dass man hier viel reinstecken muss, um vernünftig wohnen zu können, sehr viel."

„Jaja, schon, aber –"

„Das Dach ist hinfällig, die Fenster und Türen müssen erneuert werden. Die ganze Installation, Strom, Wasser, alles marode. Das heißt, ich weiß gar nicht so recht, für was wir eigentlich bezahlen, was überhaupt was wert ist."

„Die Lage, der Blick – einmalig!"

„Und was ist der Blick wert?"

„Naja, also, die Verhandlungsbasis ist fünfundsiebzigtausend. Aber ich –"

„Was, was, was! Gestern warns noch siebzigtausend!"

„Meinetwegen, dann halt siebzig."

„Niemals! Unmöglich. Das kriegst du nie und nimmer und von niemandem, das kann ich dir sagen. Da krieg ich ja ein Appartement in Bogenhausen dafür."

Josef muss lachen.

„Und euer Vorschlag?"

„Vierzig."

„Nein!" Handloser springt auf, schreit, wirft die Bierflasche auf den Boden und rennt ein Stück weg. „Ihr Halsabschneider, ihr verdammten Münchner Halsabschneider, ihr verreckten!"

Josef ist die Situation unangenehm. Er will aufstehen und weggehen.

Attila legt ihm beruhigend die Hand aufs Knie. „Abwarten."

Handloser setzt sich wieder.

„Siggi", sagt Attila ganz ruhig, „Siggi, hör zu: Du wirst keinen finden, der dir für den Verhau hier siebzig Mille zahlt, keinen. Wer will auch schon hierher? Hat sich außer uns wer gemeldet?"

„Jede Menge!"

„Gelogen! Keiner. So was hier kaufen nur zwei so Spinnerte wie wir. Sonst keiner. Also: fünfundvierzig Mille. Mein letztes Wort."

„Sechzig!"

„Fünfzig!"

„Fünfundfünfzig!"
„Zweiundfünfzig!"
„Dreiundfünfzig!"
„Gut, schlag ein."
Sie reichen sich die Hände. Handloser scheint nicht so recht zufrieden, Attila dagegen schon.
„Machen wir notariell fuchzig Mille. Die drei kriegst du schwarz auf die Hand, wenn unterschrieben ist."
„Okay."
„Dann mach ich einen Termin beim Notar in Dingolfing. Damit wir das über die Bühne bringen."
„Eine Frage", sagt Josef, „das Zeug alles, was da in der Scheune und im Stall und im Schuppen ist, lässt du das noch wegbringen?"
Handloser lächelt. „Nein. Alles bleibt da. Säge, Werkzeug, Maschinen, alles. Wie sagt man? Gekauft wie gesehen."
„Hundling!", sagt Attila.
Auf der Rückfahrt fahren sie beim Hias vorbei, berichten von ihrem Entschluss und fragen ihn, ob er, wenn es dann ans Bauen geht, zur Verfügung stünde. Er sagt zu, freut sich, ist neugierig, will gerne in das Projekt einbezogen werden. Und Geld scheinen die ja zu haben.
Als sie weg sind, sagt er zu seiner Frau: „Jetzt hat der Depp tatsächlich zwei Spinnerte gefunden."
„Mei", sagt sie, „was das nur wieder werden wird. Es liegt doch ein Fluch auf dem Hof."
„Schmarren!"

17

„Wir haben das Paradies gefunden!“, singt Attila nach irgendeiner Fantasiemelodie.

Aufgekratzt fährt er in Richtung München. Josef sitzt still daneben, lässt sich dann, als Attila wieder zu den gängigen Liedern übergeht, anstecken und singt mit. „Ja, mia san mim Radl do.“

Vergnügt landen sie im Brauhaus, wo sie die Kathi so überschwänglich begrüßen, dass die annehmen muss, dass sie jetzt völlig übergeschnappt sind oder schon betrunken oder gar beides, was ja bei denen kein Wunder mehr wäre. Am Tisch beruhigen sie sich, prosten sich zu, bestellen Schweinebraten und erzählen Kathi von dem, was sie Glück nennen, woran Kathi insgeheim nicht glauben mag. Es wird ein langer, feuchter Abend.

Attila holt einen Stift und ein kleines Notizbuch aus der Jacke. „So! Jeder sagt, was getan werden muss.“

„Entrümpelung.“

„Das macht, wie gesagt, mein Freund Ferdi, der macht alles möglich. Der hat zuverlässige Leute – die stellen einen Container hin und dann rein mit allem, was wir nicht brauchen.“

„Haus innen so weit renovieren, dass man drin übernachten kann.“

„Wir stellen uns einen Wohnwagen hin.“

„Wasserinstallation, Elektro – das ist doch alles Schrott, oder?“

„Da hab ich gute Leute dafür an der Hand. Die Fenster müssen weg – neue Doppelverglasung, das ist doch heute Standard.“

„Wenn man es überlegt“, sagt Josef, „dann kann man gleich ein neues Haus bauen.“

„Es ist der Charme, Josef, der Charme.“

Vom Haus gehen sie über zum Stall. Ein Bad muss eingebaut werden. Wie wird man heizen? Elektro? Gaszentral mit Flaschen, besser ein Tank? Man wird sehen. Dann sind sie bei der Scheune und dem, was da in einer Ecke von Handloser als Werkstatt angesehen wird. Da haben sie beide andere Ansprüche. Man wird geeignetes Werkzeug kaufen müssen. Auch das Scheunendach ist undicht. Kann aber, denken sie, ausgebessert werden. Schließlich sind sie beim Hühnerstall. Ja, man wird Hühner haben wollen.

„Seltene Rassen, da gibts Rassen, die legen grüne Eier", weiß Attila.

Mit fortschreitendem Abend und zunehmend guter Laune werden sie noch viele andere Tiere haben. Einen Esel, ein Pferd, eine Kuh.

„Eine Katze, einen Hund."

„Schafe, Ziegen, Gänse, Enten, was man eben so braucht."

„Bienen, was ist mit Bienen?", fragt Josef.

„Bienen, jawohl. Und Pfauen."

„Pfaue."

„Pfauen, sag ich doch."

„Die Mehrzahl von Pfau ist Pfaue. Ein Pfau, zwei Pfaue. Nicht Pfauen. Das weiß ich vom Kreuzworträtsel."

„Jawohl, Herr Lehrer, Prost. Prost auf unsere Zukunft im Paradies."

Die Erörterung der Gartengestaltung verschieben sie auf später. Das wird man im Frühjahr angehen. Attila erwähnt wieder den Gartenarchitekten, den er an der Hand hat.

Heute sind sie wieder einmal die letzten Gäste, werden von Kathi hinauskomplimentiert. Ihrem mitternächtlichen Angebot, doch zu ihnen zu ziehen und den Haushalt zu machen, widersteht sie mit einem noch entschiedeneren „Sonst-noch-was!", dem sie ein langgezogenes „Ja" zum „Ja-sonst-noch-was" vorangestellt hat. Sie gehen in schwankender Glückseligkeit, sich mehrfach versichernd, diese Nacht vom Paradies zu träumen, jeder in seine Richtung. Josef zum Viktualienmarkt, Attila zum Marienplatz. „Pfau, Pfaue, Pfauen“, sagt er vor sich hin. „Der Pfau, die Pfauin, Herr Pfau, Frau Pfauin. Diese Frau ist ein Pfau!“

Währenddessen suchen sich die Beine der Trunkenheit ihren Weg. Den Weg, den sie jahrelang gegangen sind. Somit landet Attila entgegen seinem Vorsatz in Pauls Bar.

Trotz seiner Schwerhörigkeit hat er das Gefühl, dass es hier lauter zugeht als früher. Es sitzen junge Leute an der Bar und den Tischchen, von denen er niemanden mehr kennt. Das Personal ist ihm fremd und Paul scheint es auch nicht mehr zu geben. Unentschlossen, ob er sich überhaupt niederlassen soll, um etwas zu trinken, was ohnehin seinen Zustand noch verschlimmern würde, schaut er sich um. Er war drei Jahre nicht mehr hier. Blasierte junge Männer, an denen aufgetakelte Frauen wie Staffage hängen, sich gelangweilt an ihrer vermeintlichen Makellosigkeit ergötzend und Halt suchend, von den Kerlen, die sich in Wichtigkeiten ergehen, kaum beachtet.

Als Attila die Sinnlosigkeit dieses Besuchs erkennt, sich seines Trunkenheitszustands bewusst wird und gerade gehen will, ruft jemand nach Ihm. „Attila, mein Freund!“

Es ist Fridolin Sachs, der Maler des Abstrakten, der Künstler, der Bewältiger von zehn Wodkas am Abend, der Beleidiger der „Vogelscheuchen der Nacht“, die es gar nicht mehr zu geben scheint, denn die Stadt hat das Netz der Jugend auch über diese Bar geworfen. Fridolin Sachs, ein Fossil, kommt aus einer Ecke gekrochen und umarmt Attila als wären nicht Jahre vergangen, in denen keiner den anderen gesehen hat.

„He, Bimbo! Wodka für meinen Freund Attila!“, schreit er in den Raum. Milde lächelnd bringt der dunkelhäutige Kellner zwei Wodka, während Sachs seinen Freund an seinen Tisch in der Ecke zieht.

Attila schaut sich um. „Mein Gott, alles anders hier seit ich nicht mehr da war.“

„Nur noch Arschlöcher hier, alles Arschlöcher", brüllt Sachs, ohne dass irgendjemand Notiz davon nimmt, sodass Attila ermessen kann, dass sich der Narr auch beim jungen Personal und Publikum seine Freiheit verschafft hat, sogar die Toleranz des Dunkelhäutigen.

Nein, Pauls Bar sei nicht mehr Pauls Bar, seit sich Paul nach Teneriffa verzogen habe. Der betreibe dort eine neue Bar und habe den Laden hier seiner geschiedenen Frau überlassen, die aber keine Ahnung habe und nur Scheiße mache.

„Wo soll ich denn hingehen in dieser Scheißstadt, die einen Künstler verhungern lässt. Keiner kennt mich mehr, keiner von diesen Arschlöchern kauft mehr ein Bild. Verhungern lassen sie einen!"

„Warum gehst du dann nicht auch nach Teneriffa?"

„Da kennt mich doch auch keiner."

Attila, schon fast wieder nüchtern, will eigentlich weg, raus an die frische Luft, nach Hause ins Bett. Doch Sachs krallt sich an seinem Arm fest und übergießt ihn mit den Tiraden seines Ekels an dieser Stadt, an den Frauen, an dem, was die Menschheit heute als Kunst betrachte, und am Leben überhaupt.

„Es herrscht keine Kultur mehr, kein Respekt vor der Kunst und dem Künstler. Weil es alle Arschlöcher sind, Banausen, die keine Ahnung haben und nichts anderes können, als in ihre Handys zu ficken, jawohl, Attila, so ist es. Handyficker, alles Handyficker!"

Schon wieder bringt der von Sachs als Bimbo Bezeichnete zwei Wodka. Wie gerne hätte Attila ein letztes Bier getrunken. Er müsse jetzt gehen, sei müde, habe morgen einen anstrengenden Tag. Mit Mühe entzieht sich Attila den Umarmungen, verspricht baldiges Wiedersehen, ja, auch er freue sich über diese Wiederbegegnung und er werde natürlich demnächst ins Atelier kommen, um ein Bild zu kaufen.

Im Rausgehen sieht er in einer Ecke eine alte Bekannte, Melanie, im Kreise junger Leute. Sie erkennt ihn, winkt.

Schnell geht er weiter. Die jetzt nicht auch noch, denkt er.

Draußen auf der Straße, die ebenfalls von lauten jungen Menschen beherrscht wird, atmet er tief durch und geht zum Taxistand. Eigentlich wollte er Sachs fragen, ob die Mehrzahl von Pfau Pfaue oder Pfauen heißt, aber er ist nicht dazu gekommen.

Josef schläft zum ersten Mal seit längerer Zeit den Schlaf des Glückseligen. Und auch als er am Morgen aufwacht, weiß und spürt er, dass es gut ist, dass ein neuer Lebensabschnitt beginnt. Die Wohnung wird er behalten, dessen ist er sich jetzt ebenso sicher. Man kann ja nie wissen – und ab und zu in die Stadt zu kommen, das wird vielleicht auch sein müssen. Er ist fröhlich gestimmt, wäscht sich, schaut in den Spiegel: Ab morgen wird er sich endgültig den Bart wachsen lassen.

18

Der Notar Angermeier ist ein ruhiger, dicker Niederbayer, des Hochdeutschen kaum mächtig, was beim Verlesen des Kaufvertrags durchaus komisch wirkt. Attila hört ihm mit routinierter Langeweile zu, er kennt das Ritual, Josef hört gar nicht zu, denn er versteht sowieso nichts davon, und Handloser fragt und fragt, will alles genau gedeutet und erklärt haben, was, so der Notar geduldig, durchaus sein Recht ist. Von Grunderwerbsteuerunbedenklichkeitsbescheinigung und Grundbesitzhaftpflichtversicherung, von Lastenbeistellung und Zwangsvollstreckung sowie Vollzugsüberwachung, von persönlicher Haftung und Strafzinsen ist die Rede. Für Josef ungeheuerliche Wortungetüme, irgendwie bedrohlich, bömische Dörfer, wie die Mutter immer sagte. Am Ende unterschreiben Handloser und Attila. Der wird die Kaufsumme auf ein Notaranderkonto überweisen. An Handloser wird ausbezahlt, wenn die Grundbucheintragung vollzogen ist. Irgendwie ist Josef glücklich, dass er das alles nicht versteht und damit nichts zu tun hat. Attila sei Dank.

Als Besitzübergang, das heißt als den Termin, an dem sie den Hof übernehmen werden, haben sie den 1. September vereinbart, also in vierzehn Tagen.

Nach dem Notartermin fahren sie mit Handloser, der kein Auto, nur ein Motorrad hat, nach Siegfriedsruh. Im Auto jammert er. Er habe viel zu billig verkauft, fühle sich über den Tisch gezogen. Attila gibt ihm ein Kuvert mit dreitausend Euro. Handloser zählt es sofort nach.

Sie kommen zum Hof. Während Attila ein Foto nach dem anderen macht, um den Zustand des Anwesens zu dokumentieren, will Handloser schachern. Josef steht am alten Gemüsegarten, starrt auf die alles überwuchernden Brombeerbüsche und denkt an Salate, Möhren und Radieschen. Er wird das alles lernen müssen. Eines weiß er: Man wird eine Schneckenkante brauchen, wie sie bei EISEN-KNAPP seit einiger Zeit verkauft wird. Unklar ist ihm noch, was man mit dem Weiher, diesem grünschimmernden Tümpel machen soll, dessen Tiefe man nicht ermessen kann, der für Josef irgendwie etwas Bedrohliches hat.

„Die Motorsäge, die Kreissäge, die Motorsense, das sind ja alles funktionierende Geräte, die müsst ihr mir doch abkaufen."

„Lieber Siggi", sagt Attila, „hast du nicht gesagt, gekauft wie gesehen?"

„Schon, aber –"

„Du kannst sie alle mitnehmen, das ist mir wurscht."

„Nach Australien!?"

„Das ist dein Problem. Nimm mit, was du tragen kannst, was du da drüben brauchst, nimm alles mit."

„Scheiß Münchner Halsabschneider!"

Attila lacht, fotografiert weiter, lässt Handloser stehen, der wütend ins Haus geht und mit einer Flasche Bier wiederkommt, sich auf die Bank setzt und zuschaut, wie die beiden Käufer sich, jeder auf seine Art, das Anwesen erobern.

„Also, 1. September, Stichtag. Da kommen wir, übernehmen und danach musst du weg sein. Am 2. kommt der Entrümpler. Verstehen wir uns?"

„Jaja, alles okay. Vieleicht bin ich dann schon weg. Die Schlüssel sind in dem Fall unten beim Hias. Sag mal, das Motorrad wollt ihr nicht haben?"

„Nein – lass es meinetwegen da, aber –"

„Halsabschneider!"

„Gut, gut, Siggi, dann bis in zwei Wochen. Wir telefonieren vorher nochmal, ja."

So verabschieden sie sich und fahren ab.

„Meinst du wirklich, dass man in dem Weiher Fische züchten kann?“, fragt Josef.

„Ganz bestimmt, doch, doch, ganz bestimmt.“

Und wieder sitzen sie nach diesem denkwürdigen Tag im Brauhaus. Sie feiern den geglückten Kauf, planen, fertigen Listen an, diskutieren und bringen die Kathi zu der Einsicht, dass die beiden wohl niemals mehr zu Verstand kommen werden. „Jessesmaria, was für zwei Gspinnerte“, sagt sie ein übers andere Mal.

19

Der 1. September ist ein Dienstag. Seit gestern hat Attila vergeblich versucht, Handloser anzurufen. Nun fahren sie hinaus, denn ab heute gehört ihnen das Anwesen, sie sind bereit, es zu übernehmen. Ob mit dem Handloser was nicht stimmt? Vielleicht ist er längst abgehauen. Er hat ja gesagt, dass er vielleicht schon weg ist und den Schlüssel beim Hias abgibt. Auch aus dem Auto ruft Attila an, keine Verbindung. Im Radio bringt man nach der Rede der Bundeskanzlerin zum 70. Jahrestag des Kriegsausbruchs die regionalen Nachrichten. Unter anderem: Bankraub in Dingolfing. Der Räuber ist mit der Beute im sechsstelligen Bereich auf der Flucht.

„Sechsstellig!“, sagt Josef.

„Also mindestens Hunderttausend.“

Hias arbeitet im Garten, er winkt, sie halten an. „Stellt euch vor: Den Handloser haben sie abgeholt. Mit Polizeiwagen. Vor einer halben Stunde. Der Bankraub in Dingolfing. Da soll er was damit zu tun haben. Jemand soll ihn erkannt haben.“

„Ach, du Scheiße!“, sagt Josef.

Was tun? Sie werden hinauffahren. Mal sehen, was das gibt.

Attila schüttelt den Kopf. Handloser und Bankraub. Das gibts doch gar nicht.

„Der Depp!“, sagt Josef.

„Über Hunderttausend!“

„Und lässt sich erwischen!“

„Zu dumm zum Bankberauben.“

„Jemand soll ihn erkannt haben.“

„Logisch, so wie der aussieht. Und vielleicht unmaskiert!“

Sie lachen.

Im Hof stehen drei Polizeifahrzeuge. Ein Polizist kommt ihnen entgegen. „Guten Tag – Hauptkommissar Lechner."

„Bauer."

„Peukert."

Lechner starrt Attila an. „Ich kenne Sie – warten Sie, ja, damals, die Sache mit der gestohlenen Madonna in München."

„Jaja", sagt Attila unwillig.

„Wann war das nochmal?"

„2005."

„Ja, da war ich bei der Polizei in München – war ja Ihr Bild in der Zeitung, damals. Aber sagen Sie, was machen Sie denn hier?"

„Wir sind seit heute die Besitzer dieses Anwesens. Herr Handloser sollte uns das heute übergeben, aber –"

„Tja. Der ist schon in Gewahrsam."

„Jaja, der Bankraub. Wir habens in den Nachrichten gehört. War er das, der Handloser?", fragt Attila.

„Ja, er hat die Tat gestanden."

Mehrere Beamte durchsuchen Scheune, Stall, Schuppen, Haus, drehen alles um, leuchten in hinterste Winkel. Ja, bestätigt Lechner, Handloser sei erkannt worden, habe sich nach dem Banküberfall auf dem Motorrad wohl direkt hierher begeben.

„Das Problem: Die Beute fehlt. Angeblich hat er sie auf der Flucht verloren. Klingt unwahrscheinlich."

„Sechsstellig", sagt Josef.

„Wer sagt das?", fragt Lechner unwirsch.

„Vorhin im Radio wurde es gesagt. Sechsstellig, hieß es."

„Verdammt, wer das wieder rausgegeben hat!"

„Das ist", sagt Attila, „wohl die Nadel im Heuhaufen."

Die Beamten, von Lechner immer wieder motiviert, suchen und suchen. Attila und Josef sitzen auf der Bank unterm Birnbaum und schauen ihnen zu. Attila sieht das ganze Gesuche und

Gefluche der Polizisten mit einer gewissen Belustigung, auch mit Genugtuung.

Lechner setzt sich zu ihnen. Er ist neugierig. „Das mit der Madonna damals, das war schon ein Ding, was?"

„Vorbei und vergessen", antwortet Attila unwirsch.

Schließlich wird die vergebliche Suche beendet. Man verlasse sich darauf, sagt Lechner, dass, sollten sie die Beute finden, es sich bei ihnen um ehrliche Bürger handle. Sollte man aus dem Täter die Information über den Verbleib des Geldes nicht herausbekommen, werde man gegebenenfalls wiederkommen.

„Wir sind ehrliche Leute, können Sie sich drauf verlassen", sagt Attila.

Lechner grinst zweideutig und verabschiedet sich von beiden. „Und ehe Sie entrümpeln, sagen Sie uns Bescheid – hier meine Nummer –, da müssen wir eventuell nochmal raufkommen."

Attila weiß, dass dieses Grinsen natürlich eine weitere Anspielung auf die Affäre um die Madonna ist. Der Kerl misstraut ihm. Und Attila weiß von sich zu gut: Er misstraut ihm mit Recht.

Die Polizisten fahren ab. Attila und Josef schauen ihnen hinterher, bis sie oben im Wald verschwinden.

Dann bricht es aus Attila heraus: „Sakrament, Josef, über Hunderttausend liegen da irgendwo rum, Sakrament, Sakrament!"

„Wenn er gescheit ist, hat er sie im Wald versteckt."

„Suchen wir jetzt oder nicht?"

„Mir ist nicht wohl dabei."

„Wenn wir das Geld finden, was dann?"

„Dann geben wirs ab."

Attila lächelt. „Warum?"

„Weil wir ehrliche Menschen sind."

„Josef, jetzt denk mal nach: Wem nehmen wir das Geld weg, wenn wirs behalten?"

„Naja, der Bank."

„Oder deren Versicherung. Das heißt, wir nehmen es nicht einer Person weg, verstehst du."

„Ich könnte damit nicht leben."

„Wir nehmen es einer Versicherung weg, die ihren Managern Millionengehälter zahlt."

„Ja, ja, das schon, aber …"

„Als wir jung waren, haben wir geklaut. Aber nur in Kaufhäusern. Weil wir gesagt haben, diese Konzerne, die sind gegen Diebstahl versichert, wir nehmen also genau genommen niemandem was weg."

„Ich suche nicht."

„Okay, lassen wir das."

Nun heißt es, sich des Anwesens zu bemächtigen, es in Besitz zu nehmen. Sie beginnen damit, indem sie beide hinter der Scheune ins Gras pinkeln.

„Im Stehen und noch dazu in der Natur schiffts sich einfach besser", sagt Attila zufrieden.

Josef kann ihm da nur beipflichten. Vierzig Jahre lang, daran muss er jetzt denken, hat man sich bei EISEN-KNAPP geweigert, ein Urinal auf der Herrentoilette einzubauen, trotz vorwiegend männlichen Personals.

Solchermaßen erleichtert beginnen sie, wie Attila das nennt, mit der Bestandsaufnahme. Und immer wieder die Frage: Was muss bleiben, was könnte eventuell bleiben, was muss weg? Es ist das schiere Chaos. Scheune, Schuppen mit Werkstatt, Schweinestall und das Haus. Würden sie nicht heimlich, jeder für sich, ohne sich gegenseitig das zuzugeben, nach dem Geld suchen, sie wären längst am Verzweifeln.

„Du suchst, oder?", fragt Josef.

„Du nicht?"

„Ja, äh nein, nicht wirklich."

Attila lacht.

Sie finden es nicht. Nicht in der alten Dreschmaschine, nicht im verrosteten Häcksler, nicht in den Schubladen der von unbrauchbarem Werkzeug übersäten Hobelbank, nicht im Bollerofen der Werkstatt, nicht im Kachelofen im Haus, nicht unter der Matratze des ziemlich verdreckten Handloser'schen Bettes, nichts.

„Aussichtslos, bei dem Verhau", sagt Attila.

„Drum suche ich ja nicht – hat doch keinen Zweck. Das wäre schon ein Zufall, wenn wir das finden würden."

„Wo würdest du, wenn du das Geld versteckt hättest, es hingetan haben?", fragt Attila.

„Draußen, in der Natur, im Wald, was weiß ich. Jedenfalls niemals hier auf dem Grundstück."

„Also, der Handloser hat den Einbruch begangen und ist mit seinem Motorrad hergefahren. Der hat ja gar nicht gewusst, dass man ihn erkannt hat, also hat er sich ja sicher fühlen können. Warum sollte er dann das Geld im Wald versteckt haben?"

„Warum sollte er es überhaupt versteckt haben, wenn er sich sicher fühlte?"

„Auch wieder wahr. – Ah! Das Motorrad!"

Attila rennt raus, zum Motorrad, einem alten Vehikel. Außer unter dem Sitz bietet es keine Möglichkeit, etwas zu verstecken. Er kommt zurück zu Josef.

„Vielleicht", sagt der, „hat einer von den Polizisten das Geld gefunden und eingesteckt."

„Das wirds sein! – Also, packen wir an!"

Attila merkt, dass Josef angesichts der Unmenge an Gerümpel aufzugeben droht. Er macht auf gute Laune. „Josef, ich seh schon, das macht dir alles ein bisserl Angst. Aber lass dir sagen, ich hab schon ganz andere Sachen gestemmt. Den Ferdi hab ich schon angerufen, der bringt am Donnerstag einen Container, da hauen wir alles rein. Vielleicht schickt er mir zwei, drei Leute. Und den Hias unten fragen wir, ob er gleich mithelfen kann. Du wirst es sehen, wenn das Zeug mal alles weg ist, sieht das hier schon ganz anders aus. Dann gehts ans Renovieren, Bauen und so."

„Jaja, schon."

„Ich hab jetzt so eine Lust auf das alles hier, ich kanns dir gar nicht sagen."

„Es steckt an."

„Das ist gut."

Nun, da die wunderbare Geldvermehrung wohl nicht stattfindet, legt Attila los. Was alles verändert werden muss. Erst muss das Haus restauriert werden. Das heißt: Dach neu eindecken, neue Türen, neue Fenster, eine Einbauküche und: der größte Posten: Der Schweinestall muss zum Bad umgebaut werden. Dann der Speicher, das Obergeschoss. Isolierung, zwei Zimmer, Dachfenster. Die Fassade könne man so lassen, das habe doch einen gewissen Charme, meint Attila. Josef, völlig überfahren von dessen gigantisch ihm anmutenden Gestaltungsideen versucht zu bremsen. Die Fenster zum Beispiel, gut, das seien keine doppeltverglasten Thermofenster, aber die könne man doch erst einmal so lassen. Da verheize man, entgegnet Attila, einen halben Wald. Überhaupt Heizung: Er, Attila, sei da für Gas. Großer Gastank hinters Haus und fertig. Aber natürlich werde man auch den Kachelofen beheizen, schon wegen der Gemütlichkeit. Fürs Erste ist genügend Holz in der Scheune und hinterm Haus, altes, gut getrocknetes Holz.

„Man glaubts ja nicht, aber es gibt sogar Strom, da, mitten im Wald."

„Naja, hier ist ja nicht Sibirien."

Da stehen sie, der eine quillt über vor Ideen, den anderen plagen die Zweifel. Ob sich Attila nicht finanziell übernehme, ob er denn wirklich so gut rechnen könne und so gut finanziell gestellt sei, wie er vorgibt. Josef selbst hat die zehntausend Euro, die sich die Mutter über Jahrzehnte zusammengespart hat. Seine Rente reicht für die Miete in München und seinen überschaubaren Lebensunterhalt.

Dann steht Josef wieder vor dem Haus, schaut ins Tal hinunter, wo die Sonne die Felder in warmes Licht getaucht hat und sich die Windräder in der Ferne träge drehen. Er pflückt ein paar Brombeeren, isst sie. Dann atmet er die gute Luft ein, genießt die Stille, die unterbrochen wird durch erste Telefonate, die Attila, im Hof auf und ab gehend, führt.

Der ist, das weiß Josef, nicht mehr zu bremsen. Also fügt er sich in die Erwartung einer spannenden Zukunft. Wie eintönig war sein bisheriges Leben, in dem es keine Höhepunkte, keine Abenteuer gab? Er will und wird sich auf das einlassen, was jetzt kommt.

Und schon hat Attila einiges organisiert. In drei Tagen kommt der Container, ein Schreiner aus Dingolfing wird die Türen und Fenster vermessen, ein Sanitärbetrieb aus Straubing sagt sich für übermorgen an.

„Jetzt brauchen wir noch einen Dachdecker, einen Maurer und einen Elektriker. Sag mal, ist der Hias nicht Maurer?"

„Kann sein."

„Vielleicht können wir den da auch brauchen. Josef, es läuft wie geschmiert. In ein paar Wochen können wir hier wohnen. Bis dahin stellen wir uns einen Wohnwagen her."

„Ich schnarche."

„Ich auch."

„Also kein Wohnwagen."

„In Mainkofen in dem Gasthaus Linde haben sie Zimmer. Da fahren wir nachher vorbei und checken das. Und vorher zum Hias."

„Wir müssen noch der Polizei Bescheid sagen wegen der Entrümpelung."

„Ja."

Noch einmal durchschreiten sie ihr neues Reich und gefallen sich dabei. Wortreich lobt Attila das große Glück, das ihnen dieses Paradies beschieden hat.

In dem Moment, da sie ins Auto steigen wollen, nach Mainkofen zur Linde, kommt Lechner mit einem Kollegen angefahren. „Na, habt ihr die Beute gefunden?“ Er lächelt.

„Wir haben sie gar nicht gesucht“, sagt Josef.

„Wer das glaubt! – Aber wir haben sie. Handloser hat alles gestanden und uns gesagt, wo das Geld ist.“

„Wo?“, fragt Attila.

„Kommen Sie mit.“

Lechner und der Kollege gehen in den Schuppen, zur Werkstatt. Attila und Josef folgen ihnen. Der Kollege macht sich am Ofen zu schaffen. Attila und Josef lächeln und denken, so gescheit waren wir auch. Doch dann staunen die beiden. Der Polizeikollege öffnet am Knick des Ofenrohrs eine normalerweise unsichtbare ovale Klappe, fasst hinein und zieht eine Tüte aus dem Rohr. Lechner triumphiert.

„Wir haben geahnt, dass das Geld dort ist“, sagt Attila, „aber da wir ja ehrliche Leute sind, haben wir es nicht angerührt.“

Lechner lacht. „Jaja, kluge Sprüche, was?“

„Wie viel ist es denn?“, will Attila wissen.

„Hundertvierzigtausend, ungefähr.“

Mit den ironisch vorgetragenen besten Wünschen für ein gutes Leben hier oben verabschieden sich die beiden.

„Kreuzkruzifixsakramentnochmal!“, entfährt es Attila.

„Stell dir vor, der Handloser gesteht das nicht“, sagt Josef, „die suchen nochmal und finden nichts und es wird kälter und wir heizen den Ofen ein.“

„Dann hätte der Ofen nicht gezogen, wir hätten im Rohr nachgeschaut und wären um Hundertvierzigtausend reicher gewesen.“

„Ja, schade.“

„So eine Scheiße aber auch!“

20

„Kathi, das ist unser letztes Angebot: Willst du zu uns ziehen und uns den Haushalt machen – gute Bezahlung garantiert!"

Die Antwort ist wieder dieselbe: „Ja-sonst-noch-was." Und sie schiebt hinterher: „Rasierts ihr euch jetzt gar nicht mehr?"

„Wir lassen uns die Bärte wachsen", sagt Attila.

„Ja, du lieber Herrgott!"

Nach diesem Tag sind sie natürlich im Brauhaus gelandet. Sie waren noch beim Hias. Ja, er könne bei allem helfen, verstehe von jedem Handwerk viel, arbeite gerne und sei, das müsse er zugeben, an einem Zuverdienst zur Rente interessiert. Dass ihn auch das Gefühl beflügelt, mit zwei solchen Typen in deren Abenteuer miteinzusteigen, das hat er nicht gesagt. Seinen Kleintransporter wolle er natürlich, soweit es nötig werde, einsetzen und zu regionalen Handwerksbetrieben habe er beste Kontakte. Man war sich schnell einig und allerseits zufrieden.

„Ich glaub, Josef, den Hias hat uns der Himmel geschickt."

In der Linde in Mainkofen haben sie bei einer freundlichen Wirtin Zimmer für die nächsten Wochen bestellt.

Im Auto auf der Rückfahrt nach München hat Attila allerlei Anrufe getätigt. Mit einer Dachdeckerfirma hat er einen Termin ausgemacht und mit einem Elektriker, den ihm der Hias empfohlen hat. Josef hat zugehört, die Gegend betrachtet und sich irgendwie wohl gefühlt, vielleicht sogar glücklich.

Und jetzt sitzen sie an ihrem Platz im Brauhaus und haben keinen Blick für andere Gäste. Hartmut ist dazugekommen, Attila hat ihn angerufen. Er sitzt ruhig da, trinkt sein Bier und hört den beiden zu, die sich – jetzt zu Hartmuts Erstaunen auch Josef –

überschlagen vor Glückseligkeit. „Wir haben", sagen sie ein übers andere Mal, „das Paradies gefunden."

„Schön für euch", sagt Hartmut, „mir reicht die Fundgrube. Aufs Land ziehen, nein, das könnte ich nicht."

Attila schreibt Listen. Was gemacht werden muss, woran man denken muss, wer anzurufen ist und was auf keinen Fall vergessen werden darf. Er ist in seinem Element und Josef folgt ihm, mit gelegentlichen, aus seiner Berufserfahrung heraus berechtigten Einwürfen. Was ist einzukaufen, was hat Vorrang, wo kauft man ein? Womit wird man den Hias beauftragen? Baumarkt oder Fachhandel? Josef plädiert für den Fachhandel. Zum ersten Mal mischt sich Hartmut ein. Er gibt zu bedenken, dass die Baumärkte inzwischen durchaus, zum Beispiel bei Elektroartikeln, dem Fachhandel in nichts nachstehen, auch was die Preise betrifft, im Gegenteil, man kaufe dort doch günstiger.

Der obligatorische Schweinebraten ist bestellt und es taucht die Frage auf, ob man in dem im Schweinestall zu installierenden Bad eine Wanne braucht oder ob es nicht eine Dusche tut.

„Unbedingt eine Wanne", sagt Attila.

Josef, der in seiner jetzigen Wohnung nur noch über eine Dusche verfügt und damit sehr zufrieden ist, sagt, er brauche eine Badewanne nicht. Attila schlägt einen Kompromiss vor, wie er sagt: Man baue eben beides, Wanne und Dusche, was Hartmut keinen Kompromiss, sondern eine Entscheidung findet. Sagt das und betont zugleich, dass er sich um Gottes willen nicht einmischen wolle.

„Du mit deinen Spitzfindigkeiten!", sagt Attila. „Mach halt vernünftige Vorschläge."

Hartmut lacht. „Ich bin für ein Urinal."

„Ja", sagt Josef, „da gibt es ganz gute Exemplare, mit Deckel."

„Geh, wir schiffen doch im Freien", entgegnet Attila.

„Auch im Winter?"

„Ja, warum nicht? Hast du Angst, dass er dir abfriert, oder wie?"

Hartmut hört sich das alles an, es belustigt ihn, und zugleich findet er zu der schönen Gewissheit, dass sein Leben noch friedlicher werden wird, dass alle Aufgeregtheiten des Attila, diese vielen Ideen, die einander jagen, sich jetzt allein auf das Projekt Siegfriedsruh fokussieren werden. Die Fundgrube wird zur Ruhe kommen, so wie er sie liebt, und dass es einen Hias mit einem Transporter gibt, wird ihm und seinem schrammeligen alten VW-Bus eventuelle Einsätze ersparen. Gut so.

Kathi bringt die Schweinebraten, wünscht guten Appetit. Hartmut isst nichts, denn er hat vor einiger Zeit beschlossen, sich vegetarisch zu ernähren.

Dann sind die beiden imaginär ins Dachgeschoss des Hauses gestiegen, über eine Treppe, die unbedingt von einem guten Schreiner ausgebessert, wenn nicht erneuert werden müsse. Eine Arbeit, die Attila, wie er sagt, natürlich selbst ausführen könne, wozu ihm aber bei allem, was zu organisieren ist, die Zeit fehlen würde.

Hartmut verabschiedet sich mit der Versicherung, dass er, hätte sich ihm die Gelegenheit geboten, das Geld aus einem Bankraub zu finden, es behalten hätte. Ja, und in den nächsten Tagen komme er auch mal da hin, schließlich sei er ja neugierig, was es damit auf sich habe, sprichts, grüßt und geht.

„Jetzt geht er zu einer Schnalle. Naja, er hat ja nichts anderes", sagt Attila. „Ach, der Hartmut, der kommt halt über die Fundgrube nicht hinaus."

„Das will er ja auch gar nicht, oder?"

„Ha, der meint wahrscheinlich, dass er jetzt eine ruhige Kugel schieben kann. Attila ist ja anderweitig beschäftigt. Aber da täuscht er sich. Den setzen wir auch ein, mitsamt seinem alten Schrott-VW."

Dann sind sie wieder beim Dachgeschoss. Rechts und links vom Treppenaufgang bietet sich eine Kammer an. Erst soll aber das Dach neu eingedeckt werden. Ein Muss, wie Attila findet. Josef stimmt dem zu.

„Dann zweiundzwanzig Zentimeter Isolierung und Rigips. Und ein Holzboden."

„Tuts nicht ein Laminat?"

„Nein, nein, nein, wenn ich was hasse, dann Laminat. Plastikscheiß mit Holzoptik. Nur über meine Leiche!"

„Gut, gut, schon gut. Was machen wir mit den Fenstern?"

Sie sind sich einig darüber, dass diese gästehandtuchgroßen Gucklöcher weder genug Luft noch Licht hereinlassen. Man wird Dachschrägenfenster einbauen, mit Blick ins Tal.

„Noch was," sagt Josef, „der Rattendreck muss weg."

„Warum?"

„Depp! Prost!"

Josef stellt für sich fest, dass er immer besser mit der oft schroffhumorigen Art Attilas umgehen kann. Er ist glücklich. Nur eine Sache bedrückt ihn immer wieder: Das Geld. „Jetzt sag doch mal, Attila, hast du mal ausgerechnet, was das alles kostet, was wir planen?"

„Ja. Siebenundsechzigtausenddreihundertfünfundvierzigundachtundzwanzig. Ungefähr."

„Komm, verarsch mich nicht. Du weißt, dass ich damit ein Problem habe."

„Immer noch?"

„Ja."

„Josef, ich hab dir doch schon gesagt, dass ich mit meinem Laden damals sehr gut verdient hab, Geld sparen konnte, mir die Wohnung im Lehel gekauft habe und Geld genug auf dem Konto habe. Die Wohnung über der Fundgrube gehört mir – der Laden auch, ich zahle keine Miete, nur einen geringen Betrag an meinen Vater. Ich habe keine Familie, keine Erben. Also: Das Geld ist da, verdammt nochmal. Warum sollte ich es nicht in das investieren, was mir das Liebste ist, was die Freude meines Alters sein soll?"

Josef hat kein Argument mehr und Attila stellt sich stur. Sie schweigen, trinken, scherzen mit der Kathi.

Doch Attila merkt, dass in Josef ein Kampf tobt, dass er sein Problem, das für ihn, Attila, keines ist, nicht lösen kann. „Ich werde dich im Testament als Erben einsetzen."

„Das will ich nicht."

„Oder wir lassen dich ins Grundbuch als Mitbesitzer eintragen."

„Lass alles, wie es ist."

„Stell dir vor, Josef, wir leben da draußen, haben Tiere, Pflanzen – und was weiß ich – und plötzlich kratze ich ab. Dann müsstest du noch Erbschaftssteuer bezahlen. Oder mein Alter kommt und sagt, das gehört jetzt ihm – unvorstellbar. Ich würde mich im Grab umdrehen."

„Du bist elf Jahre jünger, was soll das?"

„Das sagt nichts. Übergewicht, Bluthochdruck, Rauchen und Alkohol und der ganze Scheiß – da hauts einen schnell mal um."

„Warum bist du so großzügig?"

„Weil ich dich brauche. Wie soll ich sagen – alleine hätte ich das nicht gemacht."

„Ich auch nicht. Davon abgesehen, dass ich es mir gar nicht leisten hätte können."

„Josef, jetzt keine Diskussion mehr dazu!"

„Ja, jaja."

Attila lacht. „Weißt du, was das Günstigste wär?"

„Nein – was?", fragt Josef irritiert.

„Wir würden heiraten."

Sie lachen.

Dann sitzen sie da, spinntisieren, wie Kathi sagt, und sie sind wie ein altes Paar, das in späten Jahren noch zueinander gefunden hat und sich abtastet, um zu erkunden, ob es eine gemeinsame Zukunft geben kann. Es wird sich im Laufe der Zeit zwangsläufig ergeben, dass sie sich immer häufiger wie ein altes Ehepaar benehmen.

Um Mitternacht verlassen sie das Brauhaus. Als Josef um die Ecke verschwunden ist, ändert Attila seinen gewohnten Weg. An einem Haus am Oberanger bleibt er stehen. Im Eckzimmer im dritten Stock brennt Licht. Sie ist also zuhause. Attila klingelt bei Haimerl. Nichts tut sich. Er klingelt nochmal. Nichts. Er schreit: „Melanie! Melanie!"

Im ersten Stock wird ein Fenster geöffnet. Ein Mann schreit: „Ruhe!"

Attila geht. Wird wohl einen Kerl dahaben. Nein, in Pauls Bar geht er jetzt nicht. Überhaupt nicht mehr. Das hat er sich geschworen. Nicht noch einmal dem Sachs ausgeliefert sein.

Er nimmt ein Taxi in die Au zur Fundgrube. Da brennt noch Licht. Wunderbar, da wird er eine Zigarre rauchen.

Hartmut sitzt mit zwei Frauen bei Sekt und Schnäpsen, alle drei schon ziemlich angetrunken. Vroni und Liz, ein Lesbenpaar aus der Nachbarschaft, die eine – Vroni – dick, mollig, gemütlich, die andere – Liz – dünn, burschikos. Attila wird mit Hallo und vielen Küsschen begrüßt. „Der Bart steht dir gut", sagt Vroni, „da siehst du richtig mal nach was aus."

„Danke, du Hexe."

„Schön, dass du noch kommst", sagt Hartmut, seinen Joint rauchend. „Sekt, Schnaps oder Bier?"

„Lieber ein Bier."

Hartmut holt Bier, Attila macht sich seine Zigarre an und lauscht dem Geschnatter der beiden Weiber, so sie insgeheim zu nennen er sich herausnimmt. Er fühlt sich wohl, ist leicht belustigt über dieses Trio, das sich mit viel Gekicher an allerlei Klatsch und Unsinn ergötzt. Selbst Hartmut, der doch als alter Kiffer die Ruhe selbst ist, lässt sich durch die beiden Frauen anstecken, ist witzig und wortreich, wie Attila ihn gar nicht kennt. Naja, denkt er, diese beiden Lesben, da muss Hartmut nicht baggern, das entspricht letztlich seinem Naturell. Vielleicht, denkt Attila weiter, ist der Hartmut eigentlich schwul, weiß es aber selber nicht.

„Na“, fragt Vroni, „bist du mal wieder daheim?“

„Dem sein Daheim“, lästert Hartmut, „ist doch jetzt im Wald, am Arsch der Welt.“

Attila ignoriert das. Als er sich im Raum umschaut und feststellt, dass sich immer mehr Ramsch ausgebreitet hat, fällt sein Blick auf eine Waschmaschine. „Seit wann verkaufst du Waschmaschinen?“

„Also“, sagt Hartmut, „gegenüber, dem Rentner Lohmeier, dem ist doch letztes Jahr plötzlich die Frau gestorben. Seitdem bringt er seine Wäsche in den Waschsalon. Kommt mit der Maschine nicht klar. Hab ich gesagt, ich verkauf dir die. Naja, jetzt steht sie da. Ist höchstens zwei Jahre alt, funktioniert tadellos. Hat mal über vierhundert Euro gekostet, sagt der Lohmeier.“

Vroni und Liz beginnen inzwischen, betrunken wie sie sind, aneinander herumzufummeln.

„Was will der Lohmeier denn dafür haben?“

„Mit Hundert wär er zufrieden.“

„Und du?“

„Einen Fuchzger muss ich haben.“

„Die können wir brauchen. Der Josef kann sicher damit umgehen. Was soll sie also kosten?“

„Naja, die Hundertfuchzig.“

„Dafür musst du sie uns aber bringen.“

„Dann Hundertsiebzig. Benzingeld.“

„Baraber! Also machen wirs so.“

Nachdem Liz und Vroni auch Hartmut in ihr sexuell motiviertes Gefummel einbezogen haben, was dem zu gefallen scheint, macht sich Attila, der seine Zigarre zu Ende geraucht hat, vom Acker, wie er sagt. Er geht hinauf in seine Wohnung.

„Jetzt sag einmal, Hartmutchen, der Attila und dieser Josef, die zwei da, sind die jetzt schwul?“, fragt Liz kichernd.

„Schmarrn“, sagt Hartmut. „Der Attila doch nicht.“

Dieselbe Frage stellt Rita Kreitmeier in Leberwenting ihrem Hias.

„Schmarrn", sagt auch der.

21

Franz-Josef Bauer, geboren 1930, ehemaliger Schreinermeister in der Au und strenger Lehrmeister seines Sohnes Attila, lebt seit zehn Jahren in einem Haus mit kleiner Gaststätte neben der Schrebergartensiedlung Grüne Heimat. Er betreibt mit seiner zweiten Ehefrau Sophie das Lokal, die Kommunikationsadresse der Schrebergärtner. Tag für Tag und oft weit in den Abend hinein sitzen da zumeist Rentner oder Arbeitslose und verkünden sich gegenseitig ihre Sicht auf die Welt. Franz-Josef, von seiner eloquenten Frau unterstützt, ist Wortführer. Er kennt sich aus, er weiß, wo das Gute und das Böse ist, er fällt die Urteile, er lässt andere Meinungen ungern zu. Wer zu oft zuwiderredet, fliegt raus. Fertig!

Einmal im Monat bringt Attila dem Vater Geld, eine Art Miete, man könnte es auch eine Apanage nennen, die der Vater natürlich bar haben will. Da sitzt Attila dann für ein halbes Stündchen, isst eine Bratwurst, trinkt ein Bier und hört den Männern zu. Die sind sich gerade darüber einig, dass der Hitler den Krieg hätte gewinnen können, wenn er mit den Polen zusammengearbeitet hätte, und dass es dann anders aussähe in Deutschland und dass der Hitler von der sogenannten Judenvernichtung nichts gewusst hat. Franz-Josef ist sogar davon überzeugt, dass es die Judenvernichtung gar nicht gegeben hat. Sophie glaubt das auch.

„Das ist wie mit der Mondlandung“, sagt einer, „der Amerikaner hat sich das alles ausgedacht, nichts als Betrug.“

„Alles Hollywood!“, schreit einer.

Gelächter.

Ein starker Mann müsse wieder her, um Deutschland zu retten. Ach, und die Ausländer, die Flüchtlinge. Sollen doch daheimbleiben. Machen dort Krieg und hauen dann ab. Das sei doch Fahnenflucht. Solche habe man damals an die Wand gestellt.

Ayshe, eine türkischstämmige Putzhilfe, ist auch der Meinung, dass dem Zuzug von Flüchtlingen Einhalt geboten werden muss. „Könne nicht komme all in unser Land. Türkei schöne Land, ich kenne, schöne, schöne Land, Türkei, könne Leute bleiben da."

Attila nimmt Josef nicht mit hierher. Er schämt sich für Franz-Josef und dessen Kameraden. Aber mit Hartmut war er mal da. Es war ein Desaster. Der stritt sich mit allen, beschimpfte sie und ging davon. „Was du für einen Umgang hast", sagte der Vater danach, „man muss sich schämen." Und Sophie, dick, laut und ordinär, schickte noch ein paar Beschimpfungen hinterher, die an Attila abprallten. Der Stiefmutter gegenüber hat er sich über die Jahre ein dickes Fell zugelegt.

Diese Schrebergartenidylle der alten und durchaus auch jüngeren Reaktionäre ist ihm ein Graus. Kleine Parzellen, Gartenzwerge und Windmühlen, Beetumrandungen aus Weinflaschen. Hartmut hat es einmal auf den Punkt gebracht: „Wenn einer furzt, hört es die ganze Kolonie und hält sich die Nase zu. Und wenn einer seinen Löwenzahn im Rasen ausblühen lässt, drohen sie ihm, seine Hütte anzuzünden."

Attila hat seine Wurst aufgegessen, sein Bier ausgetrunken und eine Weile den Berichten von der Überflutung Deutschlands durch den Islam zugehört. Als dann noch die Frage erörtert wird, ob es eine Straftat ist, wenn man einen Neger im Dunkeln überfährt, reicht es Attila wieder mal, er verabschiedet sich und geht. Und er denkt mit Freude und Befriedigung an Siegfriedsruh, wo alles ganz anders sein wird.

„Mein Vater", sagt Attila später, als sie sich im Brauhaus treffen, „ist ein Nazi."

„Meiner war ein Nazi."

„Wie das?"

Josef hat es noch nie jemandem erzählt. Wem denn auch? Jetzt bricht es aus ihm heraus. Er holt weit aus.

1942 habe die Mutter, vom Dorf kommend, einundzwanzigjährig, den Maurer Franz Peukert geheiratet. Ein Jahr später wurde der Sohn Josef geboren. An den Vater habe er keine Erinnerungen. Der sei, das habe die Mutter später, als er zum ersten Mal nach dem Vater gefragt habe, 1945 in den letzten Kriegstagen gefallen, irgendwo an der Front, weswegen es kein Grab gebe. Damit habe sich der Junge zufriedengegeben, er habe nicht weiter nach dem Vater gefragt und die Mutter habe auch von sich aus nichts über ihn erzählt, als habe es ihn nicht gegeben. Als die Kriegerwitwe dann mit dem kleinen Sohn für kurze Zeit aufs Dorf zu den Bauern gezogen war, wo sie herstammte, war von ihm ebenso nie die Rede gewesen. Er, Josef, habe ja dieses Schicksal, dass die Väter im Krieg gefallen waren, mit vielen anderen Kindern geteilt und sich darüber weiter keine Gedanken gemacht. Erst dem schon erwachsenen Sohn gegenüber sei die Mutter bereit gewesen, über den Vater zu sprechen. Ein ganz wunderbarer Mann sei er gewesen, liebevoll, ihre ganz große Liebe. Und fleißig und ehrgeizig sei er gewesen, habe sich vom Maurer zum Bauleiter hochgearbeitet und sei in ganz Bayern an wichtigen Bauten beteiligt gewesen. Er hätte die große Karriere machen können, wollte Architekt werden, doch der Krieg habe alles zerstört, man habe ihn an die Front geschickt, Russland, gefallen. Ansinnen anderer Männer habe die Mutter, nach dem Krieg gerade vierundzwanzig Jahre alt, stets ausgeschlagen. Sie sei allein geblieben und habe schließlich mit ihm, Josef, gelebt. Nach dem Tod der Mutter habe er einen Koffer vom Schrank geholt, den weder er noch die Mutter jemals zuvor geöffnet hätten. Der Inhalt habe ihm ein ganz anderes Bild vom Vater verraten: NSDAP-Parteibuch, Dankschreiben des Gauleiters für jahrelange gute Zusammenarbeit beim KZ-Dachau, ein Exemplar „Mein Kampf“ mit Widmung von Adolf Hitler, Briefe aus dem Zuchthaus Stadelheim von Januar ‘45 bis September ‘45, Schreiben der US-Besatzungsbehörde München, man teilte mit, dass der Gefangene Franz Peukert im Gefängnis Selbstmord begangen habe. Die Leiche habe man verbrannt.

„Da habe ich verstanden, warum die Mutter, im Sterben liegend, immer wieder vor sich hin gesagt hat: Sie haben ihn umgebracht. – Ich hab das noch niemandem erzählt, Attila. Ja, es ist so, es war so, mein Vater war ein Nazi und die Mutter hat es mir verheimlicht.“

„Er war einer. Vielleicht hätte er es nach dem Krieg bereut und wäre ein anständiger Mensch geworden. Meiner war zu jung, um ein Nazi zu sein. Aber heute ist er einer. Das ist viel schlimmer.“

„Lassen wir den Meinen ruhen und den Deinen in Ruhe, Attila, das ist das Beste für uns.“

„Da hast du recht.“

22

„Also, Schatzerl, pass auf. Ich hab da noch vielleicht eine Stunde zu tun. Jaja. --- Doch. Und dann komm ich zu dir. --- Ja, ich freu mich auch. Bussibussi!"

Ferdinand Pointner, genannt Ferdi, fünfzig, steckt das Handy in die linke und holt ein anderes aus der rechten Jackentasche.

„Moni! Ich bins, ja. Bin jetzt da, in Niederbayern, du weißt schon, Attila und Josef, jaja. --- Ich hab da einen Haufen zu tun, das wird dauern. Die sind mit dem Container unterwegs. Muss mich kümmern. --- Nein, ich nehm mir da ein Zimmer, das wird mir zu spät – bis morgen dann, gell! --- Was? Du, der Empfang ist da ganz schlecht. Führerscheinprüfung? --- Durchgefallen? Ja Herrgottsakrament nochmal, kriegt der Kerl gar nichts hin?! --- Jaja, entschuldige nur alles. --- Na, dann schick ihm Fünfhundert. Aber dann muss mal zugedreht sein, verdammt. --- Ja, ciao."

Er steckt dieses, sein zweites Handy, wieder in die rechte Jackentasche. Er darf ja nicht durcheinanderkommen mit den Handys. Das linke ist für die jeweilige Geliebte reserviert. Das meldet sich zurzeit mit dem Bellen des Mopses von Susi in Passau. Das rechte Handy meldet sich mit Peter Alexanders Lied „Hier ist ein Mensch, der will zu Dir".

Ferdi hat seinen BMW am Wald oben abgestellt und geht jetzt hinunter zum Hof, wo ihn Josef und Attila schon erwarten. „Servus, ihr zwei. Ja, Attila, wirst du jetzt zum Einsiedler?!"

„Zweisiedler", sagt Attila.

Ferdi, geschneckelte nachgeblondete Haare, klein, rundes Gesicht, leichtes Bäuchlein, dennoch drahtig, immer gut gelaunt, umtriebig, schaut sich um. Der Container, sagt er, sei unterwegs, mit drei Polen zum Einladen, müsste in etwa einer halben Stunde da sein.

Sie zeigen ihm, was alles weg muss, was bleiben soll.

„Ziemlicher Verhau, was? Aber kann man was draus machen."

„Das denken wir auch", sagt Josef.

„Aber da bestell ich für morgen noch einen Container, das kriegen wir in einen nicht rein."

„Okay."

Ferdi telefoniert.

„Naja", sagt Attila, „dann trinken wir ein Bier, ehe wir noch Durst kriegen."

„Gute Idee!"

Sie setzen sich unter den Birnbaum, Josef holt Biere, alle drei trinken aus der Flasche.

„Du lieber Herrgott, da habt ihr was vor euch!"

„Ja. Aber es rentiert sich. Wenn erst einmal der ganze Schrott weg ist, sehen wir Land."

„Prost!"

„Prost!"

„Prost!"

Schön einsam sei das hier, meint Ferdi, und eine Ruhe, das spüre man. Das habe schon was, aber für ihn wäre das nichts. Und ob sie sich das gut überlegt hätten, denn das sei ja schon eine Entscheidung. Und sie als alte Münchner, also, so ganz verstehe er das nicht. Aber gut, jeder, wie er will. Wenn er, Ferdi, in sein Alter komme, dann denke er vielleicht auch anders, meint Josef. Das nun glaube er gar nicht, er sei ein Kind der Stadt, entgegnet Ferdi. Er fahre wohl nicht mehr nach München zurück, fragt Attila neugierig. Nein, er habe da noch so eine sozusagen private Sache in Passau zu erledigen.

Ferdi grinst.

„Ein Gspusi, was", sagt Attila.

„Kennst mich doch." Er lacht.

Hier ist ein Mensch …

Ferdi holt das Handy aus der rechten Jackentasche. „Was gibts denn noch? --- Tausend? Ja, sonst noch was! --- Nein, soll er sich einen Job suchen, verdammt. --- Ja, Fünfhundert und fertig, das ist mein letztes Wort. --- Jaja, servus!"

Er legt auf, ist leicht angefressen.

„Ärger?", fragt Attila.

„Der Drusius, der Bub, verstehst du, wird sechsundzwanzig und hat noch keinen Tag in seinem Leben was gearbeitet. Jetzt das dritte Studium. In Berlin. Erst BWL, dann Forstwirtschaft, jetzt irgendeinen Medienscheißdreck. Macht wahrscheinlich da droben Halligalli und die Mama schiebt ihm das Geld in den Arsch. Und jetzt fällt der Kerl auch noch durch die Führerscheinprüfung. Das muss man erst mal bringen. Aber jetzt ist Sense, das Sozialamt Papamama wird geschlossen!"

Was sollen die beiden dazu sagen. Nichts.

Ferdi reagiert sich ab, schiebt noch ein „Ist-doch-wahr" hinterher, legt den Schalter um und ist der ewig positiv gestimmte Ferdi, tänzelnd zwischen Peter Alexander und dem Mops aus Passau. Doch, doch, das müsse er sagen, wenn man die Einsamkeit wolle, dann sei das wohl der richtige Ort, sozusagen am Ende, um nicht zu sagen, am Arsch der Welt. Und sie würden sicher was draus machen, so kenne er ja seinen Attila.

„Hast du Kinder?", fragt er Josef.

„Nein."

„Sei froh."

„Heißt der Sohn tatsächlich Drusius?", will Attila wissen.

„Johannes Drusius, Grammatiker, sechzehntes Jahrhundert", sagt Josef lakonisch.

„Woher weißt du denn so was?", fragt Ferdi.

„Kreuzworträtsel."

„Heißt er also Johannes Drusius?", fragt Attila.

„Nein. Drusius Ingemar heißt er."

Josef und Attila schauen ungläubig drein, mit der Gewissheit, dass dieser Ferdi schon ein schillerndes Exemplar Mensch ist.

Der erklärt: „Man weiß ja nicht, was einmal aus so einem Buben wird. Oft wirds ja nichts. Wenn er also nichts Rechtes wird, dann kann er sich als Drusius Ingemar immer noch eine Visitenkarte drucken lassen mit Dr. Ing. Pointner. Das ist doch was, nicht."

Ehe Ferdi das näher erläutern kann, kommt der Container und wird geschickt in den Hof manövriert. Drei Männer, die als Polen Angekündigten, und der Fahrer steigen aus. Die Polen bleiben neben dem Container stehen, der Fahrer kommt zu Ferdi. Der bedeutet ihm, dass er gleich wieder abfahren könne, die Polen würden hier bleiben, denn morgen müsse er den Container abholen und einen neuen bringen, das habe er bereits mit der Zentrale geregelt. Der Fahrer verabschiedet sich und fährt ab.

„Attila, wo können wir die drei unterbringen? Bis morgen."

„Unten, in Mainkofen, im Gasthof Linde, da übernachten wir auch, da sind sicher noch Zimmer frei. Ich rufe an und nehme sie dann mit runter."

„Gut so."

Ferdi steht auf, geht zu den Polen und stellt sich vor sie wie ein Feldwebel vor die angetretenen Soldaten. „Also, ganze Schrott in Container – diese Männer sagen, was bleiben und was weg – morgen andere Container – schlafen in Gasthof – Mann fahren hinunter. Los, los, hopp, hopp!"

Er kommt zu den beiden zurück, setzt sich.

Josef steht auf, geht zu den Polen, begrüßt jeden mit Handschlag und geht mit ihnen in die Scheune.

„Ich muss sagen, Attila, da hast du einen netten Kollegen."

„Er ist ein Freund."

„Umso besser. – Ich muss los. Die arbeiten zuverlässig. Haben vorher auf dem Gurkenflieger gelegen. Da ist das bei mir ein Zuckerschlecken. Wenns Probleme gibt, ruf mich an."

Er verabschiedet sich, geht zu seinem Auto hinauf und fährt ab, dem Passauer Mops und seinem Frauchen entgegen, in freudiger Erwartung.

Attila ruft im Gasthof Linde an und regelt alles. Er bleibt sitzen und schaut zu, wie die drei Polen unter Anleitung von Josef den Container füllen. Der Josef macht das, da werde ich nicht gebraucht, sagt er sich. Er ist zufrieden. Auf den Ferdi ist eben Verlass. Solche Kontakte muss man halt haben. Es wird, es läuft, wenn erst einmal der ganze Schrott weg ist, dann sieht man Licht, dann kann man richtig planen, dann geht es los. Und er denkt: So ein Gspusi in Passau, das könnte ihm auch gefallen. Vielleicht wird er sich danach einmal umsehen. Es muss ja nicht eine mit einem Mops sein. Wie wäre es, denkt er, mit der Lindenwirtin. Ganz sein Beuteschema – und Witwe. Mal sehen. Josef ist in seinem Element, er organisiert die Entrümpelung und am Abend ist der Container gefüllt. Ein Netz wird darüber gespannt, die Arbeit des Tages ist getan.

Dann fahren sie alle gemeinsam hinunter zur Linde. Die Polen beziehen ihre Zimmer und kommen dann in die Gaststube. Sie wollen sich zunächst an einen separaten Tisch setzen, werden aber von Attila und Josef an deren Tisch geholt. Man isst trinkt und plaudert. Lech und Don sind des Deutschen kaum mächtig. Stani übersetzt. Von der harten Arbeit auf dem Gurkenflieger erzählen sie, aus der Heimat, von den Frauen, die auch in Deutschland arbeiten. Und wie gut sie es jetzt getroffen hätten mit der Arbeit beim Ferdi. Für alle ist es ein schöner Abend der Völkerverständigung. Fragen auf beiden Seiten, Geschichten, Erfahrungen, Abrisse aus Biografien, auch ein mittleres Besäufnis, nach dem alle zufrieden und irgendwie beglückt zu Bett gehen, sich auf den nächsten Tag freuend.

„Da habt ihr euch aber ein schönes Stück Erde ausgesucht, allen Respekt meinerseits“, sagt Stani vor dem Schlafengehen in perfektem Deutsch. Seine Mutter ist Deutsche.

23

Als sie am nächsten Morgen am Hof ankommen, ist der Container abgeholt und ein neuer steht bereit. Und der Hias ist da. Attila hat ihn gefragt, ob er eine Vorstellung habe, was man mit der alten Dreschmaschine machen könne. Hias hat eine Vorstellung und nicht nur das. Er ist mit einem Traktor samt Anhänger gekommen. Gemeinsam mit den Polen laden sie die Dreschmaschine auf den Hänger.

„Wo bringst du die jetzt hin?", fragt Josef.

„Landwirtschaftsmuseum."

Die Polen beladen unter Josefs Regie den zweiten Container. In der anteilnehmenden Betrachtung der Arbeit am Hof sieht Attila, an rein körperlicher Ertüchtigung nicht interessiert, durchaus eine eigene, sozusagen schöpferische Leistung und einen ihn auch erschöpfenden Beitrag zum Gelingen des Ganzen. Er führt weitere Telefonate mit Firmen und Handwerkern und legt Listen mit zu Besorgendem an.

Gegen Mittag kommt auch der Hias wieder dazu. Er lädt in seinen Transporter allerlei Dinge, die er, wie und warum auch immer, brauchen kann, Dinge, die sonst im Container gelandet wären. Am Nachmittag ist die Arbeit beendet, der Container wieder voll. Scheune, Stall, Werkstatt sind fast leer. Attila und Josef sehen es mit Wohlgefallen. Jetzt kann es losgehen, jetzt sieht man Land.

Dann sitzen sie unter dem Birnbaum und warten auf den Fahrer, der den Container und die Polen mitnehmen soll. Josef holt Biere, Cola und Wasser. Bier wollen die Polen tagsüber nicht trinken.

„Eine Biere trinken, gute Arbeit, Respekt, wo du wohnen?“, sagt der Hias.

Stani lächelt, Attila ist amüsiert, Josef lauert.

„Warum sprichst du so komisch?“, fragt Stani. „Kannst du kein richtiges Deutsch?“

Hias ist verlegen. „Entschuldigung, aber ich – äh – ach, Scheiße, ja, Entschuldigung.“

Der Fahrer kommt, lädt den Container auf und nimmt die drei Polen mit. Herzlicher Abschied.

„Da spricht der Pole perfekt Deutsch, ja so was“, sagt der Hias, als sie da sitzen, begeistert und zufrieden diese beiden so erfolgreichen Tage preisend.

„Der Stani“, sagt Josef, „der hat eine deutsche Mutter, eine deutsche Frau und er ist Ingenieur, findet aber keine Anstellung, also macht er diese Arbeit.“

Dann kommt Ferdi. Ob denn alles gut gelaufen sei.

„Perfekt“, sagt Attila, „gute Leute, wirklich.“

„Ja, die sind okay. Man muss sie halt ab und zu in den Arsch treten.“

„Muss man nicht“, sagt Josef.

Hier ist ein Mensch!

Ferdi holt das Handy aus der rechten Jackentasche.

„Ja? --- Nein. --- Du, hier geht es drunter und drüber, muss mich kümmern. --- Doch, nein, du ich übernachte nochmal, komme morgen. --- Ja, servus, ciao.“

Er steckt das Handy ein, holt das andere hervor.

„Schatzerl, ich hab noch paar Sachen zu erledigen – dann komm ich. --- Ja, ich mich auch. Bussibussi!“

Das Handy wandert in die linke Jackentasche. Ferdi grinst.

„Jaja, der Ferdi! Immer unterwegs“, sagt Attila leicht anerkennend und neidisch.

„Ihr Lieben, ich muss los – wenn was ist, anrufen, okay. Servus miteinander.“

Er geht – wieder dem Passauer Schatzerl mit Mops entgegen. Hias, der Ferdi zum ersten Mal gesehen hat, lässt sich darüber aufklären, was es mit „Hier ist ein Mensch" in der rechten und dem Bellen eines Hundes in der linken Jackentasche auf sich hat. Und es ist beim Hias da eine gewisse Bewunderung und die möglicherweise bittere Erkenntnis, dass es das in seinem Leben wohl nicht geben könnte.

Dann bespricht man den nächsten Tag, verhandelt ein Schwarzgeld von zehn Euro die Stunde. Und dann geht der Hias und lässt die beiden Herren des Hofes alleine.

Gemächlich, sich gegenseitig begeisternd, schreiten sie das Gelände ab, staunen ob der Größe der Scheune, die sich erst jetzt offenbart, hegen leichte Zweifel, ob aus dem Schweinestall jemals ein Bad entstehen kann, gehen durchs Haus, in die verwahrloste Küche, über den Hof, stehen am Teich, dessen Oberfläche grün schimmert und irgendwie auch für Attila etwas Gruseliges hat. Irgendwann fahren sie hinunter zur Linde.

Nachdem sie dem Hias ein paar weitere Aufträge erteilt haben, sind sie nochmal für zwei Tage nach München gefahren. Josef hat sich aus seiner Wohnung Bekleidung für die nächsten Wochen geholt, ist über den Viktualienmarkt gegangen und hat sich sozusagen von ihm verabschiedet. Fürs Erste einmal. Und er hat in einer Buchhandlung am Marienplatz ein paar Bücher gekauft. Anleitungen zur Gestaltung eines Nutzgartens. Attila hat mit Hartmut einiges besprochen, was die Fundgrube angeht, hat ins Auto geladen, was er meint zu brauchen, und hat nochmal die Waschmaschine angemahnt. Am Abend treffen sie sich im Brauhaus, um für einige Zeit Abschied zu nehmen, von der Kathi im Besonderen.

Richtig traurig ist sie. Die Vorstellung, die beiden jetzt über Wochen nicht zu sehen, gefällt ihr gar nicht.

„Josef, ich gebe uns einen Monat, dann wohnen wir dort",

sagt Attila. „Morgen geht es los. Der Countdown läuft. Du wirst staunen!“

„Schaun wir mal. Ich kenne die Handwerker, naja, wie gesagt, schaun wir mal.“

Mit zunehmendem Abend will Attila nicht gelten lassen, dass Zweifel daran bestehen, dass Siegfriedsruh noch vor dem Winter ein Hort der Gemütlichkeit, ein bewohnbares Haus mit dem beabsichtigten Komfort sein wird.

„Wir können es uns nicht leisten, die Arbeiten in den Winter zu ziehen. Nein, Josef, ich setze alles daran, dass wir am ersten Adventsabend in unserem Wohnzimmer am Kachelofen sitzen, es warm und gemütlich haben.“

„Und draußen schneit es und bald kommt der Weihnachtsmann. Ach, Attila, wollen wir hoffen, dass du recht hast.“

24

Der September zeigt sich von seiner besten Seite. Viel Sonne, hohe Temperaturen, ein Glücksfall für die Bauarbeiten auf Siegfriedsruh. Attila hat mit dem Abschied aus der Münchner Bussi-Gesellschaft sein Äußeres verändert. Nicht nur, dass der Bart wächst, statt der Flatterhosen trägt er jetzt Jeans, die ob der ungünstigen Proportionen vorne spannen und am Hintern flattern. Dazu diverse Hemden im Holzfällerstil oder mit Hawaiimotiven, immer noch gerne grell. Nichts mehr aus der Hippie-Loden-Kollektion, die er bisher bevorzugt hat. Die roten Halstüchlein sind allerdings geblieben. Attila kann anziehen, was er will, er ist irgendwie immer noch eine Erscheinung, die jedermanns Respekt einzufordern imstande ist. Das weiß er und so gibt er sich. Josef hat damit kein Problem. Er fühlt sich wohl im Schatten des Freundes und hat sein ganz spezielles, in fünfzig Jahren EISENKNAPP erworbenes Verhältnis zu den Handwerkern. Ihn sehen sie als einen Kumpel, der zumindest theoretisch Ahnung hat und für ein Fachgespräch zur Verfügung steht. Attila nehmen sie als Bauherrn, der das Sagen, aber nicht unbedingt von allem eine Ahnung hat.

Wenn Josef jemals Zweifel an Attilas Organisationstalent hatte, es waren ja kleine, verzagte Zweifel, dann sind sie jetzt verflogen. Da kann er darüber hinwegsehen, dass es mit der Bereitschaft zu körperlicher Ertüchtigung nicht so weit her ist. Was sich an diesem sonnigen Septembertag auf Siegfriedsruh tut, hatte sich Josef nicht vorstellen können. Es ist eine Großbaustelle. Attila hat gerufen und alle sind gekommen. Oben am Waldrand stehen die PKWs der Handwerker, im Hof die Lieferwagen und Pick-ups.

Und überall wird gearbeitet. Turmbau zu, fünf Buchstaben, der erste ein B – Babel, denkt Josef.

Hias und zwei Männer, die er mitgebracht hat, verputzen die Wände des Schweinestalls. Am Haus steht ein Container, in den drei Männer, die das Dach abdecken, die alten Ziegel werfen. Ein Schreiner vermisst die Fenster im Parterre. Ebenfalls im Haus arbeitet ein Elektriker, schlägt Schlitze für neue Leitungen. Ein Transporter setzt Paletten mit Dichtungsmaterial für das Dach und neue Ziegel ab. Spengler erneuern die Dachrinne.

In dem Maße, in dem Josef erstaunt ist, ist Attila glücklich. Sie sitzen an einem größeren Tisch, den sie vor die Bank unter den Birnbaum gestellt haben, und empfangen. Zunächst einen jungen Mann der Sanitärfirma. Der legt den beiden Prospekte von Waschbecken Toilettensitzen, Duschwannen und Urinalen vor. Danach geht es um Kacheln, um Steckdosen, Dachfenster, um Armaturen und den Bodenbelag für die beiden Zimmer unterm Dach. Sie begutachten, diskutieren, ziehen in Erwägung und verwerfen, einigen sich oder auch nicht. Nur selten gelingt es Josef, Attila davon abzubringen, stets das Teurere, vermeintlich Bessere zu bestellen, statt des Einfachen, das Josef genügen würde. So herrscht dann doch unausgesprochen das Verdikt: Wer zahlt, bestimmt. Josef kann mittlerweile damit leben. Er ist jetzt dabei. Wir, wir, wir. Wir ziehen das hier durch, in vier Wochen wohnen wir hier.

Zur Harmonie tragen solche Erkenntnisse bei wie: Man wird sich selten im Bad begegnen. Josef ist Frühaufsteher und Attila Langschläfer. Attila wird unterm Dach schlafen, Josef im Parterre, neben dem Bad.

Die jeweiligen Vertreter der Firmen notieren und sagen in harten, von Attila geführten Verhandlungen Termine zu.

„Ein Küchenfenster nach hinten raus, drei Fenster vorne, zwei Dachfenster 70 mal 105, zwei kleine Fenster im Obergeschoss, Badezimmerfenster. Holz mit Sprossen, Dreifachverglasung. Ich würde sagen: Vierzehn Tage, vielleicht gehts auch schneller, kann ich aber nicht garantieren." Hans Seidenberger, der Inhaber einer Schreinerei, vom Hias vermittelt, sitzt bei den beiden.

„Da haben Sie ja einiges zu tun", sagt Josef. „Haben Sie denn genug Personal?"

Seidenberger lächelt. „Die Fenster sehen unsere Werkstatt gar nicht. Mein Sohn gibt die Daten heute in den Computer ein, das geht an die Fabrik und dort werden die Fenster computergesteuert gefertigt und direkt hierher geliefert."

„Fenster nach Maß aus dem Computer. Sehr gut!", sagt Attila.

„So stirbt das Handwerk", sagt Josef.

„So ist es. Bei den heutigen Löhnen – wenn wir überhaupt ausgebildete Leute hätten –, ist das zu den Preisen nicht von uns herstellbar. Die Zeiten sind vorbei. Wir sind keine Fensterbauer mehr, nur noch Fenstereinbauer."

Alles wird begleitet vom Krach der in den Container fallenden Dachziegel. Es geht laut zu. Zu allem Überfluss können die beiden Mitarbeiter vom Hias ohne Musik aus einem mitgebrachten Makita-Baustellenradio nicht arbeiten, wie sie sagen. Attila scheint das Gedudel gar nicht zu stören, er nimmt es vielleicht nicht einmal wahr, schwerhörig wie er ist, denkt Josef. Und wie schnell das Selbsthandanlegen bei Attila, der doch so sehr seine praktischen Veranlagungen gepriesen hat, keine Rolle mehr spielt. Er ist, wie die Handwerker gerne sagen, ein Arbeitsanschaffer. Wenn es denn so ist, denkt Josef, dann ist es gut so.

Er, der sich ohnehin nicht in der Lage sieht, sich handwerklich einzubringen, denkt angesichts des völlig verwilderten ehemaligen Bauerngartens daran, wie er roden, graben, Beete anlegen, säen, pflanzen wird. Das wird seine Rolle sein, auf die er sich abends im Hotelzimmer bei der Lektüre der Gartenbücher schon vorbereitet. Noch im Herbst wird man den Boden vorbereiten müssen für die Gestaltung des Gartens im Frühjahr. Er weiß, dass er im Hias einen guten Mitarbeiter haben wird.

Am Abend dieses ersten Tages auf der Großbaustelle Siegfriedsruh sitzen Josef und Attila erschöpft, aber glücklich mit dem Hias, der als Einziger noch dageblieben ist, unterm Birnbaum und trinken Bier. Sie preisen den Tag, ihre glückliche Hand mit den diversen Handwerkern, und der Hias genießt die Freundschaft der beiden und die Tatsache, dass er nun über einen längeren Zeitraum hinweg Anteil haben wird an dem, was diese so unterschiedlichen Münchner hier entstehen lassen. Was wären die, denkt er, ohne mich?

Das Resümee dieses Tages, darauf prosten sich Attila und Josef später in der Linde zu, ist beeindruckend.

„Wenn es so weitergeht", sagt Attila, „dann wohnen wir garantiert in vier Wochen da oben."

Ach, der Attila, denkt Josef, der vertreibt einfach alle Zweifel. Gibts nicht gibts nicht. Alles ist machbar. Einfach, schlicht, bescheiden, das kennt Attila nicht. Der denkt alles in XXL.

Nach ein paar Bieren verabschiedet sich Josef, müde von diesem Tag, ins Bett. Attila hingegen befasst sich wortreich, alle Register der Verführung ziehend, mit der Wirtin der Linde, einer Mittvierzigerin, die bereit ist, dem Werben dieses Münchner Bürgers mit dem speziellen Charme, sittsam noch, aber doch kleine Signale der Sehnsucht sendend, nachzugeben. Als Attila dann später ihr letzter Gast ist, nimmt sie ihn mit in ihre Wohnung über der Gaststube. Sie heißt Helga.

Josef hat in dieser Nacht einen Traum. Attila sitzt im Hof auf einem goldenen Thron. Handwerker, Frauen und Kinder huldigen ihm, legen ihm Werkzeug, Blumen und Obst zu Füßen. Er nimmt die Huldigungen entgegen und segnet, wie der Papst es tut, die Gemeinde der Gläubigen. Glücklich gehen die Huldigenden davon, die Handwerker zur Arbeit, die Frauen in die Häuser, die Kinder in die Schulen.

Als Josef im Morgengrauen aufwacht und versucht, diesen Traum festzuhalten, muss er an einen Film denken, den er mal gesehen hat. Er erinnert sich, dass da ein einfacher Mann sagte, er wolle für seine Geliebte eine „Kerze in der Kapelle seines Herzens“ anzünden, und dass später ein Aristokrat verkündete, er wolle für die Angebetete einen „Kandelaber in der Kathedrale seines Herzens“ entzünden. Letzterer ist Attila, alles groß, XXL.

Das Techtelmechtel zwischen der Wirtin und Attila fällt Josef erst einmal nicht auf.

25

Wenn Rita Kreitmeier auch überhaupt nicht versteht, warum sich zwei alte Männer aus München so was, wie das da oben antun, so ist sie doch sehr froh, dass der Hias, ihr Mann, dort gute Arbeit hat, Geld verdient, des Tags nicht untätig und darum unwirsch herumhängt, sondern abends immer was zu erzählen hat von den sonderbaren Männern da oben, die sagen, dass der vergammelte Hof einmal das Paradies sein wird.

Der Hias, der niemals sagt, ich bin der Mathias Kreitmeier, sondern ich bin der Hias – oder bodenständigkeitshalber: Ich wär der Hias und wer wärst du? –, ist allenthalben das, was man einen Hansdampf in allen Gassen nennt. Er kennt sich in jedem Handwerk aus und ist, was Besorgungen betrifft, bestens vernetzt. Sag mir, was du brauchst, ich besorge es dir. Ein Ferdi im Kleinformat.

Er ist klein, kräftig, muskulös, war in jungen Jahren Gewichtheber in einem Dingolfinger Kraftsportverein. Er hat Maurer gelernt, ist jetzt fünfundfünfzig Jahre alt, hat über drei Jahrzehnte bei ein und derselben Baufirma gearbeitet. Die Firma hat vor drei Jahren pleitegemacht, ist aufgelöst worden. Dem Hias war es recht so. Er bezog eine Abfindung und vorgezogene Rente und legte keinen Wert mehr auf eine feste Anstellung. Es ging und geht ihm so besser. Er hat zahlreiche Jobs, Freundschaftsdienste, wie er gerne sagt. Als Schwarzarbeiter würde er sich nicht bezeichnen, denn er hilft ja immer nur bei guten Freunden, die sich ihrerseits dann gelegentlich erkenntlich zeigen, in welcher Form auch immer. Da ist dem Hias, der im Niederbayerischen viel unterwegs war, das Engagement, so kann man es ja nennen, auf Siegfriedsruh willkommen, muss er ja nur in den Wald hinauffahren. Er hat schnell erkannt, dass er dort überall gebraucht wird, dass dieser Arbeitsplatz, ihn so zu nennen, würde er nie wagen, eine Versicherung über einen längeren Zeitraum sein wird. Sie haben von zu vielen Dingen keine Ahnung, sie wollen auf regionale Kräfte setzen und sie haben, was zumindest Attila betrifft, gehobene Ansprüche, die zu erfüllen sich der Hias ehrgeizig zur Aufgabe gemacht hat.

In Attila hat er einen großzügigen Auftraggeber gefunden, dem zu helfen er natürlich schon aus purer Menschenfreundlichkeit bereit ist. Nein, nicht Auftraggeber, nicht Bauherr, diese Bezeichnungen mag der Hias nicht. Freund, Kumpel, Kamerad – ich helfe dir, wo ich kann. Rita, die immer darauf bedacht ist, dass ihr Mann sich nicht ausnutzen lässt, wozu er in mancher bierseligen Freundschaft neigt, ist zufrieden, denn der Hias kann ihr berichten, dass noch keiner so freigiebig war, was die Bezahlung betrifft, wie Attila.

Wie es gestern begonnen hat, so geht es heute weiter. Überall herrscht Geschäftigkeit. Das Baustellenradio dudelt, sodass sich die Handwerker sehr laut verständigen müssen. Lärmen, Schreien, Lachen, Fluchen, Telefonieren. Bohrhammer, Kreissäge, Betonmischer, alle im Einsatz, verhöhnen die Idylle. Attila liebt das, Josef leidet stumm. Gegen den Lärm kommt auch seine Stille vom Handy nicht an. Und der Hias ist innerhalb von noch nicht einmal zwei Tagen zum Baustellenkoordinator aufgestiegen. Attila verhandelt nicht mehr selbst, er überlässt es dem Hias dafür zu sorgen, dass die Arbeiten reibungslos verlaufen.

Josef, durch die Lektüre der diversen Gartenbücher vom idealen, schönen und ertragreichen Bauerngarten träumend, gerät angesichts der völlig verwilderten, von Giersch und Brombeerbüschen überwucherten Realität in leichte Panik, zumal ihm Hias auch noch vorschwärmt, wie nützlich und perfekt dieser

Garten zu Zeiten der Sobeckbäuerin war. So ertragreich sei er gewesen, dass der Sobeck Anton einmal die Woche mit Produkten aus Eigenanbau auf dem Markt in Dingolfing stand. Davon ist nichts mehr zu sehen. Die Kommune oder Handloser haben den von einem stark lädierten Staketenzaun eingerahmten Garten zugemüllt. Da er auf der Baustelle nicht gebraucht wird, nimmt Josef den verzweifelten Kampf gegen Müll, Brennnessel, Brombeere, Giersch und Co. auf. Er beginnt zu roden. Er stutzt die Brombeeren und scheitert am unterirdischen Wurzelgeflecht des Gierschs. Hias kommt mit einem Kleinbagger. Es geht voran. Allerdings sind die noch vorhandenen Gartengeräte in jämmerlichem Zustand. Neue müssen her.

Attila fertigt Listen an, was alles zu besorgen ist. Fast täglich fährt er los, geht in die Baumärkte, in Fachbetriebe. Mehrfach fährt er nach München. Es gibt Probleme mit dem Mieter in der Lehel-Wohnung, sagt er.

Meistens bleibt er zwei Tage, um bei Hartmut zu sitzen. Der hat die Waschmaschine immer noch nicht gebracht, war auch noch nicht in Siegfriedsruh. Eines Tages verkauft er sie und hofft, dass Attila nicht mehr daran denkt.

Attila hat Josef einmal gefragt, ob er nicht bei EISEN-KNAPP Prozente bekomme. Der lehnte das Ansinnen, dort einzukaufen, strikt ab. Nun wäre Attila nicht Attila, würde er nicht doch zu EISEN-KNAPP gehen. Er kauft diverse Artikel, die auf seiner aktuellen Liste stehen. Dann reitet ihn ein Teufel. Da habe es doch, sagt er zur Chefin, diesen netten, zuvorkommenden älteren Herrn im Verkauf gegeben. Wo der denn sei.

Sie seufzt. „Ach! Unser Herr Josef! Der fehlt uns. Der ist in Pension gegangen – und stellen Sie sich vor: Der hat sich nie mehr wieder sehen lassen. Jaja, der Josef!"

Es entgeht Attila nicht, dass sie einen leicht verklärten Blick bekommen hat, sodass anzunehmen ist, dass da einer molligen, in Attilas Beurteilung durchaus attraktiven Dame mehr fehlt als der nette Herr Peukert im Verkauf.

„Wie?", fragt er. „Der hat sich nie mehr sehen lassen?"

„Nein, leider."

Ob denn etwas geschehen sei? Ob man sich im Streit getrennt habe? Sie verneint. Das verstehe er gar nicht, denn meistens treibe doch die Neugier den Rentner an seinen alten Arbeitsplatz, schon um zu sehen, ob es denn ohne ihn auch läuft. Das sieht sie auch so, aber wie gesagt, der Herr Josef ist wie verschwunden, dabei habe man ein sehr gutes, man könne durchaus sagen herzliches Verhältnis zueinander gehabt.

Als Attila geht, begleitet sie ihn noch nach draußen. Sie wird vertraulicher. „Ach, wissen Sie, wie soll ich sagen, er war meine Stütze, die Seele des Geschäfts. Er fehlt mir auch persönlich. Und stellen Sie sich vor: Ich habe nicht einmal eine Telefonnummer."

Attila, eigentlich geneigt, ein Komplott zu schmieden, hält sich zurück. „Wissen Sie, ich mochte ihn", sagt er, „ich habe seinen guten Rat, seine Fachkenntnis geschätzt, ich habe immer gerne bei ihm eingekauft und, wie gesagt, der Herr Josef war immer kompetent und freundlich. Und einmal, letztes Jahr, da habe ihn ein paar Mal im Brauhaus gesehen, mit ihm ein paar Biere getrunken, geschwatzt. Gutes Gespräch."

Sie ist leicht aufgeregt. „Lieber Herr – Herr –"

„Attila."

„Lieber Herr Attila –"

„Attila, einfach Attila, ohne Herr."

„Also, Attila, wenn Sie ihn wieder einmal sehen, meinen Herrn Josef, dann sagen Sie ihm, er möge sich doch melden. Er ist hier jederzeit willkommen."

„Selbstverständlich, sollte ich ihn sehen, gnädige Frau –"

„Rosalind."

„Rosalind, dann werde ich ihn selbstverständlich zu Ihnen schicken, Rosalind."

Er verabschiedet sich und geht. Sie schaut ihm hinterher, durchaus mit Wohlgefallen. Er denkt, schau, schau, der Herr Josef, Tröster der Witwe, der auch privat der Dame fehlt! Ist der Herr Josef doch kein so unbeschriebenes Blatt, was das Weibliche betrifft? Rosalind mit ihrer vielversprechenden Üppigkeit und dem schönen Augenaufschlag passt Attila durchaus in sein Beuteschema. Eine Geschäftsfrau, selbstständig. Sympathische Erscheinung. Vielleicht, denkt er, sollte er da einmal sein Glück probieren. Das hat doch ein anderes Niveau als die gelegentlichen Eroberungen aus Pauls Bar. Na, mal sehen.

Einige Tage später, das Wohnzimmer ist schon gestrichen, die neuen Fenster sind eingebaut, ein Tisch steht da mit vier Stühlen. Josef, auf der Suche nach einem Gartenprospekt, findet zufällig einen Kassenbon der Firma EISEN-KNAPP. Er hat sich schon über den neuen Spaten gewundert, den Attila im Baumarkt gekauft haben will, von dem Josef aber weiß, dass er von einer exklusiven kleinen Firma ist, die nur Fachgeschäfte beliefert. Da steht er nun zusammen mit anderen Sachen auf dem Kassenbon. Josef erwähnt seine Entdeckung nicht. „Man glaubt es nicht", sagt er lediglich zu Attila, „dass sie neuerdings in den Baumärkten Spaten von dieser Qualität verkaufen."

„Jaja. Die werden immer besser. Bald braucht man die Fachgeschäfte nicht mehr."

„Glaube ich nicht", sagt Josef, „EISEN-KNAPP wird es in zwanzig Jahren noch geben. Da gibt es auch gute Spaten."

Der ahnt etwas, denkt Attila, schiebt dann aber den Gedanken weg. Er hat gerne ein Geheimnis. Wer weiß, ob er nicht das nächste Mal in München bei Rosalind vorbeischauen wird.

26

Sie sitzen auf der Bank vor dem Haus, genießen die letzten Strahlen der Oktobersonne. Josef, gewillt, sich jetzt ausschließlich um den Garten zu kümmern, und ausgestattet mit allerlei Ratgebern, liest aus einem Buch vor. Attila raucht eine Zigarre.

„Du möchtest einen Garten anlegen und Obst und Gemüse anbauen? Oder hast du vielleicht schon einen Gemüsegarten, den du um ein paar Beete erweitern möchtest?“

„Die sagen Du?“, fragt Attila.

„Die schreiben Du. … *erweitern möchtest. Es gibt verschiedene Methoden, einen Garten anzulegen. Die gängigste ist das Umgraben, aber du wirst schnell merken, dass ich davon nicht allzu viel halte.“*

„Wer ist ich?“

„Die, die das schreibt. Wurzelmarie.“

„Aha.“

„Erstens ist Umgraben nämlich sehr anstrengend und zweitens zerstört es das Bodenleben. Wusstest du, dass in einer Handvoll Gartenerde mehr Mikroorganismen leben als Menschen auf diesem Planeten? Diese kleinen Helfer sind für einen fruchtbaren Boden sehr wichtig. Diese ganz unterschiedlichen Mikroorganismen bevölkern jeweils andere Schichten im Boden. Viele leben ganz oben, nah bei den Wurzeln der Pflanzen, aber andere halten sich auch in tieferen Bodenschichten auf. Beim Umgraben werden diese Schichten umgedreht. Mikroorganismen, die in den obersten Schichten leben, werden begraben und andere sterben, weil sie plötzlich an der Oberfläche sind, wo sie keinen Lebensraum mehr finden.“

„Ich versteh gar nichts.“

„Musst du ja nicht."
„Verstehst dus?"
„Zum Teil, jedenfalls ist es interessant."
„Alles Theorie."
„Ja und?"
„Hilft dir nicht weiter. Umgraben musst du trotzdem."
„Lass uns besprechen, was wir brauchen. Pass auf – das Beste ist, du schreibst mit."
Josef reicht Attila, der seufzt, aber willig ist, Papier und Stift.
„Schmarrn, ich schreibs ins Handy. *Besorgungen betreffend Josef Peukerts Traumgarten.*"
„Genau." Josef diktiert, langsam, zum Mitschreiben.

Josefs Absicht, die Beete des Gartens vom überbordenden Unkraut zu befreien, nimmt Formen an. Er gräbt, entfernt Wurzeln und Gestrüpp, will alles für das Frühjahr vorbereiten und unter Anleitung vom kundigen Hias das eine oder andere schon jetzt pflanzen oder säen. Hias dämpft die Visionen von Kräutern und Salat, von Blüten rund ums Jahr, die Josef aus Büchern bezogen hat, denn das Wetter erlaube manche Dinge nicht und die Winter seien hier im Niederbayerischen härter als anderswo. Und Geduld müsse man haben, viel Geduld.

Noch unangetastet bleibt, was still und starr, unheimlich und bedrohlich daliegt, von Attila „See" genannt, vom Hias „Weiher" und von Josef „Teich" oder „Tümpel". Er scheint den hochtrabenden Plänen von Attila – „Wir werden darin schwimmen, es wird unser Pool sein" – zu trotzen. Josef sieht darin eher Seerosen, allenfalls Fische, Enten und Gänse.

Einen wackeligen Steg hat Attila entfernen lassen. „Damit wir nicht auf die Idee kommen, im Suff hineinzuspringen."

Die jungen Leute, sagt der Hias, die von der Kommune, die hätten darin gebadet, nackt.

„Es fehlen Frösche, wir müssen Frösche ansiedeln", sagt Josef.

„Um Himmels willen!“, erwidert Attila. „Wollen wir unsere Ruhe hier zerstören?“

Das leuchtet Josef ein, wohingegen Attila weiterhin von der Idee besessen ist, eines Tages im See zu schwimmen. So ist es oft. Josef, vernünftigen Argumenten zugängig, in seinen Bedürfnissen eher bescheiden, begegnet den hochtrabenden, als genial proklamierten Luftschlössern des Attila, von denen der zumeist nicht gerne Abschied nimmt.

Hias lacht über Attila. „Ja, du hättest eher ein Schloss gebraucht und nicht diese Hütte.“

„Wir machen daraus ein Schloss“, antwortet Attila, nie um eine Antwort verlegen.

Während Josef von Bebauen spricht, redet Attila vom Gestalten. Alles muss gestaltet werden, am besten von häufig genannten, Attila freundschaftlich verbundenen Fachleuten, Landschaftsarchitekten und dergleichen, von denen allerdings noch nie einer aufgetaucht ist. Wozu auch? fragen sich Josef und Hias.

So widmet sich Josef unbekümmert seinem Garten und Attila verfolgt die Baulichkeiten. Und er beschafft weiter alles Wichtige für Garten und Haushalt. Die Listen werden immer länger, reichen von Heizstrahlern für die zwei Schlafkammern, über eine Kaffeemaschine bis zu Töpfen und Pfannen. Möbel werden angeliefert, Regale, Stühle, Sofa, Sessel, desgleichen Spülmaschine, Herd, Kühlschrank, Betten und Matratzen. Nur die Waschmaschine fehlt noch. Attila ruft Hartmut an. „Du, sag mal, die Waschmaschine, wann …?“

„Die ist kaputt.“

„Was!?“

„Ja – das – es ist so, ehe ich sie bringen wollte, habe ich sie ausprobieren wollen – also – äh – nichts.“

„Du hast sie verkauft, gell?“

„Äh, also, es …“

„Gibs wenigstens zu.“

„Ja."
„Baraber!"

Der Innenausbau ist fast fertig. Das Bad erstrahlt in Glanz und Perfektion, wie sie sicher noch kein hiesiges Bauernhaus gesehen hat. Die Küche ist perfekt. Ein elektrischer Durchlauferhitzer sorgt in beiden Räumen für heißes Wasser. Alles ist sauber, neu und die Kacheln sind, wie alles, nur vom Feinsten. Der Kachelofen ist vom Fachmann restauriert und vom Schornsteinfeger abgenommen und unterm Scheunendach stapelt sich Brennholz. Hinter dem Haus steht ein Gastank, der die diversen Heizkörper versorgt.

„Es ist warm in der Bude!", triumphiert Attila. Er ist zufrieden. Es ist Mitte Oktober, nun sei man sozusagen winterfest.

„Und im Mai", sagt Attila zu den versammelten Handwerkern, „stellen wir einen Maibaum auf und ihr kommt mit euren Frauen und wir essen, trinken und tanzen."

Die Angesprochenen, eher zurückhaltende Niederbayern, lächeln, nicken und stellen insgeheim fest, dass dieser Münchner, Oberbayer durch und durch, doch ein lustiger Vogel ist. Wie Josef, dieser ruhige, bedächtige Mann, mit dem klarkommt, können sie sich und ihren Frauen daheim auch nicht erklären.

27

Josef packt den Koffer, der zuletzt im Einsatz war, als er mit der Mutter nach Wien gefahren ist. Handtücher, Bettwäsche, Waschlappen, Unterwäsche, Hemden, alles sauber zusammengelegt. Den Sonntagsanzug und die Krawatten lässt er im Schrank hängen. Die, sagt er sich, braucht er da draußen nicht. In den alten, abgegriffenen Matchsack aus seiner Jugend packt er Dinge, die ihm beim Überschauen der Wohnung wichtig erscheinen, die er vielleicht brauchen kann. Das Buch mit Schuhbecks Rezepten, zwei weitere Gartenbücher, ein paar Kreuzworträtselhefte. Fertig. Er ist zufrieden, verlässt die Wohnung, macht sich auf den Weg zum Brauhaus.

Am Morgen sind sie nach München gefahren, um das eine oder andere zu besorgen, um Abschied von den Wohnungen zu nehmen, für eine Zeit, für die nächsten Monate, den Winter vielleicht. Jetzt wollen sie sich vom Brauhaus verabschieden, gleich morgen wieder hinaus fahren, ihre Sachen aus der Linde holen und oben einziehen, rechtzeitig zum 1. November.

Zu ihrer Enttäuschung ist die Kathi nicht da, krank ist sie, heißt es, wie krank, weiß keiner, ob sie überhaupt nochmal kommt, kann auch keiner sagen.

Als wäre es ein Zeichen, als ginge eine Episode in ihrem Leben zu Ende.

Die Kathi, sie würde ihnen fehlen, säßen sie noch regelmäßig im Brauhaus. Sie steigern sich in etwas hinein, wollen rausbekommen, wo die Kathi wohnt, wollen sie besuchen. Vielleicht, sagen sie sich, ist ihr die Arbeit im Brauhaus zu viel und sie kommt zu ihnen, macht ihnen den Haushalt. Sie müssen feststellen, dass auch niemand weiß, wo die Kathi wohnt, keiner eine Nummer hat. Und der Chef, der es wissen müsste, ist nicht da.

Sie betrinken sich, sind euphorisch was den nächsten Tag betrifft, genießen noch einmal den Tempel des Bieres, aber es ist niemand da, der fragt, ob es tatsächlich noch ein fünftes Bier und ein dritter Schnaps sein müssen, niemand der fragt, was sie denn um Gottes willen da draußen auf dem Land suchen und ob sie noch alle Sinne beisammen haben. Keine Kathi mehr, die sagt: „Geh, ihr alten Deppen, was seids ihr doch für narrische Spinntisierer!"

Als Letzte verlassen sie das Brauhaus, verabschieden sich voneinander. Der Versuchung, nach der Münchner Melanie zu schauen, widersteht Attila mühelos. Es gibt ja jetzt die Lindenwirtin.

Früh wacht Josef auf. Es ist 7 Uhr. Die innere Uhr, wie in alten Zeiten. Vor 10 Uhr wird Attila nicht kommen.

Josef steht auf, zieht sich an, kontrolliert noch einmal, ob er nichts vergessen hat einzupacken, und geht hinunter auf den Viktualienmarkt. Im Stehen trinkt er einen Kaffee, schaut den Händlern zu, die ihre Verkaufsstände vorbereiten, schwatzt mit dem Freisinger, der erstaunt ist, dass er Josef so lange nicht gesehen hat, trinkt beim Alfonso einen Möhrensaft mit Ingwer, kauft zwei Brezeln für unterwegs und verfällt in leichte Wehmut. Sein München. Seine Stadt, die er erst nach der Pensionierung zu erkunden begonnen hat. Jedenfalls, sagt er sich, wird er die Wohnung behalten. Wer weiß, was aus dem Abenteuer Siegfriedsruh wird.

Er geht zurück, sitzt im Sessel neben dem gepackten Koffer, kommt sich vor wie im Wartesaal eines Bahnhofs, nimmt, da Attila auch um 10 Uhr noch nicht aufgetaucht ist, ein Kreuzworträtselheft heraus und beginnt, es auszufüllen. Stadt in Spanien mit acht Buchstaben, der letzte ein A. Valencia. Mit C, wie er weiß, nicht mit Z. Um 11 Uhr klingelt Attila.

Im Kofferraum des Autos ist für Josefs Sachen kaum Platz. Mehrere Plastikmüllsäcke stehen da.

„Was hast du denn da alles?"

„Na, meine Klamotten."

„Hast du keinen Koffer?"

„Nie gehabt."

Sie fahren los. Attila ist gewillt, gute Stimmung zu machen. Er singt und schwatzt, erzählt von Hartmut, der jetzt eine Freundin hat, wegen der er nicht mehr kiffen darf, von der Waschmaschine, die Hartmut, der Arsch, verkauft hat, weil er zu faul war, sie ihnen zu bringen. Und von seinem Vater erzählt er, der in eine Prügelei mit einem Türken verwickelt war. Josef sitzt stumm daneben, hängt seinen Gedanken nach, wieder einmal von Zweifeln beschlichen, ob dieses neuen Lebensabschnitts. Diese Gedanken hat er sich in den letzten Wochen gar nicht gemacht.

Sie fahren zur Linde, wo sie fast zwei Monate gewohnt haben. Sie holen ihre Sachen aus den Zimmern, essen, da es Mittag ist, in der Gaststube und verabschieden sich. „Und lass dich halt öfter mal sehen", flüstert Helga Attila ins Ohr. Der umarmt sie, drückt sie mit einem „Ja-sowieso".

Josef staunt. Dann fahren sie Richtung Siegfriedsruh.

Helga wird ihren Attila bald wiedersehen. Und wenn er in nächster Zeit alleine abends zur Linde hinunterfährt, weil es da ein paar Mitspieler zum Schafkopfen gibt, wird er stets übernachten mit der Begründung, schon zu viel getrunken zu haben, um noch Auto zu fahren.

Der Hias steht am Fenster und schaut auf die Straße hinaus. Er sieht Attilas Auto vorbeifahren. „Die ziehen heute ein", sagt er zu seiner Frau. „Ich fahr mal rauf und helf ihnen."

„Nein", sagt sie, „das sollen die jetzt einmal alleine machen."

28

Der November beginnt mit einem sonnigen Spätherbsttag. Ihre beiden Zimmer sind eingeräumt, die Küche ist perfekt, warmes Wasser fließt aus den Hähnen und der Kachelofen verbreitet schnell angenehme Wärme. Aber an eines haben sie nicht gedacht. Sie haben überhaupt nichts zu essen im Haus. Also schreiben sie eine lange Liste.

Attila versteht nichts vom Kochen, er kann, wie er sagt, nicht einmal ein Ei kochen. Sie fahren zusammen zu einem Supermarkt in Dingolfing. Da Josef sich seine verschütteten Kochkünste, mit denen er am Ende die Mutter versorgt hat, erst wieder erarbeiten muss, werden erst einmal allerlei Fertiggerichte gekauft. Dass Attila auch im Zusammenhang mit Essen höhere Ansprüche hat als Josef, zeigt sich sehr schnell. Noch am Abend zieht es beide wieder in die Linde. Helga sieht es mit Freuden.

Ob jetzt die zwei da oben sich was zum Essen machen können, fragt Rita den Hias. „Was weiß denn ich. Eine Küche haben sie ja. Und was für eine. Irgendwas werden sie schon fressen."

Das Zusammenleben beginnt. Nachdem sie aus der Linde zurückkommen, betrinken sie sich tüchtig, gehen dann in ihre Kammern, nicht ohne im Freien noch einmal zu pinkeln, wünschen sich eine gute Nacht und kriechen in ihre Betten.

Josef ist gewohnheitsgemäß um 7 Uhr wach. Es ist noch dunkel. Er steht auf, geht ins Bad, wo er sich flüchtig wäscht. Dann heizt er den Ofen und geht in den Hof. Er pinkelt und saugt die frische Luft in sich auf. Seine Situation preisend begrüßt er den Tag.

Dann macht er sich in der Küche einen Kaffee, geht in den Garten und pflückt ein paar von den spärlichen letzten Brombeeren. Als er ins Haus kommt, sitzt Attila im brokatbesetzen roten Bademantel vor dem Kamin und trinkt Kaffee, der nicht mehr heiß ist, weil Josef ihn vor einer halben Stunde aufgebrüht hat.

„Du hast geschnarcht", sagt Attila, der zu Bett gegangen ist, als Josef schon schlief. „Man hört es bis oben."

Dass er, Attila, geschnarcht hat, als Josef aufgestanden ist, behält dieser für sich. Nicht gleich am ersten Morgen Streit anfangen, sagt er sich.

Attila legt nach. „Die Wand da oben ist zu dünn. Da müssen wir uns was einfallen lassen."

„Schau mal, die letzten Brombeeren!"

„Ja, schön, schön. Guten Morgen."

„Guten Morgen."

Sie fahren in die Linde, um zu frühstücken.

Wenn es selbst unter lange zusammenlebenden Menschen etwas gibt, wo sich die Gewohnheiten eklatant unterscheiden, dann ist es das Frühstück. Wenn einer, der täglich sein Frühstück im Münchner Café zelebriert hat, auf einen trifft, der sich jahrzehntelang morgens einen Kaffee gemacht und ein Brot mit einer Scheibe Käse im Stehen zu sich genommen hat, prallen Welten aufeinander. Dass das erste Frühstück, das Josef am zweiten Morgen ihres Hierseins auftischt, in der Lage ist, alles an Verschiedenheiten und Eigenartigkeiten zweier Menschen bloßzulegen, ist fast normal.

Josef ahnt, dass es sich hier um eine Probe handelt, was das Zusammenleben betrifft. Attila, wieder im Bademantel, bevorzugt Aufbackbrötchen, Kräuterquark, Camembert, Salami, Wildpastete, Schinken und Ölsardinen, die er aus der Dose löffelt. Das Öl rinnt ihm den Bart hinunter auf den Bademantel. Josef, schon seit über einer Stunde wach, trinkt seinen Kaffee und hat sich zwei Brote geschmiert, eins mit Scheibenkäse und eins mit Leberwurst. Das Frühstück dauert durch Attilas Zelebration eine Stunde. Dann trinken sie ein Bier – Hefeweizen, hergestellt von einer dörflichen, niederbayerischen Brauerei. Ein Tipp vom Hias, der nun auftaucht. Er hat gelernt und respektiert, dass die beiden, vor allem Attila, vor 11 Uhr nicht ansprechbar sind.

Josef und Hias schuften. Sie roden, graben Wurzeln aus, legen Beete an, graben um – ja, sie graben um, der blanken Theorie der Wurzelmarie zum Trotz. Der Hias ist regelrecht besessen davon, den einstigen Sobeck'schen Garten wiedererstehen zu lassen. Dort waren die Kartoffeln, da die Salate, die Möhren, dazwischen Stauden, Gewürze dort in der Ecke, soweit er sich erinnern kann. Josef ist begeistert. Einen Plan will er machen, ach, es wird wunderbar sein, es wird werden. Vom Hias kann er mehr lernen, denkt er, als aus den Büchern mit den vielen Ratschlägen und Versprechungen, die sich so oft widersprechen. Den Wintersalat, Feldsalat oder so könne man jetzt noch säen, sagt der Hias. Jedenfalls habe ihm seine Rita das gesagt. Josef schreibt es auf einen Zettel.

Dann, nachdem er ein Bad genommen hat, kommt Attila zu ihnen. Nicht ohne den Fleiß der beiden beiläufig anzuerkennen, fängt er an zu schwadronieren. Der See müsse in die ganze Gestaltung einbezogen werden, da hinten solle ein Pavillon entstehen, von Weinreben umrankt. Auch solle man bedenken, dass nichts schöner sei als seltene englische Rosen. Er werde nun doch einmal seinen Gartenarchitekten kontaktieren. Die beiden kennen das schon, das sind eben die Anfälle von Gestaltungswillen, die Attila befallen. Die halten nicht lange an, verflüchtigen sich, werden von anderen, viel wichtiger erscheinenden Dingen verdrängt und, das sagt sich Josef, es ist gut so.

Der Gartenarchitekt, wenn es ihn denn überhaupt gibt, erscheint auch in den nächsten Tagen nicht. Josef und Hias tun weiter ihre Arbeit, lassen sich nicht beirren. Es sei, sagt Josef, wie mit den Pfauen, es wird sie nie geben.

Und es ist wie immer. Attila spult sein Repertoire ab, sieht schon das elegant-gärtnerische Ensemble vor sich und begibt sich dann wieder ins Haus. Gegebenenfalls, um eine Zigarre zu rauchen.

Noch hat sich Josef nicht der Küche bemächtigt. Also fahren sie regelmäßig zum Mittagstisch zur Linde, um danach wieder allerlei Fertiggerichte einzukaufen, die vorerst eher vergammeln als den Speiseplan zu bestimmen.

29

Die Abende werden länger, es wird früh dunkel. Da sitzen sie meist vor dem Kamin, lesen – Attila eine Zeitung, die drei Tage alt ist, Josef in Gartenbüchern. Und – eine der wenigen Gemeinsamkeiten, was die körperlichen Bedürfnisse betrifft – sie trinken Bier.

Sie haben über alles gesprochen, was für die Verwirklichung ihres Plans wichtig war und weiter sein wird. Über Geld haben sie gesprochen, über die Erwartungen, die jeder von ihnen an das Projekt hat, und in welchem Maße man die Stadt als gelegentlichen Rückzug in Betracht zu ziehen gedenke. Über die beiderseits vorhandene Ablehnung, sich an politischen Gesprächen zu beteiligen, haben sie gesprochen und über ihren unterschiedlichen Geschmack und die Vorlieben, was das Essen betrifft, und über Attilas Vierminutenfrühstücksei, das für Josef einem Trinkei gleichkommt. Über die Marke des Bieres beziehungsweise des Weißbieres, das man anschaffen werde, haben sie sich geeinigt, und über Attilas Vorliebe, am Morgen lange zu schlafen, wohingegen Josef ein Frühaufsteher ist. Freiräume, die jeder von ihnen braucht, haben sie sich eingeräumt.

Über das Wissen und die unterschiedlichen Interessen haben sie gesprochen und über die körperlichen Stärken und Unzulänglichkeiten„ über die Zipperlein sowie die Talente, was das Handwerkliche angeht. Attila, der einmal Schreiner gelernt hat, und Josef, der versierte Kenner aller Werkzeuge.

„Der Josef", sagte Attila einmal zu Hartmut, „der weiß, wo die Schraube wohnt, der kennt jede persönlich, aber zwei linke Hände." Über alles, fast alles, über Belangloses und Wichtiges haben sie sich ausgetauscht, und es hatte oft Züge davon, wie zwei Liebende, die sich gefunden haben, einander abzutasten, um zu erforschen, ob die Basis für ein Zusammenleben – in diesem Falle eventuell für den Rest des Lebens – gegeben sei. Und sie sind schon im Begriff, sich an die ständige Gegenwart und Nähe des anderen zu gewöhnen, was sie selbst ein um das andere Mal überrascht. Ob es bei Attila das Bedürfnis ist, nicht allein sein und doch auf die Umtriebigkeit seines bisherigen Lebens nicht ganz verzichten zu müssen, und bei Josef die Sehnsucht, einmal einem Menschen so nahe zu sein, wie er der Mutter war, sie wissen es beide nicht und sie denken auch nicht mehr darüber nach.

Doch ein Thema haben sie nicht erörtert, sind ihm aus dem Weg gegangen, obwohl es Attila seit der Begegnung mit Rosalind unter den Nägeln brennt, sodass er es nun eines Tages, zu einem Zeitpunkt, den er für günstig hält, anspricht. „Sag mal, Josef, wie hast du es eigentlich mit den Frauen gehalten?"

Josef schweigt lange. Attila fragt schließlich, ob er darüber nicht sprechen wolle. In seinem Leben habe das Weibliche ja immer eine, wenn auch nicht übergeordnete Rolle gespielt. Doch eine gewisse, im Manne nun einmal vorhandene Neigung habe es gegeben. Er erzählt von Sonja. Nach der Trennung dann nur noch die eine oder andere kurze Liebschaft, wobei da in erster Linie das Sexuelle eine Rolle gespielt habe, weniger eine menschliche Zuneigung oder gar Liebe. Josef schweigt weiterhin, hört sich das an, sagt nichts dazu.

„Aber, Josef, du bist ein Mannsbild, da wird es doch wenigstens in jungen Jahren irgendeine Geschichte gegeben haben. Ich hab mir immer gesagt, wie man das eben so sagt, beim Hirn kann mans ja nicht rausschwitzen."

Nun, sagt Josef, der offensichtlich darüber nicht sprechen will, es habe da durchaus das eine oder andere Ansinnen an ihn gegeben, das aber nicht dazu geeignet gewesen wäre, sich darauf einzulassen. Er habe sehr früh für sich beschlossen, darauf zu verzichten, derlei Bindungen einzugehen. Also sei das Ganze für ihn kein Thema, es interessiere ihn nicht, wie wohl er verstehe, dass er, Attila, da anders denke. Weiter gebe es von seiner Seite dazu nichts mehr zu sagen.

Attila belässt es bei diesem Versuch und erzählt stattdessen weiter aus seinem Leben. Da habe es nach einigen jugendlichen Liebschaften nun jene Sonja gegeben, mit der er die einzige feste Bindung eingegangen sei, was zu einem Sohn namens Alexander geführt habe, den er mit etwa einem halben Jahr zuletzt gesehen habe. Dieser sei nun Mitte zwanzig, lebe in Amerika, Australien oder Kanada – das wisse er nicht, er habe nie mehr von Sonja und dem Sohn gehört, wobei er sich ja nicht einmal sicher sei, dass es sich um seinen leiblichen Sohn handle, so seien damals die Verhältnisse gewesen. Er habe einfach gemerkt, dass er kein Talent für ein Ehe- oder Familienleben habe. Aber, wie gesagt, mal so ein nettes Abenteuerchen, das habe er sich nie entgehen lassen. Sicher habe Josef doch das mit der Wirtin von der Linde mitbekommen, das ihm, Attila, guttue. Und der Helga übrigens auch.

Josef sagt dazu nichts, steht auf, zieht sich eine warme Jacke an und setzt sich vors Haus auf die Bank. Attila kommt ebenfalls raus, setzt sich und zündet sich eine Zigarre an. Da sitzen sie wie ein altes Ehepaar, schweigen lange und betrachten den zunehmenden Mond, den Attila allerdings als abnehmenden Mond sehen will, was Josef besser weiß.

„Zunehmend – wie der Bogen beim Z im Sütterlinalphabet."

„Jawohl, Herr Lehrer!"

Dann schweigen sie wieder.

„Wir sollten", sagt Josef schließlich, „Nistkästen für die Vögel aufhängen. Jetzt ist der richtige Zeitpunkt. Im Frühjahr paaren sie sich und dann sind die Jungen da und es wird fleißig gefüttert und dann kann man beobachten, wie sie das Nest verlassen und ihre ersten Flugversuche machen. Das ist doch wunderbar."

Am nächsten Tag bringt Attila einen Fernseher und vom Baumarkt drei Nistkästen mit. Sie hängen einen an den Birnbaum und zwei an die Scheune.

30

Die Kathi ist wieder da. Sie war krank, auf Kur. Attila und Josef sitzen im Brauhaus an ihrem angestammten Platz.

„Ja, ihr zwei, seid ihr auch mal wieder da. Wie gehts euch denn da draußen?“

„Gut, gut, kalt ists halt jetzt“, sagt Attila.

„Dann seids auf Besuch da?“

„Überwintern“, sagt Josef.

Kathi lacht. „Aha. Ja so was, da schau her! Zwei Weiße und zwei Schweinsbraten, wie immer?“

„Wie immer!“

Sie sind sozusagen nach München, in ihre Wohnungen, geflohen. Siegfriedsruh hat sich nicht als winterfest erwiesen. Schon Anfang Dezember gab es eisige Temperaturen. Erster Schnee fiel, Stürme, umgefallene Bäume machten die Fahrt zum Hof unmöglich. Die neue Heizung gab ihren Geist auf. Der Installateur sah sich trotz mehrerer Versuche nicht in der Lage, den Schaden, den die beiden als seinen Fehler ansahen, zu beseitigen. Es dauere Wochen, bis man ein bestimmtes Ersatzteil bekomme. Mitte Dezember platzte der Kachelofen nach einer Verpuffung. Das ganze Wohnzimmer war verqualmt. Der Hias, der versprochen hat, sich um das Anwesen, wie er es gerne nennt, zu kümmern, musste die beiden schließlich, als sie beschlossen hatten, Siegfriedsruh erst einmal zu verlassen, mittels eines geliehenen Traktors aus dem Wald ziehen, sodass sie nach München fahren konnten. Es war wie eine Flucht.

Sie mussten zu der schmerzlichen Erkenntnis kommen, dass ihr Paradies ein Sommerparadies ist.

Während Josef insgeheim bereit ist, das Ganze als ein einmaliges Abenteuer zu sehen, und gedenkt, sich auf den Lebensabend in der Stadt einzurichten, referiert Attila schon girlandenreich darüber, wie man im kommenden Frühjahr alles Erdenkliche tun werde, den nächsten Winter dort draußen überleben zu können. Bis zur Restaurierung der Straße durch den Wald reichen seine Pläne.

„Nein, Josef, du kennst mich. So schnell gebe ich nicht auf. Es bleibt unser Paradies."

Die Stadt ist auch kalt und unfreundlich. Selbst vorweihnachtliche Bemühungen können zumindest Josefs Gemüt nicht erhellen. Da sind die fast täglichen Besuche des Brauhauses, meist mit Attila, der einzige Trost im tristen winterlichen Dasein.

Weihnachten verbringen sie gemeinsam mit Hartmut in der Fundgrube, wo Attila, wie gewohnt, einen prächtigen Weihnachtsbaum organisiert hat.

Helga von der Linde in Mainkofen darbt um den zur Gewohnheit gewordenen Geliebten, der sich nur ab und zu einmal telefonisch meldet. Attila, kein Kind von Traurigkeit, hat hingegen schon Trost gefunden. Was er Josef verschweigt, ist, dass er, kaum in München, zu EISEN-KNAPP gegangen ist, mit Rosalind geplaudert hat und sich schließlich mit ihr zum Essen im Käfer verabredet hat.

Er bietet all seinen Charme auf, gibt sich zurückhaltend, erzählt von den Jahren in München und von seiner Entscheidung, auf dem Land im Niederbayerischen zu leben. Nach dem dritten Treffen ist man sich näher, vertrauter und schon beim Du.

„Aber so alleine da auf dem Land", fragt Rosalind, „ist das nicht zu einsam?"

Attila zögert erst. „Naja, ich bin ja nicht allein."

„Ach so."

„Es gibt da einen etwas älteren Münchner, der hatte dieselben Träume vom einfachen Leben, der wohnt dort mit mir."

Attila sieht viele Fragezeichen in ihrem Gesicht und es ist ihm eine Freude, über Umschweife zu der Information zu kommen, die sie überraschen wird. Aber jetzt noch nicht.

„Und das geht gut?

„Jaja, schon, wir sind halt sehr verschieden. Jetzt im Winter ist es uns zu kalt geworden da hinten."

Für sie, sagt Rosalind, wäre das nichts. Wenn raus aus München, dann sei das für sie Mallorca, Sonne, Wärme. Das brauche sie. Und sie erzählt von ihrem Haus, das sie seit fast zwei Jahrzehnten auf Mallorca besitzt.

Sie kommen sich näher. Ihre Treffen werden zur regelmäßigen Gewohnheit und schließlich lernt Attila den Kater Jakob kennen und Rosalinds Schlafzimmer.

„Der Mann, der mit dir dort wohnt", fragt Rosalind beim Frühstück, „wie ist der, was ist das für ein Mensch?"

„Du kennst ihn."

„Was?"

„Josef."

„Der – der –", stottert sie.

„Herr Josef."

Nun hat er ihr viel zu erzählen.

Josef hält es nicht in der Wohnung, die ihm jetzt klein und ungemütlich vorkommt. Er streift durch die Stadt, geht in Museen, sucht die Händler vom Viktualienmarkt auf und verbringt eines Tages tatsächlich mehrere Stunden beim Kustermann in der Küchenabteilung, die ihn jetzt zwangsläufig mehr interessiert als früher. Wie bescheiden, wenn auch sämtlichen Anforderungen mehr als genügend ist doch die nagelneue Küche in Siegfriedsruh, denkt er angesichts sündteurer Nutzlosigkeiten.

Attila, nun endgültig wieder in der Stadt angekommen und voller Tatendrang, beginnt, sehr zum Leidwesen von Hartmut, die Fundgrube zu entstauben. Er mischt sich ein, gibt Ratschläge und tut alles dafür, dass Hartmut das Frühjahr und die Abreise der beiden herbeisehnt. In seine alte Welt der Münchner Gesellschaft wiedereinzusteigen, das verbietet sich Attila. Gelegentliche Begegnungen mit ehemaligen Freunden oder Bekannten meistert er ironisch und souverän.

„Ja, der Attila, altes Haus, lange nicht gesehn, wie gehts uns denn?"

„Mir gehts gut. Saugut."

„Ja, das hört man gern. Lebt man nicht mehr in der Stadt?"

„Man lebt im Süden, ewige Sonne, Wärme, Luxusleben."

„Malle?"

„Ibiza."

„Beneidenswert. Und ab und zu München?"

„Jaja, Geschäfte."

„Respekt – na dann, gute Zeit noch."

„Ebenfalls."

Im Brauhaus, wenn Attila nicht da ist, kommt Josef auf seine alte Gewohnheit zurück, fremden Besuchern der Stadt und des bayerischen Landes Ratschläge zu erteilen und die fünffache Verneinung im Bairischen zu erklären. Die Zirbelstube in der Klosterschänke in Andechs mit dem hervorragenden Kellner Xaver, diesem „very friendly fellow in the service" gehört selbstverständlich nach wie vor zu seinem Repertoire.

Wenn er dann länger sitzt, isst und trinkt und Attila unter dem Vorwand wichtiger Angelegenheiten, die natürlich, was Josef nicht einmal ahnt, in der Person von Rosalind Seiffert bestehen, nicht mehr kommt, denkt er intensiv, ohne durch Attilas Euphorie gestört zu werden, an Siegfriedsruh und es überwiegen die positiven Erfahrungen und werden zur Sehnsucht. Dann erzählt er der Kathi vom Leben da draußen. „Kathi, da ist eine solche Einsamkeit und eine Ruhe da draußen, das kannst du dir gar nicht vorstellen."

„Ah geh! Da täte ich ja deppert werden. Ich brauch die Stadt."

„Ich eigentlich nicht."

„Ja und jetzt? Ists euch immer noch zu kalt dort?"

„Jaja. Ist halt noch nicht alles fertig."

„Dann fahrts aber schon wieder raus, oder?"

„Im Frühjahr, ja."

„Mei, ihr zwei, ihr seids schon zwei gschbinnerte Leut. Wo ist er denn heut, dein Spezi?"

„Geschäfte."

„Weißbier und Schweinsbraten, wie immer?"

„Ja, wie immer, was sonst?"

Wenn sich über Attila im Bett der Rosalind deren leibliche Fülle stülpt, dann weiß er, dass das Füllige, das Sinnlichschwitzige, seine wahre Leidenschaft ist. Dann sind diese Mageren, wie die Münchner Melanie und die Sonja von damals, vergessen. Da wühlt er sich ins rosige Fleisch, ruht zwischen den großen Brüsten und wird zum Kind.

Der Josef, denkt Rosalind, wenn Attila wieder einmal unter ihr eingeschlafen ist, war doch der temperamentvollere Liebhaber. Sogar trunken. Einmal nur, leider. Allerdings weiß sie die Art des Attila jenseits ihres Bettes sehr wohl zu schätzen und sie genießt diese Winterwochen, in denen er sich regelmäßig um sie kümmert, ahnend allerdings, dass das mit dem Frühjahr vorüber sein wird.

„Mit dem Josef und dir, wie geht das, wo ihr doch so verschieden seid?"

„Wir sind oft wie ein altes Ehepaar. Aber jeder darf sein, wie er ist und wie er sein mag."

„Mein Gott, ich kenne den Josef länger, viel länger als du. Und doch hab ich das Gefühl, dass ich ihn nie wirklich kennengelernt hab."

„So gehts mir auch oft."

„Er war immer der Herr Josef. Pünktlich, korrekt, höflich, undurchschaubar. Einmal, es war 2001, da kam er morgens zwei Stunden später. Ich habe gefragt, was war, nur so, ohne Vorwurf. *Ich habe heute meine Mutter beerdig*. Weiter kein Wort darüber. Mein Beileid, hab ich gesagt, *Danke*. Das wars."

„So ist er – nein, so war er. Das Leben da draußen hat viel verändert. Ich muss ihm immer noch sein früheres Leben aus der Nase ziehn. Aber, ja, er taut langsam auf, langsam. Langsam wird aus dem Hakelstecken ein Mensch."

Das Geheimnis um das einmalige Abenteuer mit Josef lässt sich Rosalind nicht entlocken.

Auch Silvester verbringen Josef und Attila – sehr zum Leidwesen der Rosalind – in der Fundgrube. Da kommt eine lustige Gesellschaft zusammen. Josef, Attila, Hartmut, Vroni und Liz, die beiden Lesben, und Barbara, Hartmuts neue Freundin, schwergewichtig und, wie Attila denkt, für Hartmut eher Mutter als Partnerin. Aber das braucht der wohl.

Es wird getrunken, gegessen, gelacht, gesungen, geraucht, doch auch wieder gekifft, getanzt, geküsst und gefummelt, bis alle irgendwie mehr oder weniger betrunken sind. Noch ehe draußen die Knallerei los geht, fällt Josef, schwankend und lallend, auf einem alten Sofa in tiefen Schlaf. Der Tanz ins neue Jahr findet ohne ihn statt.

31

Der Januar ist einer der kältesten seit Jahren. Im Osten Deutschlands werden über 20 Grad minus gemessen.

Attila telefoniert ab und zu mit dem Hias. Der berichtet von Eis und Schneemassen, wie er sie noch nie gesehen hat. Die beiden bleiben in der Stadt, bis der Hias Entwarnung gibt und berichtet, dass man mit dem Auto wieder nach Siegfriedsruh fahren kann.

Es ist Ende Februar und Attila und Josef machen sich schließlich auf den Weg. Ach, wenn der Hias nicht wäre. Er hat schon den Installateur mobilisiert, sodass er das Haus beheizen konnte, in Vorbereitung auf die Hausherren. Und er hat Schnee geräumt. Für die beiden Rückkehrer ist das der denkbar schönste Empfang. Sie können wohnen, haben es warm, wenn auch nichts zu essen.

Da freut sich die Helga, als die beiden in die Linde kommen, und sie kann die Sehnsucht, die sie über die vielen Wochen, vor allem in den kalten Nächten und an den Feiertagen beschlichen hat, kaum verbergen. Na, denkt Attila, das Feld ist immer noch gut bestellt. Und Josef wundert sich nicht mehr.

Er nimmt es hin, dass Attila in den nächsten Wochen wieder ab und zu abends zum Schafkopfen verschwindet, um am Morgen, schon gefrühstückt und bester Laune, zurückzukommen.

„Jetzt muss ich dir was erzählen, Josef, das hab ich ganz vergessen: Neulich, auf dem Weihnachtsmarkt am Marienplatz, da ist mir die Chefin von EISEN-KNAPP begegnet. Sie kenn ich doch, hab ich gesagt. Ich hab sie halt einfach angesprochen, weil ich sie ja öfter mal im Laden gesehen hab. Du, das ist ein fesches Weib, also, ehrlich einmal, wär das damals nichts für dich gewesen? Sie ist Witwe, hat sie gesagt. Wir haben so beim Glühwein a bissl geredet. Mensch, Josef, die hättest du dir damals unter den Nagel reißen müssen."

„Attila, lass es!"

„Eine gute Partie. Gutgehendes Geschäft, wohlhabend und durchaus ansehnlich. Also ich an deiner Stelle ..."

„Bitte, lass es, hör auf damit. Sie war meine Chefin und als solche in Ordnung. Fertig."

„Gut, gut, ich hab ja nur so rumgesponnen, weil ich sie halt ganz nett fand, da am Weihnachtsmarkt."

Attila, auf seinem emotionalen, erotisch aufgeladenen Weg von der EISEN-KNAPP-Rosalind zur Linden-Helga unterwegs, kann es nicht lassen. „Frau Knapp, hab ich so beiläufig gesagt – *Seiffert, Rosalinde*, sagt sie – also, Frau ..."

„Rosalind – hinten ohne E."

„Also, hab ich gesagt, ich lebe jetzt mit ihrem ehemaligen Mitarbeiter in Niederbayern auf dem Land. *Mit dem Herrn Josef!* sagt sie, nein, ruft sie. Und ehrlich, ungelogen, sie hat ganz traurig ausgeschaut. *Er hat sich nie mehr gemeldet seit seiner Pensionierung. Mein Herr Josef, mein lieber Josef*, nur so hat sie von dir gesprochen. Und wie du ihr fehlst. Ich mein fast, die war verliebt in dich, die hätte gerne ..."

„Da weiß ich nichts davon."

„Aber du könntest, mein ich, wenn du mal in München bist, bei ihr vorbeischaun. Die freut sich sicher."

„Schau du doch bei ihr vorbei, wenn sie dir so gut gefällt."

„Sags nicht zweimal. Du weißt, ich bin dazu imstande."

„Das Kapitel EISEN-KNAPP ist für mich erledigt, verstehst du?"

„Nein, also, unter uns, Frau Rosalind ist durchaus interessant."

„Der Schweinebraten hier", sagt Josef, „der schmeckt besser als im Brauhaus."

„Auf jeden Fall."

Josef, wäre ihm die Thematik nicht so fremd und würde er in diesen Beziehungsdingen etwas Erfahrung haben, müsste eigentlich durchschauen, dass da längst mehr ist zwischen Attila und Rosalind Seiffert.

Nach dem Essen fahren sie nach Dingolfing in den Supermarkt, um alles Mögliche einzukaufen, was im Haus fehlt. Josef hat sich in den Münchner Wochen durch einige Kochbücher gelesen und ist jetzt wild entschlossen, sowohl der Küche als auch den Bedürfnissen von Attila gerecht zu werden.

Während Attila sich mit vollem Einsatz weiteren baulichen Maßnahmen widmet, sieht Josef die Zeit gekommen, den Garten aufs Frühjahr vorzubereiten. Zunächst vertieft er sich wieder in die Lektüre von Ratgebern, um dann, im März, das Gelernte in die Tat umzusetzen. Er liest:

Es stellt sich die Frage, ob du deine Gemüsepflanzen fertig kaufst oder selbst aus Samen ziehst. Beides hat Vor- und Nachteile: Gekaufte Gemüsepflänzchen sind in der Regel von professionellen Gärtnern vorgezogen und kräftig und gesund. Sie sind aber auch um einiges teurer als Saatgut.

Außerdem werden meistens nur wenige Sorten als Pflänzchen angeboten. Wenn du dein Gemüse aus Samen ziehst, hast du eine viel größere Auswahl an spannenden Sorten, die du in deinem Garten ausprobieren kannst. Einige Gemüsearten wirst du immer aus Samen ziehen, weil es keinen Sinn ergeben würde, sie vorzuziehen. Möhren zum Beispiel (und auch die meisten anderen Wurzelgemüse) sät man immer direkt ins Beet. Bei Tomaten, Zucchini etc. kannst du dir aber überlegen, ob du deine Jungpflanzen selbst vorziehst oder das in den ersten Jahren lieber den Profis überlässt.

Außerdem solltest du dich bei jeder Gemüseart, die du anbaust, über den Düngerbedarf schlaumachen. Manche Gemüsearten kommen ganz ohne Düngen aus, bei anderen ist es sehr wichtig, sie zur richtigen Zeit mit genügend Nährstoffen zu versorgen, damit du dann auch ordentlich was ernten kannst.

Krankheiten und Schädlinge im Gemüsegarten: Vielen Krankheiten und Schädlingen kannst du vorbeugen, indem du dein Gemüse in Mischkultur anbaust. Das bedeutet, dass man verschiedene Gemüsearten nebeneinander pflanzt, die sich dann gegenseitig die Krankheiten und Schädlinge fernhalten.

Viel Theorie, von der Josef manchmal der Kopf raucht. Da ist der Hias wie so oft ein Segen. „Was liest du auch immer noch den ganzen Schmarrn? Meinst du, eine wie die Sobeckbäurin seinerzeit hat so was gelesen. Oder die Rita. Die baut was an und es wird was oder nicht. Wenns nix wird, hat sie was gelernt."

„Das sagt sich so leicht."

Der Hias fackelt nicht lange rum. Angepackt wird. Beete einteilen, Linien für die Saat ziehen, säen, Pflanzen einkaufen im Gartencenter, pflanzen, arrangieren, Schneckenkante anlegen, gießen, verziehen. Und abwarten, immer wieder abwarten. Was er selbst nicht weiß, bringt der Hias als Information seiner Frau mit. Welche Pflanzen vertragen sich, welche nicht, welche braucht man, um die Schnecken und andere Schädlinge abzuwehren, was braucht Sonne, was Halbschatten, was Schatten.

Attila, der angesichts aller Nutzgartenaktivitäten sein Ansinnen auf einen Prunkgarten mit Pavillon zunächst einmal aufgegeben hat, lässt geschehen, was, wie der Hias versichert, das tägliche Essen einmal verfeinern wird. Ein Argument, das Attila überzeugt, denn was Josef so auf den Tisch bringt, findet nicht immer seine Anerkennung, obwohl Josef versichert, dass es sich um eine originalbayerische Küche nach Art des Alfons Schuhbeck handelt, sozusagen bayerisch-verfeinert. Unverfeinert bayerisch, aber durchaus gut, essen sie gelegentlich in der Linde.

Das Frühjahr schreitet voran. Im April sind die Tage noch kalt und regnerisch. Da sitzen die beiden abends meist, wenn es Attila nicht zur Helga gezogen hat, vor dem Fernseher. Mit der Entscheidung, sich aus der umtriebigen Stadt zurückzuziehen, ist verbunden, dass sie das Weltgeschehen, das ihnen das Fernsehen ins Haus bringt, aus großer Distanz betrachten. Die Nachricht vom Rücktritt des Politikers von Guttenberg wegen ermogelter Doktorarbeit bestätigt sie darin, sich mit der Politik nicht zu beschäftigen. Besser, sagen sie sich, man lässt die Finger davon.

Im Garten sprießt es, Akeleien blühen, erste Salate und Radieschen kommen auf den Tisch. Und an allen Ecken sind wieder Handwerker zugange. Das Scheunendach wird nun doch neu gedeckt, der Hühnerstall wird für künftiges Federvieh vorbereitet, Tonnen von Kies werden in den matschig gewordenen Hof gebracht und die Straße durch den Wald wird ausgebessert. Attila ist vollauf beschäftigt, sodass sich Josef mit ganzem Einsatz seinen gärtnerischen und hausfrauliche Pflichten hingeben kann.

32

„Ist Ihnen irgendetwas aufgefallen? Frauenbekleidungsstücke oder dergleichen?"

Attila, Josef und Hias verneinen verwundert.

Hauptkommissar Lechner ist mit mehreren Mitarbeitern gekommen. Sie durchkämmen Haus, Scheune, Schuppen und widmen sich schließlich dem Weiher. Mit langen Stangen stochern sie darin herum und geben schließlich auf. Außer einem alten Blecheimer haben sie nichts gefunden.

„Jetzt sagen Sie doch einmal, um was es eigentlich geht?", sagt Attila leicht genervt.

„Eine Frau ist verschwunden. Es gibt eventuell einen Zusammenhang mit dem Vorbesitzer."

„Handloser?"

„Ja. Mehr kann – darf ich Ihnen nicht sagen."

Lechner wendet sich an den Hias, den er freundlich begrüßt hat. „Du hast auch kein Ahnung?"

„Gehts um die Jana, oder?"

„Ja, wann hast du die zuletzt gesehen?"

„Mei, keine Ahnung. Am besten, ihr fragts die Rita. Bei der hat sie sich immer beschwert, dass er sie schlägt. Aber wann zuletzt? Fragts die Rita."

„Machen wir. Servus, Hias. Und schönen Tag noch, die Herren!" Er zieht mit seinen Leuten ab.

Attila und Josef haben einige Fragen an den Hias, was die Jana betrifft, die einige Zeit hier mit dem Handloser gelebt hat.

„Mei", sagt der Hias, „die Jana, Polin oder Tschechin, was weiß ich, eine arme Sau. Und jetzt vielleicht tot." Er ruft Rita an.

Eine Woche später. „Aktenzeichen XY ungelöst" oder, wie Josef und Attila immer noch sagen, „XY-Zimmermann". Die Sendung gehört zu den wenigen, die sie gemeinsam im Fernsehen anschauen. Die Kripo bittet um Hinweise zum Verschwinden der tschechischstämmigen Jana Lechowicz, die zuletzt mit dem wegen Bankraubs verurteilten Siegfried Handloser auf einem Einödhof im niederbayerischen Leberwenting lebte, von dort verschwand und seither gesucht wird. Die Lage von Siegfriedsruh wird auf einer Karte gezeigt. Die Kripo in Form des eitel auftretenden Hauptkommissars Lechner schließt ein Tötungsdelikt nicht aus. Auszuschließen sei auch nicht, dass Handloser in Zusammenhang mit dem Verschwinden der Jana L. zu sehen sei. Wer hat Jana L. gesehen, wer kann Angaben zu ihrem Verbleib machen? Hinweise an die Nummern …

Die Kripo hat für Hinweise, die zum Auffinden der Jana L., beziehungsweise zur Aufklärung, führen, eine Belohnung von zweitausend Euro ausgelobt.

„Ja, so was!"

„Ja, da schau her!"

„Hat nicht die Rita gesagt, dass die Jana bei ihr war und dann abgehauen ist?", fragt Attila.

„Vielleicht ist sie wieder zu ihm gegangen."

„Josef, ein Bankräuber ist doch kein Mörder."

Attila ruft den Hias an. „Habt ihr das gesehen?"

Gestern, sagt der Hias, sei die Polizei auch bei ihnen gewesen, habe die Rita ausgefragt. Er kann sich, sagt er, schon vorstellen, dass der Handloser die umgebracht hat, jähzornig wie der war. Die Frage sei, wo er die Leiche hingeschafft habe. Das fragen sich Attila und Josef auch.

„Hier am Hof wird er sie nicht gelassen haben", sagt Josef.

„So blöd war er sicher nicht."

„Außerdem haben sie ja alles durchsucht."

„Eben. Sogar den See."

Am frühen nächsten Morgen kommt der Hias. Josef ist schon auf, trinkt Kaffee unterm Birnbaum.

Der Hias ist aufgeregt. „Der hat sie umgebracht. Das hab ich seinerzeit schon gedacht."

„Ein Bankräuber ist kein Mörder", sagt Josef, „vielleicht ist sie wirklich abgehauen."

„Der hat sie umgebracht, wenn ichs dir sag."

„Aber warum?"

„Im Streit. Sie haben viel gestritten, das hat sie der Rita gesagt. Der hat sie ganz beschissen behandelt, oft geschlagen. Vielleicht wollte sie ihn verlassen, da hat er zugeschlagen."

„Wenn er sie umgebracht hat", sagt Josef, „wo hat er die Leiche hingeschafft? Wahrscheinlich in den Wald."

Der Hias geht zu seinem Auto, holt hohe Anglerstiefel aus dem Kofferraum und zieht sie an. In der Scheune holt er sich eine lange Stange und steigt in den Weiher.

„Was soll das denn jetzt?", fragt Attila, der im Morgenmantel dazukommt.

„Die Leiche!", schreit der Hias. „Ich suche die Leiche!"

„Da haben sie doch schon gesucht. Glaubst du, der war so blöd und hat sie hier entsorgt."

„Das Geld hat er ja auch hier versteckt, blöd, wie er war."

Hias stochert im Weiher herum, und in der Tat, aus dem grün schimmernden Wasser zieht er am Ende einen schweren, zugebundenen Sack an Land.

„Das ist sie! Das ist die Jana!", schreit Hias begeistert.

Er will den Sack aufmachen. Attila gibt zu bedenken, dass es besser sei, die Kripo anzurufen und nichts anzutasten. Attila telefoniert, verlangt bei der Kripo Dingolfing den Hauptkommissar Lechner und berichtet ihm. Erschöpft und stolz und glücklich sitzt der Hias da und trinkt ein Bier. „Da kann man sehen, wie blöd die sind. Zu blöd zum Suchen." Er lacht. „Zweitausend Euro!"

Attila ärgert ihn. „Vielleicht ist in dem Sack nur eine Sau, die der Handloser schwarz geschlachtet hat."

Noch einmal geht der Hias an den Sack, fühlt, tastet und ist sich sicher, es ist eine Leiche, ein Mensch, tot.

Da sitzen sie, warten und starren auf den nassen Sack.

„Ich glaub das nicht, dass da wirklich eine Leiche in dem Sack ist", sagt Josef.

Der Hias ereifert sich. Ganz sicher sei er da, es fühle sich doch genauso an. Mit Mühe können die beiden ihn davon abhalten, den Sack zu öffnen.

Dann kommt Hauptkommissar Lechner mit Gefolge. Ein Zeitungsreporter und ein Fernsehteam. Seinen medialen Auftritt, der in der XY-Sendung begonnen hat, lässt sich Lechner nicht entgehen. Mit großer Wichtigkeit ordnet er die Bergung der Leiche, um die es sich tatsächlich handelt, unter Beobachtung der Kameras an. Keine Frage natürlich, dass es sich um Jana L. handelt.

Während und nachdem die Leute um Lechner die Leiche geborgen und abtransportiert haben, tun die Zeitungs- und Fernsehleute ihre Arbeit. Hias, der Entdecker der Leiche, der kluge Kopf, der, wie er sagt, aus seiner Kenntnis des Handloser den Schluss gezogen habe, dass Jana L. sterben musste und hier entsorgt wurde, ist der Star, Mittelpunkt der Recherchen, die die Journalisten zusammenkratzen, um aus dem Fall noch eine Sensation für einen Tag zu machen.

Attila und Josef haben nichts zu sagen. Sie überlassen dem Hias die Bühne.

In der Zeitung, die Attila am nächsten Tag mitbringt, wird der Fall nochmal aufgearbeitet. Groß kommt der Hias heraus. Ein Foto zeigt ihn, stolz mit der Stange in der Hand vor dem Sack mit der Leiche.

„Ein Haufen Geld im Ofenrohr", sagt Attila, „eine Leiche im Weiher, was wird uns der Spinner noch alles hinterlassen haben?"

Vier Wochen später vermeldet XY-Ungelöst das Auffinden der Jana L. und die Tatsache, dass Siegfried Handloser den Mord gestanden hat. Wieder berichten die Zeitungen und der regionale Rundfunk. Da sie auch genüsslich ausbreiten, wo genau die Leiche gefunden wurde, kommen Neugierige auf den Hof. Was anfangs irgendwie in Ordnung ist, zumal der Hias gerne und ausführlich Auskunft gibt, wird dann doch lästig. Leute kommen einfach angefahren, rennen überall herum, fotografieren, fragen neugierig und führen sich unmöglich auf.

„Herrgott!“, sagt Attila. „Wir sind doch kein Wallfahrtsort.“

Josef lacht. „Wallfahrt zum heiligen Hias.“

„Wir brauchen einen Zaun!“, verkündet Attila. „Und ein Tor, das man schließen kann.“ Sogar eine Klingel bringt er ins Gespräch, was aber sofort verworfen wird.

Die Neugierigen bleiben aus, ehe die Diskussion um einen Zaun abgeschlossen und entschieden ist.

„Wir brauchen doch keinen Zaun“, sagt Attila dann, „ich hasse Zäune.“

Den See, Weiher, Tümpel mit seiner grünen Entengrütze, dieses Grab, lassen Attila und Josef fortan unangetastet.

Der Hias hat tatsächlich die zweitausend Euro bekommen. Er lädt Josef und Attila zu einem Essen in der Linde ein. Zum ersten Mal begegnet Rita den beiden, die sie für zwei erträglich sympathische Spinner hält. Die Bärte findet sie allerdings ganz scheußlich.

33

Ricardo Marinelli, Sohn italienischer Eltern, in München aufgewachsen, spricht Italienisch und Deutsch, beides mit bairischem Akzent. Schwarze Haare, dunkler Teint, feingliedrig, alert auftretend, glatt, bisweilen hochnäsig bis arrogant, zweiundvierzig Jahre alt. Oh, eine Schwuchtel, denkt der Hias, und Josef schwant nichts Gutes.

Anfang Juni kommt Ricardo im Maserati nach Siegfriedsruh, von Attila bestellt. Das Genie im Bereich Garten- und Landschaftsgestaltung schlechthin, hat Attila ihn angekündigt. Ein Mann, der schon Gärten von Reichen und Berühmten gestaltet und viele Preise dafür bekommen hat. Es sei ihm eine Ehre, einen wie ihn für die Planung zu gewinnen.

Dass Attila noch einmal einen solchen Griff in die Schatzkiste seines früheren Lebens vornehmen würde und dass die Vorstellungen von einem Luxusgarten immer noch in seinem Kopf ihr Unwesen treiben, hatte Josef eigentlich nicht mehr für möglich gehalten. Nun also der von Hias, Josef und Attila erlebte Auftritt von Ricardo Marinelli.

Beinahe tänzelnd kommt er vom Wald herunter in den Hof, wo die drei ihn erwarten.

„Attila, *amico mio*, mein Lieber!“ Küsschen, Küsschen. „Wo hat es dich denn hinverschlagen!?“

„Wie du siehst, fast ans Ende der Welt.“

Flüchtig begrüßt Ricardo die anderen beiden, setzt sich an den Tisch unterm Birnbaum und zeigt auf seinem Tablet seine letzten Arbeiten. Er spricht nur zu Attila. Josef und den Hias ignoriert er. Wortreich und eitel schildert er das zu Sehende.

Durch ihn sind Scheunen in der Toskana, heruntergekommene Bauernhöfe in den Marken, verlassene Gutshöfe in der Normandie zu neuem Leben erblüht. Und so gesehen wäre es ein Wunder, wenn nicht hieraus – dabei schaut er sich abschätzig um – ein Kleinod, ein Refugium für Attilas ausgezeichneten Geschmack entstehen sollte.

Dann erkundet er das Gelände. Mit Attila. Hias und Josef bleiben sitzen, schauen sich an, wissen nicht, ob sie lachen oder weinen sollen, beschließen, das Ganze als ein groteskes Abenteuer zu sehen. Bange ist Josef aber schon. Was wird das werden? Welcher Teufel hat Attila geritten, sich so einen Spinner zu holen? Läuft es nicht alles wunderbar? Sagen sie sich nicht fast täglich, wie schön das Leben hier ist, wie zufrieden sie mit der ganzen bisherigen Gestaltung sind? Nun das: Ein italienischer Hampelmann schreitet, nein, trippelt mit Attila über den Hof, fuchtelt herum, redet auf Attila ein. Gerne flicht er italienische Ausdrücke in seine Rede ein, spricht von *cazzo che bello* und *cazzo che brutto*, von *bella vista* und dergleichen.

Wieder am Tisch referiert Ricardo gestenreich. Auf einem Block wirft er mit Bleistift Zeichnungen hin, durchaus gekonnt. Wenn er auch einen Gemüsegarten gelten lassen will, so sollte sich der doch ganz anders in die Landschaft, die es zu erschaffen gilt, einschmiegen. Einschmiegen, denkt Josef, du Arschloch. Den Weiher gelte es zur kleinen Seenlandschaft zu erweitern, mit Seerosen und Liegeplätzen, die Ricardo Ruhezonen nennt, Inseln der Meditation. Über den See sollte eine Brücke nach asiatischem Muster führen und übergehen in eine Terrasse, die es an der Stelle zu erbauen gelte, wo sich der brennnesselbewachsene Hügel ins Tal erstreckt. Die Terrasse, die ein altes schmiedeeisernes Gitter zieren soll, das er aus griechischen Beständen günstig erwerben könne, solle im Halbrund einen Säulengang tragen, der dann am Ende in einen Pavillon überführe. Diesen könne er aus Italien beziehen, antik, mehrere hundert Jahre alt. Zu all dem passe der

Kies auf dem Hof überhaupt nicht. Ricardo schlägt vor, ihn mit alten bretonischen Pflastersteinen zu belegen. Da habe er ausgezeichnete Kontakte zu einem Importeur und dessen qualifizierten Fachleuten, die schon an mehreren von ihm betreuten Objekten hervorragende Arbeit geleistet hätten. Überhaupt verfüge er für alle zu leistenden Arbeiten über vorzügliches, zuverlässiges Personal. Koryphäen im Bereich des anspruchsvollen, gehobenen Landschaftsbaus. Er fügt noch an, dass man aus der sichtbar ungenutzten Scheune einen Wellnessbereich mit Sauna und so weiter machen könne. Und jetzt werde er über das Ganze einen Plan anfertigen, das Geplante verifizieren, diverse alternative Vorschläge machen, selbstverständlich eine Kostenaufrechnung erstellen und Attila zukommen lassen.

Dann ist er fertig, lehnt sich zurück, mit sich zufrieden, stolz auf sich, Lob erwartend.

Jetzt passiert etwas, womit Josef und der Hias nicht gerechnet haben. Attila nimmt einen großen Schluck Bier, rülpst einmal und sagt dann: „Ricardo, vergiss es."

„Bitte?"

„Ich sag, vergiss es."

„Aber, Attila, du –"

„Schick mir eine Rechnung über deine Unkosten und fertig."

„Attila, das ist nicht dein Ernst!"

„Doch."

„Du holst mich hierher und ..."

„Ich will das nicht. Es bleibt hier alles, wie es ist."

Ricardo packt entrüstet seine Sachen ein. „Na denn, viel Vergnügen hier am Arsch der Welt!"

Und er geht, ohne sich noch einmal umzusehen, zum Wald hinauf, steigt in seinen Maserati und fährt donnernd ab. Schweigen. Dann allenthalben befreites Lachen.

Josef klopft Attila auf die Schulter. „Danke."

„Keine Ursache." Er lacht.

Und der Hias sagt: „Attila, jetzt fangst langsam an, so zu sein, wie es sich da gehört."

„Wer braucht eine Seenlandschaft mit Brücke –"

„Im asiatischen Stil", sagt Josef.

„Und in der Scheune Wellnessbereich! Das braucht der Neureiche in Starnberg oder Miesbach vielleicht. Wir nicht."

Josef sagt: „Morgen gibts Schwammerl mit Semmelknödeln."

„In der Linde?"

„Nein, auf Siegfriedsruh."

„Respekt!"

Attilas Läuterung nach dieser Gefahr, in sein altes Leben zurückzufallen, macht sich in der Folge positiv bemerkbar und findet ihren Niederschlag in praktischen Vorschlägen, vor allem was die Garantie betrifft, auf Siegfriedsruh den nächsten Winter zu verbringen. Er denkt nur noch XL, nicht mehr XXL.

34

„Das ist der schönste Sommer meines Lebens“, sagt Attila immer wieder. Alles funktioniert, ist wohlgeordnet, geht seinen Gang, wie man so sagt. Der Garten zeigt zahlreich Blumen und gibt leidlich, Josef allerdings noch nicht zufriedenstellend, Gemüse her. Zu viel vertrocknet trotz Gießens oder die Schnecken holen sich ihren Teil, der ihnen doch, wie Attila leichtfertig sagt, zusteht. Josef übertrifft sich im Kochen, bringt immer neue Gerichte auf den Tisch, die von Attila, der sich einen Feinschmecker nennt, akzeptiert, wenn auch nicht immer geliebt werden.

Der Hias, streicht, baut, repariert, verschönert.

Der nächste Winter kann kommen, da ist sich Attila sicher. Er selbst genießt das Nichtstun. Bis 11 Uhr pflegt er zu frühstücken, danach duscht er draußen, wo der Hias eine entsprechende Vorrichtung gebaut hat. Wenn er nicht mehr zur Lindenwirtin hinunterfährt oder einkaufen muss, zieht er den Bademantel den ganzen Tag nicht aus. Er trinkt ab 15 Uhr Bier oder Wein, gelegentlich auch schon nach dem Frühstück, und er raucht drei Havannas am Tag, was, wie der Hias ausgerechnet hat, so viel kostet, wie er selbst am Tag verdient. Wers hat, der hats.

Um Zigarrennachschub zu besorgen, sich um die Fundgrube zu kümmern, den alten Vater zu besuchen, der krank geworden ist – es gibt einige Gründe, warum Attila etwa alle zwei Wochen nach München fährt.

In der Fundgrube geht alles seinen gemächlichen Gang. Der Vater schimpft auf die Politiker, die die Wehrpflicht abgeschafft haben, und Attila steigt von der Partagás Lusitania auf die

Gigantes von Ramon Allones um, was ihm der Zigarrenhändler Fuchs empfiehlt, zumal sie noch teurer sind.

Und es gibt natürlich noch einen Grund in München zu sein, den er stets verschweigt. Ob der Josef tatsächlich nichts von dieser Beziehung ahnt, fragt sich Attila oft. Er beantwortet sich die Frage selbst: Dass er neben der Lindenwirtin noch eine zweite Liaison hat, das passt sicher nicht in das Denken von Josef. Es ist gut so, der muss das nicht wissen.

Rosalind ist zufrieden. Attilas regelmäßigen Besuche tun ihr gut. Immer könnte sie diesen Treibauf nicht um sich haben. Sie ist glücklich darüber, wie es ist. Dass er seine Zigarren nur noch auf dem Balkon raucht, hat sie ihm mühsam abgerungen.

35

Josef und der Hias sind ein ideales Team, nennen sich Freunde und bringen den Hof in einen nahezu idealen Zustand. Sie schaffen sieben Hühner und einen Hahn an, bauen denen ein Freigehege, sie errichten in der Scheune einen gemütlichen Sitzplatz für Regentage, als Alternative zum Birnbaum, und sie halten den Garten in Schuss.

Der Hias ist quasi Knecht auf dem Hof, Mädchen für alles, Josef in allem eine Hilfe. Seine Frau fragt ihn schon, ob er nicht ganz da raufziehen will. Sie lässt sich oben nie sehen. Der Hof hat für sie nach wie vor etwas Unheimliches.

Es wird Herbst und der Garten hält nicht, was er versprochen hat. Schnecken, Läuse, Wühlmäuse, mal Trockenheit und dann wieder zu viel Regen haben ihm zugesetzt. Sechs Hühner, denen allen noch Namen zu geben sind – Attila führt auch im Bezug darauf lange Listen –, wollen noch nicht legen. Den Hahn nennen sie Vinzenz, was man als Bayer wie Finzenz ausspricht. Die Hühner heißen nach ausgiebigen Diskussionen Leni, Rosi, Lisel, Sissi, Carola und Moni. Attila hat sich nur mit dem Namen Sissi durchgesetzt. Yvonne, Charlotte, Carmina, Andromeda, Lukrezia und Melanie wurden von der Mehrheit durch Hias und Josef abgelehnt. „Die kann man sich doch nicht merken“, sagte der Hias.

Ehe sie das Schutzgitter über dem ganzen Freigehege fertig haben, holt sich der Habicht schon zwei Hühner, Sissi und Carola.

Josef wird langsam klar, dass es ein weiter Weg ist zum erfolgreichen Kleinbauern. Nur auf die zehn Kartoffelstauden kann er stolz sein. Sie bringen reichliche Ernte der Sorte Birgit.

Heizung und Kaminofen halten den ersten kalten Tagen stand. Der Winter kann kommen. Und er kommt früh in diesem Dezember. Schon Mitte des Monats fällt erster Schnee. Eine weiße Weihnacht, wie man sie schon länger nicht mehr erlebt hat, versprechen die Wetterprognosen, aber auch starke Kälte.

Hartmut kündigt sich für die Weihnachtstage an. Er wird in der Gästekammer schlafen, als erster Gast. Trotz der Wir-schenken-uns-nichts-Parole, der sie sich verschworen haben, und der Feststellung, Heiligabend sei ein Tag wie jeder andere, hat es sich Attila nicht nehmen lassen, einen Weihnachtsbaum ins Haus zu stellen, den er mit zahlreichen Nutzgegenständen wie Korkenziehern, Flaschenöffnern, Teesieben und anderem behängt.

„Ist das Kunst?“, fragt der Hias.

„Das sieht man doch“, sagt Attila.

Hartmut, die Parole nicht kennend, bringt Geschenke mit. Für Attila Zigarren, für Josef eine Gartenschere und für beide eine Kiste Unertl-Weißbier. Dank der restaurierten Straße durch den Wald können sie an den Feiertagen zur Linde fahren, um dort zu essen.

Zu Silvester ist es klirrend kalt. Ball in der Linde, alle drei sind dabei, haben Spaß, essen, trinken, singen. Josef ist beschwipst, Attila trunken. Nur Hartmut ist noch in der Lage, mit Josef nach Siegfriedsruh zurückzufahren, nach Mitternacht. Attila bleibt, wartet oben in der Wohnung auf Helga, schläft bereits den Schlaf des Betrunkenen, als die um 5 Uhr früh endlich ihre Gäste los ist und zu ihm ins Bett kriecht. Das neue Jahr grüßt.

Der Januar bleibt sehr kalt. Aber Anfang Februar weicht der Schnee, erste Pflänzchen sprießen. Hias und Josef widmen sich wieder dem Garten.

Anfang Mai bringen die Eisheiligen noch einmal Kälte und Schnee, nachdem der April schon überdurchschnittlich warm war und allerlei im Garten hat wachsen lassen. Attila fährt häufiger als sonst nach München, angeblich muss er sich mehr um die

Fundgrube kümmern, die Hartmut, seiner Aussage nach, vernachlässigt.

An einem schönen Junitag sitzen Attila und Josef unterm Birnbaum beim Bier. Attilas Handy klingelt. „Ja?“

Er steht auf und geht zum Haus, setzt sich dort auf die Bank, sodass Josef nicht hören kann, was er spricht. Josef weiß, dass es sich meist um eine Frau, vermutlich um Helga aus der Linde, handelt, wenn Attila sofort mit dem Handy, kaum ist er drangegangen, weggeht. Das Gespräch scheint länger zu dauern.

Josefs Handy klingelt, was äußerst selten vorkommt. Es ist Hartmut, der Attila sprechen will. Der telefoniere, sagt Josef.

„Hab ich gemerkt. Soll mich zurückrufen.“

„Sag ich ihm.“

Attila hat das Gespräch beendet, geht ins Haus, holt sich ein Bier und kommt zu Josef zurück. „Hartmut – gibt wieder Probleme.“

„So? Der hat gerade angerufen, du sollst zurückrufen.“

Attila ist leicht verwirrt. „Herrgott, was gibts denn noch?“

Er wählt und geht wieder zum Haus.

Josef lächelt. Ach, der Attila!

36

Über dem Sofa hängt eine kolorierte Luftbildaufnahme vom Sobeckhof. Der Anton hat sie machen lassen, in den Siebzigerjahren. Ein kleines Anwesen am Rande des Waldes. Eine letzte Erinnerung an ein ganzes Stück Leben, ins gemietete Dingolfinger Reihenhaus gehängt, Anlass für mancherlei Wehmut.

Walburga Sobeck sitzt auf dem Sofa und schaut auf das handtuchgroße Stück Rasen hinaus, das man dem Reihenhaus gegönnt hat. Dort tummeln sich allerlei Figuren. Eichhörnchen, Rehe, alle aus Gips, bunt bemalt, außerdem eine Windmühle, ein Leuchtturm und Gartenzwerge, verschiedene Handwerke symbolisierend. Gärtner, Tischler, Imker, Schornsteinfeger. Hinter dem Vorgarten der Jägerzaun, dahinter die Straße. Das da draußen war zuletzt Antons Leidenschaft. Stundenlang saß er zwischen seinen Zwergen und Tieren, um über das Nichtmehrbauersein hinwegzukommen. Am 10. Dezember ist er gestorben, letztes Jahr, mit neunundsiebzig Jahren. Den Achtzigsten zu erleben, war ihm nicht mehr vergönnt.

Walburga sitzt auf dem Sofa und weint. Immer häufiger denkt sie an die über vierzig Jahre oben auf dem Hof. Es ging ihnen gut. Sie hatten ihr Auskommen, waren fleißig und sparsam. Zum wahren Glück fehlte ihnen der Nachwuchs. Mehrfach war Walburga schwanger, aber immer verlor sie das Kind frühzeitig. Gegen eine Adoption, die Walburga wollte, sperrte sich Anton vehement.

Er wurde immer schweigsamer, verbitterter, wollte den Hof verkaufen, weggehen, nicht mehr Bauer sein. Dann kam die Krankheit. Die erste Operation schwächte ihn so, dass er kaum mehr die Arbeiten auf dem Hof bewerkstelligen konnte. Alles hing an ihr. Aber sie wollte nicht verzweifeln, wollte den Hof nicht verlassen. Dann kam die zweite Operation. Lange lag Anton im Krankenhaus. Der Kreitmeier Hias half Walburga bei den nötigsten Arbeiten. Als Wrack kam Anton zurück. Walburga entschied sich für den Verkauf des Hofs. Ein Makler brachte diese seltsamen jungen Leute, der Verkauf wurde zügig abgewickelt und das Reihenhaus gemietet.

Da saßen sie nun, den kolorierten Hof über dem Sofa, ein Stück Wiese vor dem Haus. Keine Tiere, keinen Garten, keine Obstbäume, nur den Blick auf ein gleiches Haus mit Jägerzaun und Vorgarten. Zwischen ihnen die Straße, an ihrem Ende ein Einkaufzentrum.

Ein kranker, alter Mann, vom ihn zerstörenden Krebs wissend, der jetzt leben wollte, etwas tun, etwas schaffen, solange ihm noch Zeit bliebe. In immer öfter verwirrten Gedanken glaubte er, im Vorgarten Kartoffeln, Mais, Getreide geerntet zu haben. In seiner Fantasie war er wieder der Kleinbauer, der schlachtete, im Ofen Geselchtes räucherte, Würste machte und sie auf dem Markt in Dingolfing verkaufte. „Wally, weck mich rechtzeitig, morgen ist Donnerstag, ich muss früh auf den Markt, nicht dass der Ederer vor mir da ist und das Geschäft macht."

„Ja", sagte sie seufzend, „ich weck dich rechtzeitig."

Das hatte sie gelernt. Und sie hatte gelernt zu verstehen, dass er mit den kleinen Personen und Tieren im Vorgarten sprach, sie streichelte, was ihn glücklich machte. Er war nicht mehr ihr Anton, aber er war da und brauchte sie.

Nun ist er nicht mehr da. Es ist Juni, seit einem halben Jahr ist sie allein.

Zuletzt hatten sie ihn nach den Untersuchungen nach Hause geschickt, unheilbar, mit einer Lebenserwartung von etwa einem halben Jahr. Der Krebs hatte sich im ganzen Körper festgefressen, auch im Gehirn, was Unglück und Gnade zugleich war, denn er begriff seinen Zustand kaum. Er schlief, von starken Medikamenten unterstützt, friedlich ein. Zuletzt hatte er ein Lächeln im Gesicht, das sie nicht mehr vergessen wird, das ihr Trost ist in ihrer Einsamkeit. Sie hatte schon einen Weihnachtsbaum gekauft. Den stellte sie den kleinen, stummen Bewohnern des Vorgartens hin, die aus einer dünnen Schneedecke hervorlugten.

Immer mehr, immer häufiger denkt sie an den Hof. Sie war zwanzig Jahre alt, als sie Anton, den siebzehn Jahre älteren, heiratete und zu ihm auf den Einödhof zog, den er, einziger Sohn, von seinen früh verstorbenen Eltern übernommen hatte. Sie waren glücklich in ihrer Einsamkeit und vielleicht begünstigte die Einsamkeit ihr Glück.

Sie wirtschafteten, er kümmerte sich um alles, was ein Bauer zu tun hat, und sie, selbst eine Bauerntochter, wusste, was die Aufgaben einer Bäuerin sind. Sie kochte, hielt das Haus in Ordnung und half, wo Anton sie brauchte. Eine kleine Landwirtschaft, jenseits dessen, was sich unten in den Dörfern bei den immer weniger überlebenden Bauern, auch am Hof ihrer Eltern, entwickelte. Sie hatten, was sie brauchten. Donnerstags fuhr Anton hinunter auf den Markt, verkaufte, was sie erzeugten und selbst nicht brauchten, und kaufte ein, was sie ihm aufgetragen hatte. An kalten Tagen saßen sie am Kachelofen und im Sommer am Feierabend unter dem Birnbaum. Sie hatten Hühner und Ziegen, Schafe und zwei Schweine und es fehlte ihnen an nichts.

Aber wie gerne hätten sie Kinder gehabt. Es sollte nicht sein. Sie wurden älter, die Jahre vergingen und sie dachten, dass das immer so weitergehen würde und dass es gut wäre.

Ab und zu ging sie hinunter zu ihren Verwandten, zum Elternhaus, wo ihr Bruder den Hof, wie er sagte, in die Neuzeit führte. Wie froh war sie immer, wenn sie zurück kam zum Anton. Ihr Leben war hier. Hier gehörte sie hin. Hier war Ruhe, aller Lärm der Welt vergessen, hier gehörten alle Launen der Natur ihnen, alle Winde und Stürme, aller Sternenhimmel nur ihnen. Ihnen allein.

Manchmal kam der Kreitmeier Hias aus dem Dorf herauf, half dem Anton und genoss Wallburgas Kochkünste. Dann erzählte er Geschichten aus dem Dorf, Geschichten von Leuten und deren Problemen, von Trennungen und Liebesdramen, von den Veränderungen da unten, von Gestorbenen und Neugeborenen. Wer mit wem und warum, wer wen betrog, wer Karriere machte und wer scheiterte, Geschichten, die, wenn er ging, ihnen so fern waren. Sie hatten sich und ihr Leben, jenseits von allem, was sich auf der Welt zutrug.

Doch dann schlug das Schicksal zu.

Nach der Beerdigung vom Anton, als sie beim Leichenschmaus in der Linde saßen, erzählte der Hias vom Hof. Von den jungen Leuten erzählte er, die in einer Kommune gelebt hätten und kläglich gescheitert seien, vom verrückten Handloser, der dann ein Bankräuber und ein Mörder geworden wäre, und von zwei alten Münchner Männern, die mit viel Geld alles renoviert hätten und jetzt, wie er sagte, mit viel Leidenschaft und wenig Verstand versuchten, den Hof zu bewirtschaften.

Walburga sitzt auf ihrem Sofa, schaut auf die leblosen Gestalten in ihrem Vorgarten hinaus, die von Gras und Unkraut überwuchert sind, und sie weint nicht mehr, denn sie hat einen Plan.

37

Sie kommt nicht vom Wald her. Sie wandert über die Wiesen herauf, steht plötzlich vor den beiden, die unterm Birnbaum sitzen und Bier trinken. Klein, rund, freundliches rotes Gesicht, steht sie da, mit einem Wanderstab. Nun kommt es ja öfter vor, dass sich Wanderer herauf bewegen, verirren oder aus Neugierde zum Hof kommen, um einen Trunk bitten oder ihrer Verwunderung Ausdruck verleihen, ob dessen, was hier passiert ist, was sich verändert hat, seit sie vor einem oder zwei Jahren schon mal hier oben waren.

Walburga steht an dem Platz, an dem sie den größten Teil ihres Lebens verbracht hat. „Grüß euch Gott, ich bin die Wally!"

„Attila."

„Josef."

„Setz dich her, Wally."

„Ja, setz dich her zu uns."

„Und wohin des Wegs?"

„Ich wollte mal schaun, wie es jetzt ausschaut, da heroben. Schön habt ihrs."

„Warst du schon öfter da?", fragt Attila.

„Vierzig Jahre lang."

„Dann bist du –"

„Die Sobeckbäuerin war ich."

„Ja, da schau her!", entfährt es beiden.

„Im Dezember, wie mein Anton verstorben ist, der Herr hab ihn selig, da war der Kreitmeier Hias bei der Beerdigung. Und da hat er erzählt von der Kommune und wies da zugegangen ist und vom Bankräuber und vom Mörder und wie alles runtergewirtschaftet war und wie dann zwei Münchner gekommen sind und alles wieder hergerichtet haben."

„Ja, der Hias, der ist unser Segen."

„Und da hab ich mir gedacht, das schaust du dir an."

„Und da bist du zu Fuß da rauf?"

„Von Dingolfing bis auf Hausbach bin ich mit dem Bus und dann zu Fuß. Eine Stunde, ja, und jetzt bin ich da. – Mei, was habts ihr alles gemacht! So schön! Wenn das der Anton noch sehen hätt können."

„Wirst doch Durst haben? Ein Wasser, ein Bier?", fragt Josef.

„Ein Wasser, wenns recht ist, aber Umstände will ich nicht machen, ich muss ja wieder runter."

Josef holt eine Flasche Wasser.

„Ich fahr dich heim, ist doch selbstverständlich", sagt Attila.

„Das brauchts aber nicht."

„Doch, doch, keine Ursache."

Dann erzählt sie. Zwanzig war sie, da hat sie den Anton geheiratet und ist mit ihm herauf gezogen. Und wie die Leute gesagt haben, geh, du wirst doch nicht da rauf gehen, das ist doch kein Leben. Wie hart die Arbeit war und wie sie aber glücklich waren und wie die Winter waren, hart und erbarmungslos, und die Ernten schlecht und wie sie aber alles gemeistert haben, weil sie zusammengehalten haben, und wie die Sommer waren und die Natur überhaupt, die Gewitter und dass sie doch an keinem anderen Ort der Welt habe leben wollen, nur hier und dass sie nirgends anders mehr sein wollte, ihr Leben lang. Und dann der Krebs. Wie sie dann haben verkaufen müssen, an diese jungen Leute, es habe ja schnell gehen müssen. Der Anton war doch schon fast sterbenskrank. Und wie sie dann das Vieh weggeben mussten und hinuntergezogen sind ins Reihenhaus mit der ganzen Sehnsucht nach ihrem Leben auf dem Hof.

„Und jetzt ist der Anton tot. Er war ein kleiner Bauer, aber ein stolzer, der Anton."

Ganz still haben ihr die beiden zugehört. Dann zeigen sie ihr Haus und Hof. Sie ist überwältigt, hat Tränen in den Augen, lobt. „Mein Gott, das wenn der Anton noch sehen hätt können!“, sagt sie immer wieder.

Dann laden sie Wally zu einer Brotzeit ein, die Josef auftischt. Jetzt, da Attila ihr die Heimfahrt angeboten hat, trinkt sie auch ein Bier.

Josef ist ungewöhnlich offen, fragt, lässt sich Tipps zum Garten, zum Gemüse, zur Schneckenplage geben. Mit der hat er eine getroffen, denkt Attila, die passt zu ihm.

„Du musst öfter einmal herkommen“, sagt Josef, „deinen Rat kann ich brauchen.“

Im Auto ist sie noch voller Bewunderung. Das habe der Hof verdient, sagt Walburga, dass Leute wie sie beide dort leben. Ob es denn so einfach war, München zu verlassen.

„Für alte Leute wie uns ist die Großstadt nichts mehr. Mal hinfahren, ein paar Bekannte treffen, das schon, aber dann wieder schnell zurück.“

Und wie sie denn auf den Namen Siegfriedsruh gekommen wären.

„Der Handloser“, sagt Attila, „der Bankräuber, der Mörder, der heißt Siegfried. So hat er den Hof genannt.“

Walburga schweigt.

„Weißt du was, wir nennen ihn jetzt wieder den Sobeckhof!“

Sie fasst nach seinem Arm. „Ihr seids gute Menschen, wirklich wahr.“

Am Reihenhaus angekommen, bittet sie ihn noch auf einen Kaffee rein. Da sitzt Attila im Sessel vor dem martialischen Eichenschrank, der den Raum sichtlich verkleinert, und starrt auf das Bild vom Hof über dem Sofa. Wally bringt Kaffee und ein paar Kekse in einer Schale. Sie setzt sich unter das Bild. Die Sobeckbäuerin und ihr Hof, denkt Attila. Das Foto hätte er gerne, traut sich aber nicht, es zu machen. Sie erzählt, wie es war, als sie hier eingezogen sind, wie ihr ein Garten gefehlt hat und eine Sonne am Morgen und wie einsam und trist es hier ist, seit der Anton tot ist. Verwandtschaft habe sie keine mehr. Der Bruder, der den elterlichen Hof betrieben hat, habe auch schon vor zehn Jahren verkauft und sei mit der ganzen Familie nach Neuseeland ausgewandert. Ein wirkliches Leben sei das hier nicht. Nette Nachbarn gebe es zwar, aber Freunde wären das nicht.

„So wartet man halt auf den Tod."

„Jetzt sag einmal, Wally, könntest du dir vorstellen, dass du zu uns auf den Hof ziehst?"

„Was!?"

„Ich meins ernst."

Sie schlägt die Hände vors Gesicht. „Um Gottes willen! Nein, nein, nein."

„Ja, warum denn nicht? Du könntest wieder die Sobeckbäuerin sein – mit –" Er lacht. „Mit zwei alten Knechten."

Nein, das gehe nicht, das könne sie nicht, und das könne sie von ihnen doch nicht verlangen. Nein, sie müsse hierbleiben. Das mit der Sobeckbäuerin, das war einmal, das ist vorbei. Das Schicksal habe sie hierher gebracht, hier müsse sie bleiben.

„Denk drüber nach, Wally, es ist mein Ernst. Wir könnten dich brauchen oben. Und du wärst nicht allein."

Was denn überhaupt der Josef dazu sage. Den habe er nicht gefragt. Ihm sei unterwegs diese Idee gekommen. Aber sie habe doch auch gemerkt, wie es zwischen ihr und dem Josef funktioniere.

„Der braucht dich, deinen Rat, deine Hilfe, Wally. Und wenn ich unterwegs bin, München oder so, dann ist er nicht allein."

Sie schlägt immer wieder die Hände vors Gesicht. „Nein, nein, nein, das geht nicht, das – ich –"

„Überleg dirs in Ruhe." Er nimmt sie in die Arme und geht.

Lange sitzt sie da, starrt vor sich hin, weint. Dann steht sie auf. Sie wird auf den Friedhof gehen und es dem Anton erzählen. Der soll entscheiden.

Am Abend sitzen Attila und Josef noch draußen unter dem Birnbaum und einem Sternenhimmel, wie man ihn, das sagen sie immer wieder, in München nicht mehr sieht. Im Wald schlägt ein Käuzchen an, ansonsten eine wunderbare Stille. Attila hat nichts von seinem Vorschlag erzählt, den er Walburga gemacht hat. Man darf Josef nicht überrumpeln. Und wer weiß, ob sich Wally überhaupt dazu entscheidet. Mein Gott, das ist ja nicht einfach für sie. Das weiß Attila, aber er wünscht es sich so sehr, für sich, für Josef, für Wally. Er kann sich so ein Leben zu dritt vorstellen. Natürlich müsste sie auch ihren privaten Bereich haben. Man könnte anbauen, ein Apartment, sozusagen. Dass auch Josef diese Begegnung mit Wally beschäftigt, das spürt Attila.

Josef ist nachdenklich. „Die Wally, glaub ich, ist ein guter Mensch", sagt er.

„Ganz gewiss."

„Meine Zeit – lebt vierzig Jahre auf dem Hof und muss dann weg. Das ist hart. Furchtbar, oder?"

„Und der gehts nicht gut, da im Reihenhaus, noch dazu wo der Mann nicht mehr ist. Ich hab das ja gesehen. Das ist kein Leben für eine, die mal Bäuerin war. Kein Garten, kein Stück Erde, nur ein Handtuch Rasen vor dem Haus voller Gartenzwerge. Unter uns gesagt, dort möchte ich nicht tot über dem Zaun hängen."

„Gartenzwerge?"

„Ja, Gartenzwerge, die letzte Freude, die der Anton noch hatte."

„Mein Gott!"

Attila glaubt, eine Ahnung davon zu haben, was im Josef vorgeht, was er denkt. Abwarten. Kommen lassen.

„Du hast doch die Kathi immer gefragt, ob sie nicht zu uns ziehen mag."

„Ach, die Kathi, das war nur ein Spaß, mehr nicht."

„Wenn wir Platz hätten, ich meine, dann, wie soll ich sagen –"

„Sprich dich aus."

„Ich meine, könntest du dir vorstellen, dass die Wally zu uns zieht?"

Attila legt eine künstliche Pause ein, als sei er überrascht von dieser Idee. „Jaja, warum eigentlich nicht."

„Aber wo sollte sie wohnen, schlafen? Die Kammer oben ist doch zu klein."

„Wir würden anbauen, ihr ein Apartment bauen, mit Bad und allem. Das wäre nicht das Problem."

„Ob sie das wollen würde?"

„Weißt du was, Josef, wir fahren morgen runter und du fragst sie, ja?"

„Wenn du meinst."

„Sie könnte wieder Bäuerin werden auf ihrem alten Hof."

Sie verfestigen die Idee, sind sich einig, spielen alle Möglichkeiten durch. Im Garten könnte sie Josef beraten, ihm helfen. Den Haushalt könnte sie führen, kochen und einfach da sein, dazugehören, wieder Bäuerin könnte sie sein, das sagen sie sich immer wieder. Und man könnte dann mehr Tiere anschaffen, ein Schwein, Schafe, Ziegen.

„Und Pfauen", sagt Attila.

„Du mit deinen Scheißpfauen!", sagt Josef.

„Gut, keine Pfauen."

„Pfaue."

„Ja, ja, ist ja gut, ich habs verstanden, Herr Oberlehrer. Pfaue, Pfaue, Pfaue, habe verstanden."

„Also, keine Pfaue?"

„Nein, keine Pfaue."

38

Nach zwei Tagen, Attila will Walburga Zeit lassen, zu überlegen, fahren sie nach Dingolfing. An den endlos langen Geländen einer Autofabrik entlang, kommen sie durch ein Neubauviertel mit Supermarkt, Lidl, Aldi und Co., vorbei an einem Fitnesscenter, einer Sporthalle, in eine Siedlung von gleichgesichtigen Reihenhäusern. Jägerzäune wechseln sich ab mit metallenen Zäunen, die eher einem Firmengelände entsprechen. Kleine Individualitäten, wie sie die Baumärkte eben anbieten. Bilder, Eindrücke, die sie von ihren vielen Fahrten durch bayerisches Land kennen, auf der Suche nach dem Paradies.

Dann sind sie bei Sobeck, klingeln, Walburga schiebt die Gardine beiseite, erkennt die beiden und kommt an die Tür. Sie ist überrascht, erfreut und voller Erwartung, denn sie hat in einer schlaflosen Nacht über alles nachgedacht. Darf sie, kann sie das annehmen? Hat der Attila, der ja der Überschwänglerische von den beiden ist, das nicht nur aus einer Laune heraus angeboten? Was wird sein Freund dazu sagen. Und was wäre ihre Rolle dort oben? Magd, Haushälterin? Zweifel haben sich mit einer großen Sehnsucht nach der Vergangenheit abgewechselt. Was ist ihr Leben jetzt? Ein Warten auf den Tod. Sie ist gesund, könnte arbeiten, will kochen, doch nicht für sich alleine, sitzt hier und schaut auf die zwergenhafte Hinterlassenschaft ihres Mannes.

Am Friedhof war sie und sie hatte das Gefühl, dass ihr der Anton gesagt hat, geh dahin, wo du hingehörst, wo du glücklich bist. Wieder da oben sein, den Blick übers Tal haben, wirtschaften, denen da helfen, wo sie hilflos sind. Man könnte wieder Tiere haben, ein Schwein, Hühner, ein paar Schafe vielleicht. Und mit den beiden so unterschiedlichen Männern ihres Alters wird sie doch klarkommen. Da war doch von Anfang an eine Sympathie. Was Neues beginnen, ein Abenteuer, leben, wieder nützlich sein, etwas mit den eigenen Händen schaffen – mit schönen Gefühlen und zufrieden schlief sie ein. Und der Morgen sagte ihr, Walburga Sobeck, trau dich. Sie ist bereit.

Und jetzt stehen sie da vor der Tür, der kleine, dicke, immer Fröhliche und der lange, dünne Ernste, beide bärtig. Sie bittet sie herein. Josef beginnt, das Anliegen zu formulieren. „Also, Walburga, wir sind gekommen, weil wir mit dir über etwas reden müssen."

Wie steif und unbeholfen er ist. Er kommt ihr vor wie der Gasableser, der neulich da war, schüchtern und höflich. Frau Sobeck, entschuldigen Sie vielmals, aber der Gasverbrauch muss nun einmal wieder abgelesen werden. Ja, dann lesen Sie ihn in Gottes Namen halt ab, hat sie gesagt.

Die Männer sitzen jetzt beide auf dem Sofa unter dem Bild, sie macht Kaffee. Attila hat ihr ein Augenzwinkern geschickt und einen Finger auf den Mund gelegt. Sie hat verstanden: Der Josef muss den Antrag machen und er weiß nicht, dass Attila sie schon gefragt hat. Umständlich erklärt Josef, was ihm am Herzen liegt. Man habe überlegt, sei übereingekommen, wolle, mal sagen, sie nicht überrumpeln, sozusagen ihr Zeit lassen, zu überlegen, könne sich aber vorstellen, dass es für sie nicht uninteressant sein könnte, sie freilich auch, wenn sie sich überhaupt dazu entscheiden könne, es sich überlegen müsse und ihnen sagen solle, wie sie sich das, was das Zusammenleben beträfe, vorstellen könne.

Mit einem ihn und sie befreienden Satz beendet er seine Aufwartung: „Und dann wärst du wieder die Sobeckbäuerin."

Sie habe sich das auch schon überlegt, sagt sie. Und sie könne sich das vorstellen.

Josef staunt und Attila lächelt. Nun ist er wieder an der Reihe.

Man werde einen Anbau machen, damit sie ihr eigenes Reich habe, Zimmer, Bad, Küche, alles separat.

„Ihr habt doch eine Küche – eine schöne Küche. Noch eine, das brauchts doch nicht."

Wie praktisch sie schon denkt, wundert sich Attila.

Als sie ein junges Mädchen war, sagt sie, hätten zwei Städter auf dem Hof der Eltern einen Wohnwagen stehen gehabt. Die seien am Wochenende, und wenn sie Ferien hatten, immer aufs Dorf gekommen und hätten in dem Wohnwagen gewohnt. Sie habe immer davon geträumt, ehe sie dann zum Anton kam, mit einem solchen kleinen Haus auf Rädern in die Ferne zu fahren. Ob denn so etwas – sie habe gehört, dass man das jetzt Camper nennt – nicht billiger und besser sei. Sie jedenfalls könne sich das vorstellen. Und da es Räder habe, könnte sie ja immer noch, wenn es mit ihnen dreien gar nicht gehe, davonfahren. Sie lacht, ist fröhlich, sodass die beiden dann zufrieden und glücklich abfahren, mit dem Versprechen, sich um alles zu kümmern und sie auf dem Laufenden zu halten.

Im Auto.

„Das hätte ich nicht gedacht, dass sie das macht", sagt Josef.

„Der Sobeckhof war ihr Leben und er wird wieder ihr Leben."

„Du hast sie gestern schon gefragt, oder?"

„Ja, aber ich wollte dir nicht vorgreifen."

„Ist das mit dem Wohnwagen eine gute Idee?"

„Die Beste. Und vor allem, wenn sie es will. Der Ferdi muss sich um so einen Camper kümmern. Da ist alles drin, Wasser, Toilette, Küche, Bett, Tisch, Kühlschrank, Herd, alles, was sie braucht."

„Küche braucht sie nicht."

„Ja."

„Sagen wirs dem Hias?"

„Noch nicht. Überraschung."

39

Der Hias staunt, als am übernächsten Tag der Ferdi einen Wohnwagen auf den Hof fahren lässt. Er und Josef bemächtigen sich gerade der Brombeerhecke. „Ah, das Fremdenzimmer!“, ruft Attila.

Als die beiden dem Hias erklären, dass man ja gelegentlich Besuch, zum Beispiel aus München, bekomme und im Haus schließlich kein Platz sei, dass man die Kammer oben den Leuten nicht zumuten könne, denkt der Hias, aha, dann ist es mit der Einsiedelei doch nicht so weit her.

Nachdem der Fahrer, von kräftigen Flüchen begleitet, den Wohnwagen endlich an seinen zugedachten Platz neben das Haus gestellt hat, fährt er ab. Ferdi, gerade in seinem nagelneuen BMW-SUV angekommen, demonstriert wortgewandt das Innenleben des neuen sogenannten Feriendomizils. „Wohnzimmer, Schlafzimmer, Küche, WC, Fernseher, alles da, da wäre ein Student froh drüber.“

Der Hias staunt immer noch. Eine komplette Wohnung, so viel Aufwand für gelegentlichen Besuch. Irgendwie sind die zwei doch verrückt.

Dann sitzen sie unter dem Birnbaum. Apropos Student: Josef fragt, was denn der Herr Sohn mache, ob der noch in Berlin sei.

„Ja, der Drusius, der –“

Und als könnte es nicht anders sein, bellt in diesem Moment in seiner rechten Jackentasche ein Hund. Ferdi geht dran.

„Entschuldigts … Ja, Schatzerl! Du, ich bin noch ein Bissl *bissi*, aber in einer Stunde bin ich bei dir. --- Bussibussi!“

Attila grinst. „Der Mops aus Passau!“

„Ah, woher denn. Der Dackel aus Deggendorf."

Gelächter, das Ferdi natürlich schmeichelt.

„Ich weiß auch nicht, warum, aber jedes Gspusi, was mir unterkommt, hat einen Hund. Dabei mag ich gar keine Hunde."

„Tragisch", sagt Attila.

Dann verabschiedet sich der Ferdi und strebt dem Deggendorfer Dackel entgegen. „Servus miteinander. Wenns Probleme gibt, durchklingeln."

Noch nicht am Auto angekommen, ertönt „Hier ist ein Mensch …" aus der linken Jackentasche. Ferdi geht dran, steigt ein, rauscht ab.

Als der BMW im Wald verschwindet, sagt Josef: „Und übermorgen ein Spitz aus Regensburg."

„Jaja, der Ferdi, der ist sein Geld wert. Aber zuverlässig. Wenn ich morgen sag, Ferdi, ich brauch einen Hubschrauber, dann bringt er den auch her, garantiert. Einen wie den Ferdi, den braucht man. So einen muss man kennen."

Am Abend sagt der Hias zu seiner Frau: „Das musst du dir mal vorstellen, ein kompletter Wohnwagen. Alles drin, Bett, Kühlschrank, Fernseher, Kaffeemaschine, Herd, alles, und das da dafür, dass ab und zu ein Besuch kommt. Die spinnen doch."

„Freilich spinnen die", sagt Rita lakonisch.

Der Hias ereifert sich weiter. „Die Münchner, die da kommen, ja Herrgott nochmal, die können doch in der Kammer oder in der Scheune schlafen, im Heu. Urlaub auf dem Bauernhof, verstehst du."

„In der Scheune ist ja gar kein Heu nicht mehr drin."

„Außer dem Hartmut war ja eh noch keiner da."

Später, als sich der Hias neben sie legt und hört, wie sie schnarcht, denkt er daran, wie das wäre, ein Gspusi zum Beispiel in Dingolfing zu haben. Er stellt sie sich vor, irgendwie so, wie die Rita vor zwanzig Jahren war. Einen Hund müsste sie nicht haben.

40

Attila schaut zum Fenster hinaus. Da stehen sie, die Zwerge, fast vom Gras überwachsen. „Die Zwergerl und die Viecherl da draußen, nimmst du die nicht mit?“

„Nein. Die bleiben da. Ich hab die nie mögen. Sie waren halt dem Anton seine einzige letzte Freude. Ja mei.“ Sie seufzt.

Es ist dieser besondere Tag, den sie mit Walburga vereinbart haben, der Tag ihres Umzugs nach Siegfriedsruh beziehungsweise nach dem Sobeckhof. Attila ist alleine gekommen, um sie zu holen, Josef meinte, sie würden im Auto den Platz brauchen, für ihre Sachen.

Walburga steht da, erwartungsfroh, mit zwei gepackten Taschen. Attila staunt, ist leicht verwirrt. Sie sieht ihm an, was er denkt. „Mehr brauch ich nicht. Der Nachmieter nimmt alles. Küche, Geräte, alles.“

Attila schaut sich im Wohnzimmer um, Geschirr steht in der Anrichte, Vasen oben drauf, allerlei Nippes zeugt von einer gewissen Sammelleidenschaft, Lampen, Sofakissen mit Tiermotiven. Nichts davon will sie mitnehmen. Was für eine Entscheidung, denkt Attila, was für ein Neubeginn!

Sein Blick fällt auf das Foto vom Sobeckhof, die Luftbildaufnahme. „Aber das Bild nehmen wir doch mit, Wally?“

„Wenn du meinst.“

„Das gehört doch auf den Hof.“

Er holt es von der Wand, bläst den Staub von der Oberkante. Dann gehen sie. Weder im Haus noch vor dem Haus schaut sich Walburga um. Sie schließt ab, wirft den Schlüssel in den Briefkasten und kommt zum Auto. Attila verstaut die Taschen und das

Bild, Walburga steigt ein, sie fahren ab. Ein Stück Leben geht für sie zu Ende, eines, das sie nicht geliebt hat, das ihr keine Freude sein konnte. Ein neues Leben beginnt. Und es hat mit ihrem alten Leben zu tun. Sie ist bereit.

„Du", sagt der Hias zu seiner Rita, „da ist gerade der Attila vorbeigefahren mit der Walburga im Auto!"

„Ja und, die wird halt zu denen ziehen."

„Was?!"

„Naja, was soll die da in Dingolfing. Die brauchen die doch. Und wenns so ist, dann ist es gut so", sagt die Frau, die an Weisheit und Voraussicht dem Hias schon immer überlegen war.

„Aha, darum der Wohnwagen! Wenn mal Besuch kommt, haben sie gesagt. Angelogen haben sie mich, die Hundskrüppel, die. Du, das tät mich aber freun für die Wally", sagt der Hias.

Und er beschließt, ganz bald hinauf zu fahren, um Zeuge dessen zu sein, was sich da oben tut. Warum nicht gleich. Er fährt los. Diesmal kann ihn Rita nicht abhalten.

Erwartungsvoll steht Josef im Hof. Attila fährt vor, Walburga steigt aus, begrüßt Josef, der sie sofort voller Stolz zum Wohnwagen führt. Da steht sie, starrt auf das Gefährt, schlägt die Hände vors Gesicht, ist zunächst sprachlos. Doch dann bricht es aus ihr heraus: „Ja mei, ihr seids ja narrisch! So was! Das gibts ja gar nicht. Das ist ja wie seinerzeit, wo die Städter bei uns daheim waren, genau in so einem Wagen."

„Jetzt geh einmal hinein", sagt Attila. „Schau dir alles an."

Zaghaft erst, dann doch neugierig und entschlossen steigt sie hinein und bleibt lange drin. Als sie wieder rauskommt, steht da schon der Hias. „Willkommen, Sobeckbäuerin!"

„Ja, Hias, da schaust du, gell. Das ist jetzt mein Daheim."

Sie hat sich drinnen alles genau angesehen. Die kleine Küche, den Kühlschrank, den Zweiplattenherd, die Dusche, die Toilette, den kleinen Tisch mit zwei Stühlen, den Schrank, das Bett, auf das sie sich erst gesetzt und dann gelegt hat. Sie hat die Augen geschlossen, an ihre Kindheit gedacht, an damals, als sie bei den Besuchern aus der Stadt im Wohnwagen gesessen hat.

Dann tragen sie der Wally ihre Sachen ins neue Heim und lassen sie dort erst einmal allein. Sie setzen sich zum Bier unter den Birnbaum und sagen sich ein übers andere Mal, wie sehr ihnen das gelungen ist. Darauf, schlägt Attila vor, brauche man einen Schnaps. Josef holt ihn.

Prost auf den Ferdi! Dem Ferdi sei Dank!

Dann kommt Walburga zu ihnen. Attila fühlt sich bemüßigt, eine Willkommensrede zu halten, girlandenreich ausschweifend, wie es seine Art ist. „Meine, unsere, liebe Walburga, lass mich dir sa–!"

„Sag halt Wally zu mir."

„Wally, liebe Wally, lass mich dir sagen, wie sehr wir uns über deine Zusage, zu uns zu ziehen, freuen. Dass du dir ein Herz gefasst hast, dass du dich entschieden hast, dafür sind wir dir unendlich dankbar!"

„Jaja, ist schon recht."

„Ich glaube, nein, ich bin der Überzeugung, dass wir drei hier oben ein harmonisches Miteinander haben werden und dass ein jeder von uns seinen eigenen Platz haben wird."

„Geh, Attila, jetzt red doch nicht so geschwollen daher. Jetzt bin ich da und fertig. Und wir schauen halt, wies uns geht miteinander."

Attila gibt sich geschlagen.

Der Hias verabschiedet sich, wird morgen wiederkommen, den Wohnwagen an Strom- und Wasserversorgung anschließen und Josef im Garten helfen. Dann geht auch Wally in ihren Wohnwagen, in ihr neues Zuhause, müde, aber glücklich.

Attila und Josef sitzen noch lange da, trinken und schweigen viel. Nur ab und zu sagen sie sich, was das doch für ein schöner Tag war.

Als der Hias am Abend seiner Rita erzählt, was sich da oben alles zugetragen hat und dass die Walburga tatsächlich wieder die Sobeckbäuerin ist, sagt seine Frau:

„Das ist gut so, weil es gehört sich ja so."

Am nächsten Tag. Wally ist früh auf den Beinen, hat wunderbar friedlich geschlafen.

„Die Räder", sagt sie, als auch Attila aufgestanden ist, „die könnt ihr abschrauben. Die braucht es doch nicht."

Jetzt will sie die Küche sehen. Will sehen, was da ist, was fehlt, was man noch besorgen muss. Josef zeigt und erklärt ihr alles. Attila bekommt eine lange Einkaufsliste.

41

„Jetzt ist der Sobeckhof wieder der Sobeckhof", sagt der Hias. Mit Walburga hat sich schon nach wenigen Wochen vieles verändert. Sie hat schnell gelernt, wie sie die beiden, die sie „Schdodara" nennt, nehmen muss. Von Attila, mit seiner gutmütigen Art eines alten Gutsherrn, denkt sie, dass er eigentlich gar nicht hierher passt. Seine Marotten, seine gelegentlichen Rückfälle ins Wohlstandsbürgertum nimmt sie gelassen hin. Er hat das Geld, er schafft ran, was sie anfordert, was sie zum Funktionieren des Haushalts für wichtig ansieht, er funktioniert. Soll er doch seine Träume von Rosenlauben, Pfauen und Seelandschaften haben. Als er eine Brotbackmaschine anschleppt, sagt sie, so einen Schmarren brauche man nicht, sie könne auch ohne so was Brot backen. Er bringt sie zurück. Dass er ihr überhaupt von seinen Münchenausflügen stets kleine Nutzlosigkeiten mitbringt, findet sie nicht nötig, aber sie zeigt ihm, das sie sich freut.

Jeden zweiten Sonntag fahren Attila und Walburga am Vormittag nach Mainkofen, wo sie zur Messe in die Kirche geht und er zum Frühschoppen in die Linde. Ihn auch zum Kirchgang zu bewegen, gibt Wally schnell auf. Da sei bei ihm nichts zu machen, sagt Attila. Nach der Messe kommt Wally rüber zur Linde. Da essen sie jeder ein Paar Weißwürste und Wally trinkt ein Bier, ehe sie wieder zum Hof hinauf fahren. Josef nimmt an dieser Unternehmung nur selten teil.

Auf dem Hof verwachsen Wally und er zu einer Symbiose. Sie ist die Wirtin, er der Gast, sie ist die Herrin, er der Knecht, und das ist gut so. Sie brauchen sich und sie harmonieren unauffällig. Sie hat die Küche übernommen, er gibt den gelehrigen Schüler.

Er bleibt der Chef im Garten, sie aber sorgt dafür, dass das für den Haushalt Wichtige und Nützliche darin überwiegt. Ihr Rat und ihre Wünsche sind Josef heilig.

„Den Attila, außer dass ers Geld hat, bräuchten die zwei gar nicht“, sagt der Hias zur Rita.

Es wird Herbst. Durch Wallys Umsicht gibt der Garten schon mehr Brauchbares her. Wally kocht ein, macht Marmelade, Holunder, Erdbeer, Himbeer. Und sie tischt zu Essen auf, dass selbst Attila zufrieden, wenn nicht gelegentlich sogar begeistert ist.

Es sind die letzten warmen Tage, wo man auch abends noch draußen sitzen kann. Der Oktober zeigt sich dieses Jahr von der schönsten Seite, sodass allenthalben zurecht vom goldenen Oktober gesprochen wird. Der Wald schmückt sich mit den vielfältigsten Farben. An einem frühen Abend sitzen Wally und Josef auf der Bank vor dem Haus. Sie strickt warme Socken für die Männer. Attila kommt feingemacht und fröhlich pfeifend aus dem Haus. „Einen schönen Abend noch!“

Er geht zum Auto, steigt ein, fährt ab. Wally schaut hinterher. „Ja, jetzt sag amal, wo fahrt der eigentlich immer hin, der Attila?“

„Zur Linde“, sagt Josef.

„Ja, warum das dann?“

„Naja, da kennt er ein paar Leute, die er trifft. Schafkopf oder so. Und der Hias ist meistens auch da. Und da trinkt er halt was, dann bleibt er über Nacht.“

„Hat er wo ein Gspusi?“

„Ja, vielleicht, ja.“

„Hat er was mit der Wirtin?“

„Vielleicht. Jaja, doch, aber das ist seine Sache.“

„Jaja, Josef, er ist halt ein Gockel, unser Attila.“

Da sitzen die beiden, Josef, der gar nicht wie ein Bauer aussieht, und Walburga, die Bäuerin, die es so sehr genießt, wieder eine zu sein.

„Und du? Wie hast dus denn mit den Frauen gehalten?“

„Ich war mir immer selber genug. Hab das nicht gebraucht, das alles.“

„Ja, es ist halt einmal so, das Geschlechtliche, das treibt die meisten Männer um.“

Sie schweigen.

„Ihr habt keine Kinder gehabt?“, fragt Josef.

„Wir haben uns das so sehr gewünscht. Aber es hat nicht sollen sein. Der Anton ist fast verrückt geworden. Er hat immer gemeint, es liegt an ihm. Aber ich wars, die keine kriegen konnte. Ich hab mir immer gesagt, er hat die falsche Frau. Aber das wollte er nicht hören. Naja, so ist halt das Schicksal.“

Wally verabschiedet sich zur Nacht, umarmt Josef zaghaft, was sie noch nie getan hat, und geht in ihren Wohnwagen, der ihr in den paar Monaten so lieb geworden ist.

Lange sitzt Josef noch da, schaut ins Tal hinunter, wo braunweiße Kühe friedlich grasen. Ihm ist, als wäre die Welt stehen geblieben. Langsam wird es dunkel, der Wald wird schwarz und ein Sternenhimmel spannt sich über alles. Josef lauscht den Käuzchen. Sind wir nicht, fragt er sich, wie Bauer und Bäuerin? Wie wäre es gewesen, wenn vor Jahren jemand wie Walburga in sein Leben getreten wäre?

42

Sie sitzen in der Wohnstube. Walburga hat gekocht. Es schmeckt ihnen, beide Männer betonen das und loben die Köchin. Die schaut ihnen beim Essen zu. „Jessesmaria, ihr mit euren Bärten!"

„Das haben wir uns geschworen," sagt Attila, „wie wir hier angefangen haben, dass wir uns nicht mehr rasieren."

Josef nickt.

„Geh zu, Josef, dir steht doch so ein Bart überhaupt nicht. Der Attila, der braucht den, dass er nach was ausschaut. Du brauchst das nicht."

Attila lacht. Die Direktheit der Wally gefällt ihm.

Josef antwortet nicht, isst, trinkt und kommt am nächsten Morgen rasiert zum Frühstück.

„So ist es recht", sagt Walburga.

Attila, immer noch bärtig, sagt dazu nichts.

Auf den sonnigen Oktober folgt ein nicht minder warmer Spätherbst. Man muss tüchtig gießen, da es kaum Niederschläge gibt. Der Winter kann kommen und er kommt. Noch Anfang Dezember ist es warm und trocken, doch dann fallen die Temperaturen, Schnee bedeckt Wald, Wiesen und Felder und verspricht eine weiße Weihnacht.

ANTON SOBECK
Sobeckbauer von Mainkofen
* 13.1.1931 † 10.12.2010

Er ruhe in Frieden!

„Da, schau, Anton, das sind jetzt meine Mitbewohner auf dem Hof. Der Attila und der Josef. Es sind gute Menschen. Du hast recht gehabt. Es ist gut, dass ich wieder auf den Hof gegangen bin. Machs gut, mein lieber Anton. Im Himmel sehen wir uns wieder."

Es ist der Jahrestag von Antons Tod. Walburga steht am Grab, hinter ihr Attila und Josef. Sie sagt noch ein Vaterunser und ein Gegrüßet-seist-du-Maria auf, dreht sich zu den beiden um und zeigt auf den Grabstein. „Da, schaut, da ist unten noch Platz für mich. Wenns dann so weit ist."

„Da magst du dir aber schon noch Zeit lassen", sagt Attila.

„Schon – aber man weiß ja nie, was passiert."

Zwei Gräber weiter liegt der verstorbene Mann von Helga, der Lindenwirtin. Walburga bückt sich nach dem dafür bereitliegenden Zweig und bespritzt das Grab mit Weihwasser. „Der Holzer Sebastian, viel zu früh gestorben", sagt sie.

Eine Woche vor Weihnachten zieht es Attila unter allerlei Vorwänden nach München. Einen Tag vor Heiligabend kommt er zurück. Er bringt einen ausklappbaren Plastikweihnachtsbaum mit, den Walburga und Josef, an seinem Geschmack zweifelnd, grässlich finden. Der kommt ihnen nicht ins Haus. Der Hias nimmt ihn mit, wofür und für wen auch immer. Der kann fast alles brauchen.

Walburga zuliebe fahren die drei zur Christmesse nach Mainkofen. Josef muss daran denken, wie er jedes Weihnachten mit der Mutter zur Messe im Alten Peter gegangen ist. Das gehörte zum ansonsten glanzlosen Weihnachtsfest dazu. Seit die Mutter tot ist, war er nicht mehr in einer Kirche.

Während Attila, der mit der Kirche nichts am Hut hat, interessiert das Interieur der kleinen, schmucken Barockkirche begutachtet und den Wert einzelner Stücke taxiert, singt Josef, Walburga zur Seite stehend und soweit er die Texte kennt, lauthals mit.

Am ersten Feiertag serviert Wally eine Gans. Nun habe ich, denkt Attila, doch ein Familienleben, was ich nie wollte. Aber er ist zufrieden. Dass es Wally gibt, ist ein Segen, lässt es ihm doch mehr Freiheit und Josef ist nicht allein, wenn er sich zu seinen Frauen begibt. Dass die gute Küche der Wally ihm ein noch stattlicheres Bäuchlein verpasst hat, stört ihn nicht. Helga und Rosalind auch nicht.

Am Neujahrstag gehen sie zusammen in die Linde zum Festtagsessen. Es entgeht der Walburga nicht, dass da zwischen Attila und der Wirtin eine besondere Beziehung besteht.

43

Das neue Jahr beginnt wild. Ein heftiger Sturm fegt Ziegel vom neu eingedeckten Scheunendach. Auf dem Weg durch den Wald liegen umgeknickte Bäume. Der Hias muss mit der Motorsäge die Durchfahrt frei machen.

Das Frühjahr hingegen ist mild, schon sehr früh beginnen Josef und Walburga zu säen und zu pflanzen. Der April ist warm, ein Rekordmonat. Wally hat alles im Griff.

Hias steht auf der Leiter an der Scheune und reinigt die Dachrinne. Attila steht am Fuß der Leiter und dirigiert, was Hias leicht entnervt und Josef, der im Gemüsebett Bohnenstangen zusammenbindet, ein Lächeln abringt.

„Machs, wie es der Attila sagt, Hias, dann kannst dus nicht falsch machen."

„Jaja, sowieso!"

„Gehts, leckts mich doch am Arsch, ihr zwei Deppen", sagt Attila, geht ins Haus und beklagt sich bei Wally.

„Was mischst du dich denn auch bei denen ein?", sagt die lakonisch.

Sie haben einen Maibaum aufgestellt. Attilas eigenwillige Schöpfung, die er Kunstwerk nennt, wobei sich seine Kunst stets an Weihnachts- und Maibäumen erschöpft. Statt der üblichen Figuren hängen Töpfe, Pfannen, Schöpflöffel und allerlei andere Haushaltsgegenstände an den weiß-blauen Querlatten. Josef und Walburga haben es geschehen lassen. Sie haben gelernt, dass man einen selbsternannten Künstler nicht am Verfertigen seines Werkes hindern darf.

Es ist Anfang Juni, der Flieder blüht und auch sonst hat sich einiges im Garten positiv entwickelt. Sie werden Erdbeeren ernten können, Pflücksalat, Bohnen, Erbsen, Rettiche, Radieschen, Zwiebeln und Kartoffeln. Und sie erwarten einige Blumenpracht und anderes mehr.

Josef ist stolz auf seine Schöpfungen, die Kunst zu nennen ihm allerdings nicht einfiele. Ach, wäre die Wally nicht! Sie ist der gute Geist, weiß immer Rat, ist handfest und fröhlich. Und sie betont es immer wieder, wie glücklich sie ist über ihre Entscheidung für den Hof. Josef mag sich nicht vorstellen, wie das Leben hier ohne sie wäre.

Haus und Hof blicken freundlich ins Tal, können sich nach den Jahren des Darbens sehen lassen. Da und dort muss noch gearbeitet werden. Alles Dinge, die man sich für die nächsten Wochen vorgenommen hat. Der Hias und der eine oder andere Handwerker werden kommen müssen.

Ein warmer Sonntagnachmittag. Attila, Wally und Josef sitzen bei einer Brotzeit unterm Birnbaum. Schwarzgeräuchertes vom Hias, Bauernbrot, von Wally gebacken, Bier. Es geht ihnen gut, es fehlt ihnen an nichts, sie sind glücklich und zufrieden. In den Nistkästen wird fleißig gefüttert, eifriges Familienleben.

„Da kommt wer“, sagt Wally.

Dann hört man Motorengeräusch. Ein überdimensioniertes graues Wohnmobil kommt aus dem Wald und bleibt oben stehen.

„Jetzt gehts aber los! Ja, spinnen die?“, sagt Attila.

„Sollen abhauen.“

„So weit kommts, dass die Camper jetzt hier auftauchen.“

„Sollen bloß abhauen.“

Ein junger Mann und eine junge Frau steigen aus, bleiben stehen, schauen übers Tal und kommen dann auf den Hof. Attila, Wally und Josef bleiben demonstrativ sitzen, zeigen, dass sie es überhaupt nicht schätzen, was hier vor sich geht.

„Hallo!", sagt der junge Mann. Es klingt irgendwie amerikanisch wie Hällou. „Mein Name –"

„Das ist hier Privatgelände", sagt Attila unwirsch, „Sie können hier nicht stehen bleiben."

„Mein Name ist Alexander Bauer."

Attila durchzuckt es. Josef begreift sofort. Er starrt Attila an. Was jetzt, um Gottes willen?

Walburga ist erstaunt, begreift erst einmal nichts. „Grüß Gott", sagt sie.

„Und das ist meine zukünftige Frau Jenny. Sie spricht kein Deutsch."

„Angenehm", sagt Josef. Das ist zweifellos der Sohn, denkt er, und überlegt, was jetzt in Attila vorgehen muss, wie er wohl reagiert. Wird er den Sohn in die Arme nehmen, wird er sich verleugnen? Noch scheint Alexander nicht zu wissen, wer von den Männern sein Vater sein könnte.

Attila steht auf, gibt beiden die Hand und bedeutet ihnen, sich zu setzen. Walburga hält sich völlig zurück, als würde sie nicht dazugehören.

„Ich suche meinen Vater. Meine Mutter, Sonja –"

„Ich bin Attila Bauer. Aber wie kommt ihr hierher?"

„Wir sind auf Europatrip. Sonja hat gesagt, fahr nach München, such deinen Vater, da gibt es Attila Antiquitäten und Fundgrube. Fundgrube haben wir gefunden und dieser Hartmut dort hat uns hierher gewiesen." Er spricht ein stark amerikanisch gefärbtes Deutsch.

Josef fragt, ob sie was trinken wollen. Walburga, jetzt den Zusammenhang verstehend und froh, sich für einen Moment von der irgendwie peinlichen Situation entfernen zu können, holt Wasser und Bier, schenkt ein, gibt sich gastfreundlich. Im Gegensatz zu Attila, der starr dasitzt.

In ihm rumort es. Er hat nie Vatergefühle gehabt für diesen Menschen, ja, er denkt „dieser Mensch", der ihm fremd ist, der jetzt da sitzt und behauptet, sein Sohn zu sein, weil ihm seine Mutter das so gesagt hat. Kann er eine wie auch immer geartete Nähe herstellen zu diesem jungen Mann, der ja nichts dafür kann, dass ihn seine Mutter hierher geschickt hat, der aus seiner Sicht natürlich ein Recht hat, seinen Vater zu finden? Aber ist Attila wirklich dessen Vater? Immer – auch damals, von Anfang an – hat er allerlei Gründe gehabt, das zu bezweifeln. Mein Gott, Sonja, das Partygirl. Wahllos hat sie sich durch die Münchner Gesellschaft geschlafen, kam manchmal eher erschöpft als an ihm interessiert nach Hause zurück, um dann schnell weiterzuziehen, gierig nach Anerkennung. Attila kann an einer Hand nicht die abzählen, die der Vater dieses Jungen sein könnten.

Ihm ist diese Situation unangenehm. Er will nicht von dieser Vergangenheit eingeholt werden. Es war gut so, dass Sonja damals gegangen ist, ohne Ansprüche zu stellen, dass sie einfach aus seinem Leben verschwand mitsamt ihrem damals halbjährigen Sohn und ihrem Liebhaber.

Und jetzt sitzt da ein junger Amerikaner und will sein Sohn sein. Gibt es denn, fragt sich Attila beklommen, irgendeine Ähnlichkeit zwischen ihnen? Er findet nicht. Aber kann man das selbst beurteilen? Er wird Josef und Walburga fragen.

„Meine Mutter ist tot. Vor einem Jahr ist sie gestorben, hatte Krebs. Ihre letzten Worte waren: Fahr nach Deutschland und such deinen Vater."

Schweigen.

„Ja, Vater, da bin ich!"

Er erzählt. Seine Mutter habe sich von dem Mann, mit dem sie aus München weggegangen ist, nach etwa einem Jahr getrennt und sei dann mit dem Kind nach Amerika gezogen. Dort sei John, ein Amerikaner, der in Lexington, Kentucky eine Auto-Werkstatt mit Tankstelle betreibe, sein Stiefvater geworden. Er sei also dort aufgewachsen, aber seine Mutter habe immer Deutsch mit ihm gesprochen. Bei John habe er eine Ausbildung zum KFZ-

Mechaniker gemacht und nach diesem Europatrip werde er dort in die Werkstatt einsteigen. Und er und Jenny würden heiraten. Im Übrigen erwarte Jenny ein Kind. Und das wäre doch sehr schön, wenn Attila zur Hochzeit rüberkommen könnte. Und wenn das Kind sozusagen einen deutschen Großvater bekäme. Seine Mutter habe sehr positiv von ihm gesprochen. Dass sie so früh gestorben ist, das sei für John und ihn sehr schwer gewesen. Man nenne ihn übrigens Lex.

Attila ist ratlos, bemüht sich aber um Freundlichkeit. Was soll er jetzt machen, wo Vatergefühle hernehmen? Lex scheint Attilas Zustand zu ahnen. Es sei für ihn, Attila, natürlich quasi eine Überrumpelung, das verstehe er. Man habe sich ja schließlich nicht gekannt, beinahe nichts voneinander gewusst. Sonja habe ihm auch sehr spät erst, kurz vor ihrem Tod von Attila erzählt und von der Tatsache, dass der sein Vater sei. Jahrelang habe er gefragt, wer ist mein Vater, wo ist er, warum gibt es ihn nicht? Immer sei Sonja ausgewichen, habe gesagt, sie wisse es nicht, wisse nichts über diesen Mann. Aber für ihn sei das jetzt ein glücklicher Moment, seinem Vater gegenüber zu sitzen.

Jenny, um die sich Josef mit ein paar Brocken seines Volksschulenglisch bemüht, erfasst die Situation besser als Lex. Sie merkt, was Lex in seiner Euphorie nicht erkennt: Dass es für Attila äußerst unangenehm ist und er mit der ihm plötzlich zugemuteten Vaterrolle nichts anfangen kann. Sie versucht, die Stimmung zu lockern, geht teilweise auf Josefs Konversationsangebot ein und preist dann die Lage hier, dieses Anwesen, den Blick, diese Ruhe. Und überhaupt, Deutschland, was für ein wunderbares Land. Und München! Lex muss übersetzen und wird dadurch davon abgebracht, intensiver Vatergefühle bei Attila einzufordern.

Ein bis zwei Wochen wollen sie hierbleiben, sagt Lex, man müsse sich ja schließlich noch besser kennenlernen und habe manches zu besprechen. Attila betrachtet das insgeheim als Drohung, aber was soll er machen? Auch Walburga und Josef können sich nicht dazu entschließen, über diese Ankündigung glücklich zu sein. Eine seltsame Stimmung herrscht, die sich in unsicherem Einanderbeobachten und quälenden Gesprächspausen äußert.

Als sich Jenny und Lex endlich in ihren Camper zurückziehen und die drei noch eine Weile draußen sitzen bleiben, bricht es aus Attila heraus: „Herrgott, ich weiß doch gar nicht, ob der von mir ist!“

„Gleich schaut er dir nicht“, sagt Walburga lakonisch. „Schaut er der Mutter gleich?“

„Schon eher. Dürr und groß. Sie war ja fast einen Kopf größer wie ich.“

„Ja, Attila, der will jetzt erben“, lästert Josef.

„Hör auf!“

Attila hat eine unruhige Nacht. Es kann nicht sein, nein, er will das nicht. Er hat doch damals gar nicht mehr mit Sonja geschlafen. Oder doch?

Das Paar nistet sich zum zunehmenden Leidwesen von Walburga auf dem Hof ein. Man schläft lange, okkupiert dann den Platz unter dem Birnbaum für ein Frühstück, das sich bis in den Nachmittag zieht. Man fühlt sich zuhause und benimmt sich so. Als Lex einmal bei Walburga in der Küche erscheint, um, ohne zu fragen, an den Kühlschrank zu gehen, ist sie empört. „Das muss aber einmal ein Ende haben mit denen“, sagt sie später zu Attila.

„Was soll ich machen? Sie wegschicken? Das Beste wäre es, aber – ich weiß es doch verdammt nochmal nicht! Ich habe keinen Sohn!“

Nach einigen Tagen rückt Lex mit seinem Anliegen heraus. Er werde ja demnächst nach Amerika zurückgehen, Familie gründen, sich ein Haus bauen. Ob denn Attila ihn, was sein ihm ja wohl zustehendes Erbe betreffe, auszahlen könne.

Attila wird wütend, beherrscht sich mühsam und sagt: „Noch lebe ich. Und wenn ich tot bin, wird es ein Testament geben, in dem drinsteht, wer was bekommt. Mehr habe ich dazu nicht zu sagen." Und im Übrigen, das müsse er dem vermeintlichen Sohn dann doch einmal in aller Härte sagen, sei es nicht erwiesen, dass er, Alexander, sein Sohn sei.

Lex ist empört. „Meine Mutter wird doch gewusst haben, von wem sie schwanger war!"

„Da bin ich mir nicht so sicher."

Jetzt wird Lex laut. Vergeblich versucht Jenny, ihn zu beruhigen. „Das ist eine Unverschämtheit, so über meine verstorbene Mutter zu sprechen. Das lasse ich nicht zu!"

„Da ist es besser, wenn ich dir Details erspare." Attila steht auf, geht ins Haus.

Jenny redet draußen beschwichtigend auf Lex ein. Dann ziehen sie sich in ihren Camper zurück.

Walburga und Josef haben vom Haus aus die Auseinandersetzung beobachtet. „Gut so", sagt Wally zu Attila.

Josef pflichtet ihr bei. „Das geht doch so nicht weiter", sagt er.

Die Besucher bleiben hartnäckig. Nach kurzer Zeit erscheinen sie wieder im Hof und machen es sich unbekümmert unter dem Birnbaum gemütlich. Sie trinken, telefonieren, picknicken und Jenny schneidet Lex die Haare.

Am Abend – Attila sitzt am Tisch im Wohnzimmer und sortiert Papiere – kommt Walburga und legt ihm mit triumphierendem Lächeln eine Tüte hin.

„Was ist das?"

„Seine Haare. Aus dem Müll."

Es dauert nur einen kurzen Moment, bis Attila versteht, was sie bezweckt. „Du meinst –?"

„Nimm sie mit, fahr nach München, lass untersuchen, ob er dein Sohn ist."

„Wally", das sagt er selten, „Wally, du bist genial! Dass du so was weißt!"

„Das hab ich mal im Fernsehen gesehen."

„Nein, so was, schau die Wally an!"

„Und“, sagt sie, „das wäre doch eine Gelegenheit, dass du dir deinen Bart abschneidest.“

„Nein, nein, soweit lassen wirs nicht kommen.“

Im Internet findet Attila unter dem Stichwort Vaterschaftstest mehrere Anzeigen von Instituten, die anbieten, innerhalb von achtundvierzig Stunden mit 99,9 Prozent Treffsicherheit für circa hundert Euro einen Test durchzuführen.

Als Walburga am Abend erschöpft von einem Arbeitstag, in ihr Zuhause kommt, setzt sie sich aufs Bett, stellt das Foto vom Anton, auf das Nachtkästchen und erzählt ihm, was sie erlebt hat. Und sie dankt ihm, dass er auch dafür war, dass sie wieder auf den Hof gegangen ist. Denn, sagt sie ihm, sie sei sehr glücklich und was aber fehle, sei er.

44

Mit zwiespältigen Gefühlen fährt Attila, nachdem er sich bei Rosalind ausgeweint hat, aus München zurück. Einerseits ist er erleichtert, sieht sich in seiner Vermutung bestätigt, andrerseits hat er Angst davor, Lex ins Gesicht zu sagen, dass er nicht sein Vater ist. Es wird eine große Enttäuschung sein, eine Welt wird für den jungen Mann zusammenbrechen. Aber er, das sagt Attila sich, hat keine Wahl, er muss es ihm sagen, beweisen anhand des Ergebnisses des Vaterschaftstests. Oder sollte er großherzig sein? Er hatte nie ein Kind. Es hat ihm nie gefehlt. Nach Sonja gab es keine feste Beziehung, keine Aussicht auf und keinen Wunsch nach einer Familie. Wie wäre es, denkt Attila für einen Moment, wenn er diesen Beweis vernichten und eine Vaterschaft anerkennen würde, um diesen Jungen glücklich zu machen? Nein, dieser so fordernd, fast frech vorgetragenen Anspruch auf ein Erbe, das macht diesen Menschen nicht sympathisch. Nein, entschieden nein, es kommt nicht infrage. Sonja, denkt Attila mit leiser Wut, sie muss doch gewusst haben, dass er nicht der Vater sein konnte. Warum hat sie den Jungen in eine solche Lage gebracht und ihn ebenso? Herrgott! Da holt ihn diese alte Geschichte nochmal ein. Aber jetzt hat er wenigstens Klarheit.

Es ist Abend, er hat Hunger und er sucht eine Möglichkeit, die Aussprache mit Lex hinauszuzögern. Also fährt er nicht auf den Hof, sondern kehrt in der Linde ein und bleibt bis zum Morgen.

Als er oben ankommt, sieht er sofort, dass der Camper von Lex und Jenny nicht da ist. Für einen Moment hofft er, dass sie endgültig weg sind, doch Walburga sagt, dass sie nur einen Tagesausflug machen und am Abend zurückkehren werden.

„Und, wie schauts aus?", fragt sie neugierig.

„Er ist nicht mein Sohn."

„Mei, Gott sei Dank!"

„Jetzt brauch ich ein Bier."

Josef bringt es ihm, sie stoßen auf die Nachricht an.

„Der wird schaun und fluchen, mein lieber Herrgott!", sagt Walburga.

Ihm sei es unangenehm, sagt Attila, Lex das ins Gesicht zu sagen, er habe regelrecht Angst vor dessen Reaktion. Ob er das denn schriftlich habe, fragt Walburga. Natürlich hat er das. Er zeigt es ihr und Josef. Walburga hat eine Idee. „Pass auf: Du verschwindest. Machst dir einen schönen Abend bei deiner Wirtin. Den Zettel lässt du da. Und der Josef und ich sagen und zeigen dem Lex, was die Tatsache ist. Und dann hoffen wir, dass sie abhauen."

„Wally, du bist wunderbar, lass dich küssen!"

„Hör auf mit dem Schmarrn."

Erleichtert fährt Attila wieder davon.

Lex, als er von Wally die Wahrheit erfährt, tobt, rastet aus, beschimpft Wally und Josef, lässt sich von Jenny nicht beruhigen. Das habe man sich fein ausgedacht. Attila wolle sich nur vor seiner Verantwortung drücken, ihn um sein Erbe betrügen. Seine Mutter habe ihn doch nicht belogen. Er werde sich einen Anwalt nehmen, sein Recht erstreiten. Hinter aller Wut steht die Enttäuschung. Er tut Walburga leid. Es sei nun einmal wissenschaftlich untersucht, das sei eine Tatsache. Über Attila dürfe man nichts Schlechtes sagen, er hatte seine Gründe, sagt Josef, an der Vaterschaft zu zweifeln.

Schließlich kann Jenny Lex besänftigen. Sie ziehen sich in den Camper zurück.

Am nächsten Morgen sind sie weg und sie kommen nie mehr wieder. Während Attila also mit der Lindenwirtin wiederum eine Nacht verbrachte, hat sich alles auf wundersame Weise geregelt. Der guten Wally sei Dank.

45

Der Garten steht in schönster Pracht, Wally erntet, verarbeitet, kocht ein, füllt Marmeladengläser, sorgt für den Winter vor, friert ein. Sie ist rundherum die Sobeckbäuerin. Sie hat alles im Griff, hält Ordnung, organisiert, leitet die Männer an. Die folgen ihr gerne, anerkennend, dass sie hier oben das Sagen hat. So sieht ein schöner, friedlicher Sommer drei Menschen in Eintracht und gegenseitiger Achtung das Landleben genießen.

Attila, immer umtriebiger als die anderen, hat eine alte Beschäftigung wiederbelebt, die ihm zeitweilig hilft, dem Hof den Rücken zu kehren. Wie in alten Zeiten fährt er über Land, bis in den Bayerischen Wald und nach Böhmen, und kauft Antiquitäten auf, die er dann in der Scheune lagert. Mehrfach muss Hartmut mit seinem VW-Bus kommen und einzelne Objekte nach München bringen, zu Käufern, die Attila übers Internet aufgetan hat. Da er Josef bei Walburga in schützenden, geradezu verwöhnenden Händen weiß, alles geregelt ist und seinen Gang geht, widmet er sich besten Gewissens seiner alten Leidenschaft.

An einem Sonntag im August kommen mehrere Dutzend Leute auf den Hof. Attila hat über eine Zeitungsanzeige und übers Internet einen Verkaufstag organisiert. Den Hias hat er als Helfer engagiert. Wally und Josef sehen es gelassen. Sie bieten Kaffee, Wasser, Bier und Wein an – für einen geringen Obolus.

„Ich glaube", sagt Wally, die gar nichts von dem alten Plunder hält, „wir nehmen mehr ein als der mit seinem Zeug."

„Das glaube ich nicht", sagt Josef, „schau doch, wie die verrückt sind auf die alten Sachen und was sie für Preise bezahlen."

„Mei, da ist ein Glump dabei, das haben wir seinerzeit weggeschmissen!"

Am Ende dieses Tages, als auch die letzten Kunden gegangen sind, sitzen die vier unterm Birnbaum beisammen. Attila ist glücklich und zufrieden. Stolz zeigt er ein dickes Bündel Geldscheine. „Das ist für den Urlaub."

Betretenes Schweigen, das Wally schließlich beendet. „Urlaub!?", fragt sie erstaunt.

Umständlich, gegen ein schlechtes Gewissen ankämpfend, erklärt sich Attila. Urlaub sei in diesem Falle sicher das falsche Wort, handle es sich doch vielmehr um die Unterstützung eines alten Bekannten, eines Freundes, könne er sagen. Der habe auf Mallorca eine kleine Finca erworben und habe Attila gebeten, beratend zur Seite zu stehen, was die Innenausstattung betrifft. Am Mittwoch werden sie beide von München aus für eine Woche nach Malle fliegen. Natürlich, das könne er nicht verleugnen, freue er sich über ein paar erholsame Tage, zumal er doch die letzten Wochen viel beschäftigt gewesen sei.

Wally belustigt die Umständlichkeit dieses Vortrags. „Ja, dann hilf ihm halt, deinem Bekannten. Flieg hin. Wir kommen schon eine Woche ohne dich aus, gell, Josef."

Am Dienstag macht sich Attila auf nach München.

„Von einem Bekannten auf Mallorca war noch nie die Rede", sagt Josef.

„Ein Freund! Hat er gesagt", verbessert Wally.

„Jaja. Vielleicht ein Freund aus alten Zeiten."

„Meinst du nicht, dass da ein Weib dahintersteckt?"

„Kann schon sein."

„Mei, der Attila, der ist eigentlich gar nix für so ein Leben da heroben."

„Er ist halt ein unruhiger Geist."

„Jetzt sag amal, ist da mit der Lindenwirtin nix mehr?"

„Was weiß denn ich?"

„Jessesmaria, so ein Mannsbild!“

Sonne, 24 Grad, blauer Himmel, Blick aufs Meer. Attila liegt am Swimmingpool. Rosalind kommt mit zwei Gläsern Aperol Spritz aus dem Haus, setzt sich zu ihm. Sie prosten sich zu.

„Glaubst du wirklich, dass der Josef von uns nichts ahnt?“

„Ach, woher denn.“

„Kommst du denn öfter mit mir hierher?“

„Versprochen.“

46

Helga Holzer, geborene Mayerhofer, geboren 1971. Von den früh verstorbenen Eltern hat sie 1996 – sie war gerade fünfundzwanzig Jahre alt – das Gasthaus Linde übernommen. Eine schwere Last. Zwar hatte sie eine Hotelfachschule besucht und in ihrer Freizeit kräftig im elterlichen Gasthaus mitgeholfen, aber sie fühlte sich doch nicht in der Lage und auch zu jung, um Gastwirtin zu sein. Hätte sie nicht Sebastian, den Wastl, ihren Mann, an ihrer Seite gehabt, sie hätte wohl verkauft. Er – gelernter Schreiner – packte an. Er kümmerte sich um alles, um den Einkauf, den Ausschank, war überall so hilfreich, dass sich Helga auf ihre Rolle als Köchin und Wirtin konzentrieren konnte. Im Anbau schuf der Wastl vier Fremdenzimmer, die zumeist von zeitweilig anwesenden Handwerkern oder durchreisenden Fernfahrern gebucht wurden. Am Abend zapfte er Bier. Bald konnten sie einen guten Koch einstellen, der sich auf authentische bayerische Küche verstand, was durch Gäste aus Dingolfing, Deggendorf, Passau, Straubing und sogar Regensburg zum Erfolg wurde. Was sie anderenorts an Entwicklungen beobachteten, dass das Wirtshaus nicht mehr für das heimische Publikum da war, das wollten sie nicht zulassen. Die Gäste aus dem Dorf, die Feuerwehr, die Vereine, die Rentner, Stammtische, waren ihnen wichtig. Helga und Sebastian waren glücklich.

2004, in einer regnerischen Aprilnacht, verunglückte Sebastian Holzer, zweiundvierzig, mit seinem Motorrad tödlich. Ein Schock für Helga, die im sechsten Monat schwanger war. Kurz darauf verlor sie das Kind.

Schon wollte sie aufgeben, doch von allen Seiten bot man ihr Unterstützung an, signalisierte, dass man doch die Lindenwirtin brauchte. Unter anderem half ihr der Kreitmeier Hias bei allen organisatorischen Dingen. Und seine Frau Rita bediente zu Stoßzeiten. So richtete sich Helga, dreiunddreißig, in das Leben einer Witwe ein. Die Gaststätte lief weiterhin gut und Helga war von früh morgens bis oft spät in der Nacht auf den Beinen. Manchmal, wenn die Quartalssäufer vom Kegelverein und die fünf ewigen Diskutierer von den Grünen nicht gehen wollten, kam sie erst in den Morgenstunden ins Bett.

Die Jahre vergingen. Allen Ansinnen von Männern widerstand sie, doch da tauchte eines Tages dieser kleine, dicke, durchaus charmante Münchner auf, Attila. Diese schöne, unkomplizierte Beziehung tat ihr gut. Fest an ihrer Seite wollte sie keinen Mann haben, aber das regelmäßige Erscheinen des Geliebten machte sie glücklich. Freunde, Nachbarn und Stammgäste, man kann sagen ganz Mainkofen wusste von den beiden und man gönnte der Wirtin diese Liaison, wenn sich auch der eine oder andere selbsternannte Aspirant auf die Lindenwirtin fragte, was hat der dahergelaufene Münchner, was ich nicht habe?

In letzter Zeit sind die Besuche weniger geworden. Immer öfter fährt Attila nach München. Ob es da eine andere Frau gibt? Sie weiß es nicht und sie traut sich nicht zu fragen, auch nicht den Hias. Dass ihr Attila von einer Mallorca-Geschäftsreise nicht einmal eine Karte geschrieben und sie auch nicht angerufen hat, macht sie traurig. Sie will ja nicht an ihm zerren, aber eine gewisse Zuverlässigkeit, eine Beständigkeit würde sie sich doch wünschen. Kann man einen wie ihn, der so zärtlich und lustig, so klug und witzig sein kann, nicht zähmen? Sie liebt ihn, sie braucht ihn und sie wünscht sich so sehr, dass es so bliebe, wie es war. Da liegt sie nach Mitternacht oben in ihrem Bett, kann nicht schlafen, obwohl sie nach einem arbeitsreichen Tag müde sein müsste, und sie fragt sich, wie es sein wird ohne ihn. Wird dieser Mann aus ihrem Leben ganz verschwinden, das weiß sie, dann wird es keinen

Mann mehr für sie geben. Schon gar nicht einen, der hier einziehen wollen würde.

47

„Mein lieber Anton, ich möcht dir sagen, wie gut es mir geht. Ich bin auf unserem Hof und ich denke jeden Tag an dich. Meine zwei Mitbewohner sind so gut zu mir. Das muss dir doch gefallen, mein lieber Anton. Ich bleib noch ein bisserl da, eh ich zu dir komm. Das Leben ist grad so schön. Machs gut, Anton, warte auf mich, es grüßt dich deine Wally. Gelobt sei Jesus Christus, in Ewigkeit, Amen."

Am zweiten Jahrestag des Todes von Anton steht Walburga wieder am Grab. Josef und Attila etwas entfernt, fröstelnd. Es liegen ein paar Zentimeter Schnee über den Gräbern und es ist sehr kalt. Wally verharrt noch einen Moment stumm, die Hände gefaltet. Dann kommt sie zu den beiden. „Ich hab ihm gesagt, wie gut es mir geht. Das wird ihn freuen."

Vor Weihnachten schlägt die Kälte in eine ungewohnte Wärme um. Es gibt keine weiße Weihnacht. Hias und Josef sitzen bei 15 Grad unterm Birnbaum und trinken Bier.

Attila ist nach München gefahren, zwei Tage vor Heiligabend kommt er zurück. Zu gerne hätte ihn Rosalind dabehalten. Doch das wollte er Josef und Walburga und, ach, auch der Helga nicht antun.

Am Heiligabend kommt völlig überraschend Hartmut mit Schlafsack, Gitarre und einem abstrakten Bild von Fridolin Sachs, 165 mal 78. Das habe, erzählt Hartmut, der Sachs in die Fundgrube gebracht, für Attila, wegen seiner großzügigen Unterstützung in der Vergangenheit. Er, Sachs, gebe jetzt das Malen auf und verschenke alle seine Bilder.

Attila ist gerührt. „Ach, der Sachs!"

Er lehnt das Bild für den Moment an die Wand unter das Bild vom Sobeckhof. Kühne Striche in Ockerfarben, wildes Gekrakel. Wally steht ratlos davor. „Was soll jetzt das sein?"

„Das ist abstrakt", sagt Hartmut, „der Sachs malt halt so. Und das, hat er gesagt, ist aus seiner ägyptischen Phase."

Josef lacht. „Da, schau, das da, das ist eine Pyramide."

„Was soll das sein?", fragt Walburga. „Das seh ich jetzt eigentlich nicht."

„Das muss man sich halt einbilden, dann sieht mans", meint Hartmut.

Wohin damit? Diese Frage beschäftigt vor allem Attila. Wally, gewillt zu verstehen, was da als Kunst angesehen wird, starrt immer noch auf das Bild. Sie zeigt auf eine weiße Stelle links unten: „Da, schau, Hartmut, da ist ihm die Farbe ausgegangen."

„Das, hat der Sachs gesagt, das sind die Leinentücher der ägyptischen Waschfrauen."

Hartmut muss, wie die anderen, auch darüber lachen.

„Ach, der Sachs!", sagt Attila ein übers andere Mal. „Der Sachs, der alte Spinner. So, jetzt malt er nicht mehr. Ja, was macht er denn dann? Nur noch saufen wahrscheinlich."

Walburga hat dieses Mal den Weihnachtsbaum geschmückt. Hartmut spielt auf der Gitarre und alle singen, soweit sie dazu in der Lage sind. Sogar eine Bescherung gibt es. Zigarren für Attila, ein Gartenbuch für Josef, eine Flasche Danziger Goldwasser, ihren Lieblingslikör, für Walburga und ein Tütchen Haschisch für Hartmut, das Attila besorgt hat. Es versteht sich von selbst, dass sie alle vier gegen Mitternacht zur Christmesse nach Mainkofen fahren.

Auch Silvester liegt kein Schnee. Es ist kalt, ungemütlich und die vier – Hartmut ist noch da – wollen dieses Jahr auf den Silvesterball in der Linde verzichten. Um Mitternacht jagen Attila und Hartmut zum Leidwesen von Josef und Wally Böller in die Luft und veranstalten ein Feuerwerk. „Naja", sagt die Wally, „sollen sie halt in Gottes Namen ihren Spaß haben, die dummen Buben."

48

Am Dienstag, den 30. April des Jahres 2013, spielt bereits am frühen Morgen die Blaskapelle der Freiwilligen Feuerwehr Mainkofen auf dem Sobeckhof den Bayerischen Defiliermarsch. Das Geschenk von Attila zu Josefs siebzigstem Geburtstag. Der Jubilar ist gerührt, ein Gefühl, das ihn den ganzen Tag nicht mehr verlassen wird, denn Attila hat inszeniert. Ein warmer Regen von Sympathie und Komplimenten, Liebe und Bewunderung, Achtung und Respekt geht auf Josef hernieder. Einen Großteil der Handwerker hat Attila eingeladen. Walburga und die Lindenwirtin haben ein durch und durch bayerisches Buffett erstellt, Hartmut ist gekommen und Ferdi, vermutlich auf dem Weg zu einem Gspusi mit oder ohne Hund, schaut vorbei, der Hias und die Rita. Bierzelttische und -bänke sind auf den Hof verteilt. Man sitzt unterm Birnbaum oder unterm von Attila wieder künstlerisch gestalteten Maibaum, lacht, trinkt und singt.

Ferdi hält eine Rede. „Liebe Freunde, der alte Knapp, vom damaligen Schrauben-Knapp, der jahrelange, leider früh verstorbene Chef unseres Jubilars, hat einmal gesagt, der Josef, hat er gesagt, der kennt nicht nur jede Schraube, der Josef ist eine Schraube. Die Schraube wird siebzig!"

Gelächter und Beifall.

„Was, liebe Freunde, wäre eine Schraube ohne Mutter? Der Josef hat eine Mutter gefunden, da sitzt sie, die Walburga Sobeck, mit der ein Stern über den zwei Münchner Abenteurern aufgegangen ist. Möge sie noch lange ihre schützende Hand über unseren Jubilar halten. Und möge unser Josef noch lange seinem seltsamen Freund die Treue halten, der so einen Maibaum aufstellt, wie den, unter dem wir hier sitzen. Also, meine Gratulation, lieber Josef!"

Die Blaskapelle spielt einen Tusch, Ferdi schüttelt dem immer wieder gerührten Josef die Hand.

„Seine Mutter! So ein Schmarrn", sagt Rita, schon leicht angetrunken, „wo doch die Wally jünger ist wie er."

Und als die Kapelle jetzt eine Polka spielt, muss Josef, von Walburga aufgefordert, tanzen, was er noch nie in seinem Leben getan hat. Wie es sonst die Männer tun, schleppt und wirbelt sie den Josef herum, sehr zur Begeisterung der Gäste, die eifrig mitklatschen.

Ja, denkt er, jetzt habe ich eine Familie, Freunde, ein ganz anderes, interessanteres Leben. Ach wäre ich doch, denkt er, zehn Jahre jünger, so alt wie Attila, um dieses Leben länger genießen zu können.

Nur noch selten erinnert er sich an sein Leben davor, an EISEN-KNAPP. Nein, keinesfalls wird er sich bei Rosalind Seiffert melden, nie mehr dort hingehen, wozu auch. Manchmal überlegt er, ob er nicht die Wohnung in München aufgeben sollte. Attila rät davon ab. Man wisse nicht, was noch alles passiere. Das irritiert Josef. Glaubt Attila eventuell nicht wirklich an das alles hier, das doch für den Lebensabend beider bestimmt ist?

Er ist glücklich, gesund, bekommt Komplimente für sein Alter. Es müsse ein Irrtum sein, meint Ferdi, Josef sei wohl doch erst sechzig.

Bis in die Nacht halten die Gäste durch. Spät, als die Kapelle als letztes Stück, einen Walzer, spielt, muss Josef noch einmal ran. Walburga, ehe sie in ihrem Wohnwagen verschwindet, holt ihn, den schon ziemlich Trunkenen, zum Tanz.

„So ein schönes Paar", sagt Rita Kreitmeier.

Der Hias, schon sehr betrunken, antwortet: „Jetzt muss der Josef die Wally heiraten, jawoll! Eine Hochzeit muss her, Prost auf das Brautpaar."

„Jetzt sei halt mal still“, sagt Rita.

„Besoffen“, sagt Attila zu Josef, „tanzt du besser als nüchtern.“

Eines Tages bringt der Hias einen jungen Kater mit, der ihm zugelaufen ist. Da Josef und Wally ohnehin gerade überlegen, was man außer den Hühnern noch an Tieren auf den Hof holen will, ist der neue Mitbewohner willkommen. Wie soll er heißen? Einen Abend lang diskutieren sie. Attila kann sich wieder nicht mit seinen Vorschlägen durchsetzen. Sixtus, Wladimir, Rocky, Heribert, Florian. Nein, sagt Wally, so soll er nicht heißen.

„Morgen in der Früh sag ich euch, wie er heißt, und jetzt geh ich ins Bett, gut Nacht beieinander.“

49

Wir trauern um unsere liebe

WALBURGA MARIA SOBECK

(geb. Köppel)

Sobeckbäurin von Leberwenting

* 13.8.1948 † 12.6.2013

Attila Bauer, Josef Peukert, Matthias und Rita Kreitmeier

Die Beerdigung findet am 17.6.2013 um 9 Uhr
auf dem Friedhof in Mainkofen statt.

Der Arzt kam mit dem Hubschrauber und konnte nur noch den Tod feststellen. Ein Krankenwagen holte die Leiche ab.

Am Mittwoch, den 12. Juni, war Walburga nicht zum Frühstück erschienen, was bisher noch nie vorgekommen war. Meistens war sie morgens die Erste, hatte schon die Hühner gefüttert, Eier abgesammelt und was zum Kochen aus dem Garten geholt. Als sie um 11 Uhr immer noch nicht aufgetaucht war, schaute Attila nach ihr und fand sie leblos in ihrem Bett. Der Arzt stellte fest: Tod durch Herzinfarkt.

Ein Schock für Josef und Attila. Nie war sie krank gewesen, war sozusagen die Gesundheit in Person. Im August wäre sie fünfundsechzig geworden. Attila dachte schon über eine entsprechende Geburtstagsfeier nach. Nun das: Unsere geliebte Walburga ist von uns gegangen. Wie soll es ohne sie weitergehen?

Neben dem Anton wird sie begraben. Eine kleine Trauergemeinde. Verwandte gab es ja nicht. Die Linie Sobeck war schon vor Jahrzehnten ausgestorben und der letzte Köppel hatte sich nach seiner Auswanderung nach Neuseeland nie mehr gemeldet. Ja, sie hatte recht gehabt, damals. Auf dem Grabstein war unter dem Anton noch Platz für sie. Attila hat das bereits in Auftrag gegeben.

Nach der Beerdigung kommen die beiden auf den Hof. Sie setzen sich mit Bierflaschen unter den Birnbaum.

„Prost, auf die Wally!"

„Prost!"

Sie trinken und schweigen. Jeder hängt seinen Gedanken nach. Es gibt nichts zu sagen.

In den Tagen nach Walburgas Tod hat sie eine Lähmung erfasst. Sie leben wie in Trance. Nun liegt sie unter der Erde. Das Leben soll weitergehen. Aber wie?

Josef trauert sehr. Es hat doch alles keinen Sinn mehr. Das Haus, die Küche, der Wohnwagen, der Garten, die Hühner, was ist das denn ohne sie? Man war doch eine Familie. Das ist nicht mehr. Es gibt nichts zu sagen. Sie schweigen lange.

„Josef, das Leben geht weiter", sagt Attila, schließlich.

Josef antwortet nicht.

Es wird Nachmittag. Der Traktor eines Bauern, der unten im Tal seine Wiese mäht, zerreißt die gnadenlose Stille, wirkt fast wie eine kleine Erlösung. Dann kommt der Hias. Kommt mit dem Gefühl, die beiden nicht allein lassen zu können. Er setzt sich zu ihnen. Josef geht ins Haus, um Bier zu holen.

„Ich fürchte, Hias, der Josef packt das nicht. Ich hab Angst, dass er es nicht packt, den Verlust, das alles – ich meine, sie fehlt mir ja auch – aber wirklich, Hias, mir ist angst um den Josef."

„Es braucht seine Zeit."

Josef kommt zurück, setzt sich zu ihnen, schweigt. Auch Attila und Hias wissen nichts zu sagen.

50

Die Tage gehen ins sommerliche Land. Der Garten gibt sein Bestes, doch niemand kümmert sich darum. Allerlei Stauden, von Walburga gepflanzt, blühen, wenn sie nicht von Läusen zerfressen sind. Den Salat holen sich die Schnecken. Würde sich der Hias nicht ab und zu kümmern, der Garten würde in kurzer Zeit von Unkraut überwuchert werden. Josef hat ihn, wie so vieles, was ihm bisher am Herzen lag, aufgegeben.

„So kann das doch mit euch nicht weitergehen“, sagt Hias, der sich auch um die Hühner kümmert, was Attila überhaupt nicht und Josef nicht mehr regelmäßig tut. Den Kater, der immer noch keinen Namen hat, nimmt der Hias wieder mit.

„Die geben auf“, meint die Rita, „die packen es nicht, das mit der Wally.“

„Aber die ganze Arbeit, das Geld, das sie reingesteckt haben, was soll denn nur werden!“

„Wenn du mich fragst“, sagt Rita, „dann passen die nicht wirklich zusammen. Es sind Münchner und das bleiben sie, und du wirst es sehen, die gehen wieder weg.“

Hitzewellen ziehen übers Land und machen dem Garten den Garaus. Über dem Sobeckhof scheinen dunkle Wolken zu hängen. Nichts ist mehr, wie es war. Walburgas Umsichtigkeit fehlt allenthalben.

Die beiden gehen sich möglichst aus dem Weg, reden nicht miteinander, verkriechen sich, jeder in sein Schneckenhaus. Josef weigert sich zu kochen, was er doch vor Walburgas Kommen getan hat. Attila schafft wieder Fertigprodukte ran, geht aber immer häufiger zur Linde, isst dort, wozu sich Josef nicht anschließt.

Attila kann diesen lähmenden Zustand nicht mehr ertragen. Eines Tages bricht es aus ihm heraus. So könne es nicht weitergehen. Trauer sei das eine, aber das müsse einmal ein Ende haben, es müsse doch mal wieder normal zugehen. Es ging doch vor der Wally auch. Also müsse es auch jetzt weitergehen. Ja, es war eine schöne, eine gute Zeit mit der Wally. Aber das sei nun einmal das Schicksal. Man habe doch so viel geschafft, hier ein Paradies geschaffen, das dürfe doch nun, verdammt nochmal, nicht alles umsonst gewesen sein.

„Josef! Reiß dich zusammen, wach auf, es muss weitergehen, das Leben!"

Josef antwortet nicht, geht ins Haus. Er fragt sich, ob das alles hier noch einen Sinn macht. Wie oft wird er allein sein, wenn Attila in München ist oder sonst wo? Will er das ertragen? Was soll das alles ohne Wally, ohne die Familie, die sie waren? Wird Attila seine Lebensart ändern, das Unstete, das ihn immer wieder vom Hof entfernt, wird das nicht auch weiterhin sein?

Der August vergeht, erste Septemberstürme drücken auf die Stimmung. Immer noch gehen sich die beiden vorwiegend aus dem Weg, leben nebeneinander wie ein Ehepaar, das sich nichts mehr zu sagen hat. Wäre der Hias nicht, vermutlich würden die Hühner verhungern. Aber auch ihm gelingt es nicht, zwischen den beiden zu vermitteln, die Stimmung zu heben. Es bleibt bei hilflosen Versuchen. Attila traut sich nicht, nach München zu fahren, will Josef nicht allein lassen. Ab und zu nimmt er am Abend spät den Weg zur Helga, heult sich bei ihr aus, bleibt über Nacht. Sie genießt es, dass sie ihn wieder öfter für sich hat, aber sie hat doch irgendwie eine Ahnung, dass das bald einmal ganz zu Ende sein könnte. Wenn das Projekt Sobeckhof scheitert und Attila und Josef nach München zurückgehen.

Eines Morgens, Ende September, Attila kommt gerade von der Linde zurück, sitzt Josef entschlossen vor ihm. „Attila, ich muss mit dir reden, ernsthaft reden. Ich habe lange nachgedacht und alles überlegt."

Attila ahnt, was Josef ihm sagen wird.

Er sei, sagt der, zu dem Entschluss gekommen, dass für ihn hier kein Bleiben mehr ist. Er wolle gehen, den Sobeckhof verlassen.

Attila starrt vor sich hin. Was soll er sagen, wo ein Argument hernehmen?

„Ja, lieber Attila, ich bin zu alt, um hier ständig alleine zu sein. Ich hätte mich auf das alles gar nicht einlassen sollen, ich weiß, es war falsch. Aber als die Wally kam, da hab ich gedacht, es ist gut, und das war es auch. Aber jetzt – es ist kein Leben, es – ich – ich gehe."

Selten war Attila so sprachlos, so erschüttert und traurig. Er geht zum Birnbaum, setzt sich. Da sitzt er, hier, Josef vor dem Haus, und es ist eine so große Distanz zwischen ihnen, die zu überbrücken sich Attila nicht in der Lage sieht. Auch er spürt ja, dass etwas zerstört ist, etwas, das er genossen hat, diese wunderbare Art von Familie, die sie waren. Andererseits: Das darf doch nicht das Ende eines Lebenstraums sein.

Er überlegt: Josef ist elf Jahre älter als er. Würde der heute sterben, würde er dann hierbleiben wollen? Allein? Vermutlich nicht. Josef, das weiß er, hat viel mehr verloren als er.

„Rita, du hast es ja kommen sehen! Es ist aus mit dem Sobeckhof. Der Attila allein bleibt da nicht oben – ich habs ja auch kommen sehen, Herrgottsakrament nochmal, so was."

„Das hab ich dir doch gleich gesagt, zwei solche wie die, so Spinnerte aus München, die sind nix für da heraußen."

„So lang wie die Wally da war –"

„Sie ist halt nimmer da."

Attila und Josef standen vor der Tür, haben den Hias gebeten, sich zu kümmern. Er, Attila, fahre Josef nach München und komme in ein paar Tagen zurück. Hias hat den Koffer im Auto gesehen und gewusst, was das bedeutet.

Schweigend sitzen die beiden im Auto. Es gibt nichts mehr zu sagen.

Doch das hält Attila nicht aus. „Naja, Josef, ich kann das verstehen. Weißt du was, du bleibst jetzt erst einmal in München. Und vielleicht packt dich dann doch einmal eine Sehnsucht nach unserem Paradies."

Josef starrt auf die Gurkenfelder hinaus und schweigt.

51

„Mei, dich hab ich ja lang nicht mehr gesehn! Dein Freund, der war ja ab und zu einmal da. Zuletzt mit einer Frau – seiner Frau?"

„Der hat keine Frau, Kathi."

„Und was ist jetzt da mit Niederbayern? Alles gut?"

„Es ist vorbei."

„Geh, was!?"

„Leider, ja."

„Wars halt doch bloß eine Spinnerei?"

„Ja – nein – lass es gut sein, ich mag nicht drüber reden."

„Wenn du nur wieder da bist, das ist doch gut so."

„Vielleicht, jaja, vielleicht."

„Weißbier und Schweinsbraten, wie immer?"

„Wie immer."

Josef ist jetzt seit einer Woche wieder in München. Er nimmt seine alten Gewohnheiten, sein Rentnerleben in der Stadt wieder auf.

Attila hat ihn vor dem Haus abgesetzt, sie haben sich die Hand gegeben, waren beide sprachlos und traurig. Später rief Attila an, sagte, dass man sich doch treffen müsse, so nicht auseinandergehen könne. Er sei jedenfalls jederzeit zu erreichen und freitags im Brauhaus. Er habe sich das alles überlegt, hat Josef geantwortet, seine Entscheidung sei endgültig. Er wolle keine Vorwürfe machen, natürlich sei Attila an nichts schuld, es sei einfach das Schicksal, das zugeschlagen habe. Gegen ein Treffen im Brauhaus wie zu alten Zeiten habe er nichts. Zu gegebener Zeit werde er an einem Freitag vorbeischauen.

Zum alten Leben gehört das Brauhaus.

Er sitzt an seinem alten Platz, trinkt drei bis vier Biere, schaut dem Treiben zu. Er ist ein anderer geworden. Er sitzt schweigend da, starrt in sein Bierglas, nimmt nicht an Gesprächen teil, gefällt der Kathi so überhaupt nicht. Ob denn die Freundschaft mit dem Dicken vorbei sei, was denn vorgefallen sei. Viel will sie wissen, aber Josef sagt nur, es sei alles ein Irrtum gewesen, das, und er sagt wieder, dass er nicht darüber reden will.

Auch Attila ist zu seinem Leben in der Au zurückgekehrt, zu Hartmut und der Fundgrube, zu den reaktionären Rentnern in der Gartensiedlung und zu Rosalind. Den Bart hat er abgeschnitten. Rosalind freut sich, so sehr sie auch versteht, dass Attila über das vermutliche Ende vom Sobeckhof traurig ist. Sie fährt mit ihm hin, sieht zum ersten Mal das, was er immer das Paradies am Ende der Welt genannt hat. Recht war es ihm nicht, dass sie mitfahren wollte.

Verwaist liegt der Hof da in der Septembersonne. Der Hias hat die Hühner zu sich geholt, es gibt kein Leben mehr.

„Jetzt verstehe ich, was das für dich bedeutet hat", sagt Rosalind und nimmt ihn in den Arm.

„Liebe – wie wäre das – ich meine, wenn du –?"

„Nein, das geht nicht. Das Geschäft braucht mich. Das ist mein Leben. Außerdem: Ich wäre nichts fürs Leben auf dem Land."

Der Hias kommt dazu, wundert sich über die Begleitung Attilas. Er werde, sagt der, einen Makler beauftragen. Er wird verkaufen. Hias möge doch bitte so lange – gegen Bezahlung natürlich – sich um das Anwesen kümmern. Der Makler werde sich bei ihm melden. Sie fahren ab. Dem Hias stehen Tränen in den Augen beim Abschied.

In Mainkofen fahren sie an der Linde vorbei. „Ein nettes Landgasthaus", sagt Rosalind, „sollen wir da nicht was essen?"

„Man isst da nicht gut. Wir essen doch nachher ein Hendl auf der Wiesn." Er fährt zügig weiter.

Helga, die gerade eine neue Speisekarte im Glaskasten vor dem Haus anbringt, hat Attilas Auto und eine Frau neben ihm gesehen. Das ist dann wohl das Ende, denkt sie.

Attila fährt mit Rosalind nach München zurück. Am Abend gehen sie aufs Oktoberfest.

Am Samstag, den 21. September 2013, um 12 Uhr wird vom Oberbürgermeister Christian Ude das 180. Oktoberfest, die sogenannte Wiesn, eröffnet. Drei Schläge und ozapft is! Bis zum 6. Oktober werden von 6,5 Millionen Besuchern 6,7 Millionen Liter Bier zum Preis von 9,80 Euro getrunken. Etwa 375.000 Brathähnchen werden gegessen und die Polizei zählt 2.031 Einsätze.

Es ist Freitag, der vorvorletzte Tag der Wiesn. Im Brauhaus tummeln sich am frühen Abend Touristen, die lebkuchenherzbehangen schon auf dem Oktoberfest waren, laut und schwankend, willens, die Welt zu umarmen, mit Mühe von den Kellnerinnen gebändigt. Andere, die sich gute Laune antrinken, um dann auf die Wiesn zu gehen. Dazwischen die Stammgäste, Rentner aus der Gegend, Händler vom Viktualienmarkt, müde Hausfrauen mit vollen Einkaufstaschen. Beamte nach Büroschluss beim Feierabendtrunk, ein Stammtisch der Taxifahrer, der sich langsam füllt.

An seinem Stammplatz sitzt Josef und wartet auf Attila, der ja gesagt hat, er sei freitags immer da. Es ist noch früh. Josef schaut dem Treiben zu, bestellt sich schon mal ein Bier und den obligatorischen Schweinebraten. Kathi hat alle Hände voll zu tun.

Er hat sich schon an sein altes Leben gewöhnt. Er geht täglich auf den Viktualienmarkt, schwatzt mit dem Freisinger, trinkt Möhrensaft beim Alfonso, wandert durch die Stadt. Einmal, wie es der Zufall will – oder hat ihn doch eine leise Neugier gesteuert –, kommt er bei EISEN-KNAPP vorbei. Er bleibt stehen und schaut sich die beiden Schaufenster an. Neue Rasenmähermodelle, jetzt günstiger. Laubbläser, Gartengeräte. Und Gartenzwerge, tatsächlich Gartenzwerge. Dann sieht er im Laden Rosalind. Schnell geht er weiter.

Inzwischen sieht er sich in der Lage, sich wieder mit Attila zu treffen. Vielleicht kann man zur alten Gepflogenheit zurückkehren, sich im Brauhaus verabreden, vielleicht zweimal in der Woche, schwatzen, essen, trinken und vielleicht mit anderen Gästen plaudern. Aber ob Attila nicht doch immer wieder versuchen wird, ihn nach dem Sobeckhof zurückzuholen? Für ihn steht ganz fest, er bleibt in München.

„Ach, wissen Sie, ich als Münchner gehe nicht aufs Oktoberfest. Wenn Sie hingehen wollen, dann am Nachmittag. Jetzt kriegen sie da keinen Platz. Lauter Touristen, Chinesen, Amerikaner, Japaner, Italiener. Kaum Deutsche. Aber wenn Sie was Einmaliges sehen wollen in Bayern, dann fahren sie zum Kloster Andechs –"

„Da waren wir gestern. Ja, ganz schön dort."

„Ach so."

Das ältere Ehepaar aus Kiel entschließt sich dann doch noch, auf die Wiesn zu gehen.

Josef ist bei seinem vierten Weißbier und wieder bei den Gesprächen mit den Gästen angekommen. Es ist 21 Uhr. Attila ist nicht aufgetaucht. Soll er weiter warten? Ihn anrufen? Er geht zur Toilette, versucht, ihn zu erreichen. Kein Erfolg. Er bestellt sich noch ein Bier und staunt über vier völlig überdrehte, weil betrunkene Jugendliche, die sich an seinen Tisch gesetzt haben und darüber reden, wie supergeil es auf der Wiesn war. Um 23 Uhr zahlt er und geht nach Hause.

Er beschließt, nicht mehr freitags auf Attila zu warten. Vielleicht ist es besser so. Vielleicht ist diese alte Freundschaft nach dieser Entwicklung gar nicht wieder aufzufrischen.

Am von Heizpilzen gewärmten Sekt- und Champagnerstand auf dem Viktualienmarkt sitzt Attila. Es ist Ende Oktober, 11 Uhr, trübes Wetter, ungemütlich. Da man in keinem Lokal mehr rauchen kann, schon gar nicht eine Zigarre, zündet Attila sich hier draußen eine an und bläst den Rauch in die Kälte. Die Stadt, die sich für den Winter rüstet, gefällt ihm überhaupt nicht.

Während er so dasitzt, sieht er plötzlich Josef, der beim Freisinger steht und schwatzt. Soll er ihn ansprechen, rufen oder es sein lassen? Er legt Geld auf den Tisch und geht zum Stand hinüber, steht jetzt hinter Josef.

„Josef!"

Der dreht sich im selben Moment um. Er hat Attila sozusagen gerochen.

„Attila, ja so was, so ein Zufall!"

Etwas steif geben sie sich die Hand.

„Na dann", sagt Attila, „gehn wir ins Brauhaus."

Auf dem Weg dahin plaudert Attila ohne Pause, um gar nicht erst irgendeine Beklemmung aufkommen zu lassen. Er habe, sagt er, nun kein Problem mehr mit dem Sobeckhof. Ein Arzt aus München kaufe ihn, nächste Woche gehe es zum Notar. Ferdi, der Gute, habe das vermittelt. Und Ricardo Marinelli wird dem Käufer bei der Gestaltung zu Diensten sein. Er, Attila, sei froh, dass sich das so schnell ergeben habe.

„Ja, da seid ihr ja mal wieder miteinander", begrüßt sie die Kathi. Da sitzen sie wieder an ihrem Tisch, an dem sie so viele Pläne geschmiedet, wo sie sich das, was sie für den Traum ihres Lebens hielten, gebastelt haben. Durch Attilas Sätze, die auf dem Weg zum Brauhaus fielen, ist das alles gegenstandslos geworden. Josef fragt nicht weiter und Attila belässt es beim Gesagten.

Um sich vor eventuellen Sentimentalitäten zu schützen, preisen sie beide das Leben in der Stadt. München hat uns wieder und wir München. Attila erzählt von der Fundgrube, die er langsam zum besseren Antiquitätenladen umfunktionieren will, wo Hartmut natürlich was dagegen hat. Viele neue Pläne habe er, übers Internet werde er die Antiquitäten vorwiegend verkaufen, eventuell, wenn er ihn bekomme, am Oberanger einen zweiten Laden aufmachen. Er redet und schwärmt und ist so sehr wieder im alten Leben angekommen. Ja, auch er sei wieder angekommen, sagt Josef, in seinem Rentnerleben, wozu es aber nichts Weiteres zu sagen gebe.

Sie essen, trinken sich in den Nachmittag und in den Abend, vergewissern sich gegenseitig der Freundschaft und dass nichts diese zerstören kann. Eine Frau, sagt Attila zu fortgeschrittener Stunde, gebe es auch wieder in seinem Leben. Josef nimmt das zur Kenntnis und fragt nicht.

„Und jetzt, ihr zwei, nix mehr mit Bauer sein und Landwirtschaft?“, fragt die Kathi.

„Nix mehr“, sagt Attila.

„Jaja, irgendwann wird ein jeder mal gescheit.“

Spät und ziemlich betrunken, sich aneinander festhaltend, wanken sie nach Hause mit der Versicherung, sich nun jeden Dienstag und jeden Donnerstag im Brauhaus zu treffen.

Und so ergibt es sich, dass Attila eines Tages gegen Ende November erzählt, er werde eine Woche vor Weihnachten nach Mallorca fliegen, um dort über die Feiertage und Silvester zu bleiben. Vierzehn Tage, sozusagen. München sei ihm einfach zu kalt, er habe Sehnsucht nach Wärme, der Winter könne ihm gestohlen bleiben. Im Haus der Bekannten, der er damals wegen der Ausstattung geholfen habe, könne man wohnen. Und nun wolle er Josef fragen, ob er ihn dazu einladen dürfe. Er wolle ihm den Flug bezahlen, Logis habe man, wie gesagt, eh umsonst.

Aha, denkt Josef, damals war von einem Bekannten, einem Freund, die Rede. Es war also eine Frau. Mein Gott, dieses Angebot. Soll er, kann er sich darauf einlassen?

„Josef, mein Lieber, wir hauen ab, machen uns dort eine schöne Zeit. Zwei, drei Wochen. Da hats über 20 Grad. Die Wetterprognosen für München sind scheiße. Was meinst du?“

Josef ist gleichermaßen überrumpelt wie gerührt. „Also, wie soll ich sagen. Ich bin noch nie geflogen. Hab da Angst davor. Und ich meine, ob ich das annehmen kann – ich muss drüber nachdenken."

„Denk drüber nach. Im Flieger halte ich dich bei der Hand."

Es ist ein Dienstag.

Am Donnerstag darauf sagt Josef, ja, er nehme das großzügige Angebot an. Er hat nachgedacht, alles abgewogen, ist frierend durch die Stadt gegangen und es kam immer mehr eine Sehnsucht auf nach Wärme und vielleicht auch nach etwas, was er noch nie getan hat: Fliegen und auf Mallorca Urlaub machen, wenn man bei einem Rentner, der ja immer Zeit hat, überhaupt von Urlaub sprechen kann. Und für ein paar Wochen kann man es wohl miteinander aushalten.

52

Vier Tage vor Weihnachten.

„Weißt du, wem die Villa gehört, wo wir Urlaub machen?"

„Ja."

„Wem?"

„Rosalind Seiffert."

„Woher weißt du das?"

„Dann besuch du sie doch, hab ich seinerzeit zu dir gesagt. Ich bin dazu imstande, hast du gesagt."

Sie schweigen.

Das Flugzeug erhebt sich in die Luft. Josef schaut ängstlich zum Fenster hinaus. Attila zieht einen Prospekt aus der Tasche. „Da, schau: Ländliches Anwesen in malerischer Umgebung auf Mallorca zu verkaufen."

Josef schaut es an.

„Josef, das ist doch was für uns."

Josef sagt nichts.

„Mallorca – kein Winter – jetzt 25 Grad – malerische Umgebung. Josef – das schaun wir uns an."

Josef nimmt den Prospekt.

„Ich hab morgen um 15 Uhr einen Besichtigungstermin."

Josef legt den Prospekt beiseite.

„Mallorca – Rentnerparadies!", sagt Attila und lächelt.

Josef setzt Kopfhörer auf, lehnt sich zurück, schließt die Augen und hört seine ganz eigene, private, persönliche Stille mit dem Käuzchen.

ENDE